Collection folio junior

dirigée par
Jean-Olivier Héron
et Pierre Marchand

Un cœur gros comme ça, une vie si remplie qu'en la diluant à peine elle comblerait l'existence de dix citoyens ordinaires... **Jack London** y a puisé la matière des cinquante volumes de son œuvre.
On y respire le souffle de la grande aventure, le blizard, l'odeur de l'or et celle aussi de la misère.
La vie de Jack London ressemble à un roman de Jack London. Et sa voix chaleureuse est celle d'un homme solitaire qui ne craignait pas ses frères.
Il est né en 1876, mais ne mourra jamais.

Gilbert Maurel est né à Nice en 1950. Il a travaillé dans la publicité et a illustré plusieurs livres de mer, dans la collection Voiles et plusieurs ouvrages dans Folio Junior, chez Gallimard. Il a aussi travaillé, pendant quelque temps, sur des plates-formes pétrolières ! Il habite actuellement La Rochelle, où il a créé un atelier de bandes dessinées. Mais il passe, en réalité, la moitié de son temps à naviguer.
Ses passions : voyages et randonnées.

Marc P. G. Berthier est né le 30 avril 1944 à Saint-Malo. Études chez les Jésuites, dans sa ville natale, puis en Belgique. A Paris, élève de l'école des Métiers d'Art, puis de l'école nationale supérieure des Arts décoratifs, surtout en tant que membre actif de la fanfare. Fait ensuite des décors, un peu pour le théâtre, davantage pour le cinéma. Réalise au passage la décoration de plusieurs appartements. Découvre un jour le dessin de bateaux et collabore depuis à plusieurs revues nautiques. Illustre également des livres pour différents éditeurs.

Titre original :
THE SEA WOLF

Jack London

Le Loup des mers

Traduit de l'américain
par Georges Berton

Illustrations de Gilbert Maurel

Gallimard

I

Par quel bout commencer le récit de mes aventures ? Je ne sais. Une chose est sûre, en tout cas ; rien de ce que je vais vous raconter ne me serait arrivé sans mon ami Charley Furuseth. Vous allez voir pourquoi.

Charley possédait un cottage, au pied du mont Tamalpais, sur l'autre rive de la baie de San Francisco. En fait il n'y résidait pas l'été, préférant suer du matin au soir et respirer la poussière de la grande ville durant la saison chaude. L'hiver, au contraire, il s'installait dans sa villa pour y lire à son aise les écrits philosophiques de Nietzsche et de Schopenhauer. J'avais pris l'habitude de le rejoindre chaque samedi après-midi et de rester en sa compagnie jusqu'au lundi. Un certain lundi matin de janvier, j'avais donc pris place à bord du *Martinez*, un ferry-boat tout neuf, qui devait me ramener en ville. Le *Martinez* était un excellent navire. Il effectuait ce jour-là sa quatrième ou cinquième navette entre Sausalito et San Francisco.

Une brume épaisse s'était abattue sur la baie et je ne me sentais pas très rassuré. Pour échapper à l'inquiétude, je décidai de quitter le salon et de monter à l'air libre, sur le pont supérieur. À l'abri de la passerelle, le visage fouetté par la brise humide, je me pris à méditer sur le brouillard mystérieux dans lequel baignait tout ce qui m'entourait. J'étais là, seul, au cœur des ténèbres. Pas tout à fait seul cependant. Dans la cabine vitrée, au-dessus de ma tête, je devinais la présence du pilote, assisté vraisemblablement du capitaine.

Admirable répartition des professions humaines ! Le terrien que j'étais, ignorant de tout ce qui se rapporte aux brouillards, aux vents et aux marées, pouvait cependant se rendre chaque semaine, en toute sécurité, chez son ami. Sans m'embarrasser des tâches pratiques de la navigation, je pouvais appliquer mon esprit à des travaux plus intellectuels, comme par exemple l'influence d'Edgar Poe sur la vie littéraire. Je venais précisément de publier un article sur ce thème dans la revue *Atlantic*.

En descendant au salon du *Martinez* j'avais remarqué un monsieur corpulent plongé dans la lecture de la revue, à la page même de mon article. Autre exemple des bienfaits de la division du travail. Sans la compétence du pilote et du capitaine, guidant d'une main sûre le *Martinez*, mon lecteur n'aurait pu en effet profiter de ma connaissance approfondie d'Edgar Poe pour enrichir son esprit.

J'en étais à ce point de mes réflexions et je m'apprêtais à jeter quelques notes sur un carnet, pour un autre article sur la liberté de l'Art, dans lequel je voulais défendre ardemment la cause des artistes, lorsqu'une porte claqua, interrompant du même coup le cours de mes pensées.

Un homme à la trogne enluminée s'avançait sur le pont en clopinant. Il jeta un regard à la passerelle, scruta le brouillard. Puis, toujours en boitant, comme s'il avait eu des jambes artificielles, vint se planter face à moi, les genoux écartés. Il n'y avait aucun doute possible : c'était un marin de profession.

– Saleté de temps ! De quoi avoir les cheveux blancs avant l'âge, et ce n'est pas le pilote qui va me contredire, dit-il, avec un mouvement de tête vers la cabine.

– Comment donc ? lui répliquai-je. Pour conduire un bateau, il suffit de s'appuyer sur les mathématiques. Pour qui sait son métier, la boussole est infaillible...

– Mathématiques ? Vous parlez ! Avec un temps pareil...

Se renversant en arrière pour ne pas perdre l'équilibre, il me toisait d'un air de profond mépris. Sa voix s'enflait comme un beuglement.

– Et le courant qui se précipite dans la Porte d'Or, ça ne vous dit rien peut-être ? Sacré courant, vous savez ! Écoutez. Écoutez donc ! On entend le son d'une bouée à cloche ; et nous filons droit dessus. Le pilote donne un coup de barre pour l'éviter.

Un glas lugubre montait en effet de la mer, perçant le brouillard. Le pilote avait dû donner un coup rapide de gouvernail ; la cloche sonnait maintenant à bâbord. La sirène du *Martinez* se mit à rugir. D'autres sirènes lui répondirent. L'une d'elles retentit soudain à tribord.

– Vous avez entendu ? C'est un autre bac... Encore la sirène... À mon avis, une goélette. Gare, gare, vieux schooner, gare à la casse.

La sirène du bac mugissait sans arrêt ; la corne de la goélette lui faisait écho, avec des sons terrifiants.

– On dirait qu'ils se font des politesses... Maintenant ils sont tirés d'affaire !

Le vacarme cessa comme il avait commencé.

Mon bonhomme prenait un plaisir manifeste à m'expliquer les différents appels. Son regard fulgurant illuminait son visage.

– Tiens, celui-là, il a un chat dans la gorge ! Je m' trompe guère si c'est pas une goélette à moteur qui remonte à contre-marée. L'a l'air bien en peine.

Un petit sifflet strident fusa, affolé, tout près de nous, provoquant du même coup la musique puissante des gongs du *Martinez*. Les roues à aubes cessèrent de brasser l'eau ; on ne ressentit plus, un court instant, les trépidations de la machine. Puis on se remit en route.

Le cri aigu du petit sifflet, aussi incongru que le crissement d'un criquet dans le concert de rugissements d'une ménagerie, se perdit dans le brouillard.

– Un canot à moteur, m'expliqua Trogne-Rouge. Ma parole, ils sont dingues. S'occupent pas des autres, ces olibrius. Ils sifflent, ils foncent. Faut se garer, vite fait, pour leur laisser la place. Pour eux y a que la vitesse. On l'aurait envoyé par le fond, il l'aurait pas volé !

La colère du bonhomme était amusante et sans doute excessive. Il recommença à arpenter le pont et je me replongeai dans mes réflexions. Cette brume mystérieuse occupait tout mon esprit. Quelle merveille que l'homme : petite étincelle dans la nuit, chevauchant au cœur des ténèbres ses montures de bois et d'acier ! Aveugle dans la nuit opaque, et masquant à grands coups de gueule la peur et l'appréhension qui lui poignent le cœur. Mon esprit errait dans des pensées fumeuses. La voix de mon compagnon me ramena à la réalité.

– Holà ! Ho ! Mais écoutez-moi ça. On vient de notre côté. À toute vitesse encore ! Il fonce droit sur nous. Évidemment il ne nous a pas encore entendus ; le vent est contraire.

Porté par la brise, le son de la sirène du navire inconnu nous arrivait sur l'avant, un peu à droite.

– Un ferry-boat ? demandai-je.

– Sûr ! Avec une voix pareille... Doivent pas être à la fête, là-haut sur la passerelle, ricana mon interlocuteur.

En levant les yeux, j'aperçus le buste du capitaine, penché hors de la cabine. Il interrogeait avidement le brouillard, comme si la force seule de son regard avait pu le sonder. Son visage était crispé par l'inquiétude. Trogne-Rouge s'était avancé jusqu'au bastingage ; lui aussi à l'affût du danger.

Puis les événements se précipitèrent. Le brouillard s'ouvrit comme d'un coup de hache. Il en sortit l'étrave d'un grand navire, traînant des lambeaux de brume, pareils à des algues sur le mufle d'un monstre marin.

Au balcon de la cabine de pilotage, j'aperçus distinctement un homme à barbe blanche. En uniforme bleu impeccable, il paraissait parfaitement calme. Avec un flegme terrible, l'homme fixait le regard devant lui, comme pour désigner l'impact de la collision. Du haut de la cabine du *Martinez*, le pilote, fou de terreur, hurla à son adresse : « Tu peux être content de toi ! » sans obtenir de réponse.

Presque en même temps Trogne-Rouge me cria :

– Accrochez-vous à tout ce qui vous tombera sous la main et tenez bon !

Lui aussi était étonnamment calme. Avec une sorte de résignation amère, il me décrivait le scénario du drame.

– Les femmes vont bientôt crier.

Un choc terrible. Le *Martinez* fut abordé par le travers. Du moins, je l'imagine, car je ne pus rien voir. Je fus projeté sur le pont. Quand je me remis sur mes jambes, le navire abordeur s'était déjà évanoui dans la brume.

Une clameur effroyable s'éleva du navire, couvrant les craquements de bois brisé. Le *Martinez*, éventré, donna aussitôt de la bande. Je me souvins alors que les ceintures de sauvetage étaient accrochées aux parois du salon des passagers et me précipitai pour en saisir une. En vain ! Au seuil de la porte, je fus refoulé par une cohue en proie à la panique.

Je me souviens cependant que je réussis à pénétrer dans le salon. À la hâte je décrochai plusieurs ceintures et en bouclai une autour de moi. Trogne-Rouge se chargea de passer les autres à un groupe de femmes paralysées par la terreur. Aujourd'hui encore, je revois chaque détail de la scène. Un trou béant dans la paroi du salon ; le plancher jonché de valises et de sacs ; des sièges renversés, des objets de toutes sortes éparpillés, des couvertures, des parapluies, tout ce qu'une foule affolée abandonne derrière elle.

Mon article à la main, le gros monsieur qui lisait tout à l'heure la revue *Atlantic* s'obstinait stupidement à me demander si, à mon avis, il y avait un réel danger.

Trogne-Rouge se démenait comme un beau diable,

allant d'un passager à l'autre aussi vite que le lui permettaient ses mauvaises jambes, et bouclait sans relâche des ceintures de sauvetage. Refluant du dehors, un paquet de femmes hurlantes clamant son désespoir. Mon brave marin en était excédé. Le visage écarlate, les bras au ciel, il criait à tue-tête :

– Mais taisez-vous. Au nom du ciel, allez-vous vous taire ?

Si la situation n'avait pas été si tragique, la scène n'aurait pas manqué de comique. Je me sentais gagné par le fou rire. Mais d'un coup, je réalisai que ces femmes qui refusaient la mort étaient de ma race, semblables à ma mère et à mes sœurs. L'horreur et l'abattement me saisirent. Pris de nausées, je regagnai en hâte le pont du navire et m'effondrai sur un banc.

Autour de moi, les hommes d'équipage s'agitaient. Je les voyais à peine ; j'entendais vaguement leurs cris. Ils tentaient de mettre à l'eau les chaloupes de sauvetage. Mais exactement comme dans les livres, rien ne fonctionnait ; les poulies restaient coincées. Un premier canot, enfin, fut mis à la mer, chargé à ras bord de femmes et d'enfants. Au bout de quelques brasses, l'eau l'envahit et il coula à pic. Une autre embarcation restait suspendue entre ciel et mer, parfaitement inutile. Le bateau fantôme, cause du désastre, n'avait pas reparu. Pourtant les hommes d'équipage du *Martinez* ne doutaient pas qu'il fasse demi-tour pour envoyer ses propres chaloupes participer au sauvetage. Notre ferry-boat s'enfonçait rapidement et les passagers, pris de panique, sautaient par-dessus bord.

À peine se débattaient-ils dans les vagues qu'ils suppliaient qu'on les remonte. Mais personne ne prêtait attention à leurs cris. Une voix clama que le *Martinez* allait sombrer. Alors, submergé à mon tour par le désespoir, je me précipitai dans l'eau noire. Ne me demandez pas comment je m'y pris pour enjamber le bastingage. Je ne me rappelle rien. Je compris immédiatement pourquoi ceux de mes compagnons qui avaient sauté avant moi dans la mer voulaient à tout prix remonter à bord. L'eau était glacée et sa morsure me causait des souffrances intolérables, comme si j'avais été plongé dans un brasier. J'étais broyé jusqu'à la moelle des os dans un étau qui ressemblait à l'étreinte de la mort.

Le goût âcre du sel m'emplit la bouche. Le souffle court, les poumons oppressés, je réussis néanmoins à refaire surface. Autour de moi des gens se débattaient, s'appelaient les uns les autres dans le brouillard. Je perçus, tout près, un bruit de rames. Sans doute les marins du bateau fantôme, venus sur le lieu du naufrage avec leurs chaloupes.

Comment n'étais-je pas déjà mort ? Mes jambes étaient paralysées. Mon corps entier était envahi par l'engourdissement. Les lames courtes se brisaient sur ma tête, m'inondant d'écume. La bouche gorgée d'eau salée, je suffoquais. Le courant m'entraînait. Peu à peu les échos du drame se firent plus faibles. Une clameur de désespoir, dans le lointain, m'apprit que le *Martinez* avait sombré.

Perdu dans la brume et le silence, je dérivais Dieu sait où, ballotté par le clapotis de l'eau. J'aurais eu moins peur au milieu de la foule en proie à la panique. D'un seul coup je réalisai que j'étais seul dans l'immensité hostile et ma frayeur fut extrême.

Trogne-Rouge m'avait dit que la marée descendante refluait vers la Porte d'Or. J'allais donc être entraîné vers le large. Combien de temps ma ceinture de sauvetage me maintiendrait-elle à la surface ? Il y avait plus de papier que de liège, m'avait-on dit, dans ce genre de gilet. Le papier, une fois gorgé d'eau, perdrait donc toute efficacité. Et je ne savais pas nager. J'étais seul, livré à moi-même, dans un univers hostile. Mes nerfs craquèrent ; tout en battant l'eau de mes mains, je me mis à hurler à pleins poumons, tout comme l'avaient fait mes malheureuses compagnes dans leur détresse. Ces moments horribles me parurent des siècles, même s'ils ne durèrent qu'un court instant. D'ailleurs je ne me rappelle plus très bien : il y a un trou dans ma mémoire. Je me souviens seulement d'avoir aperçu, surgissant de la brume, un voilier presque au-dessus de moi. Les voiles gonflées par le vent, il filait à bonne allure et son étrave ouvrait dans l'eau un large sillon bordé d'écume. Il venait droit sur moi. J'étais trop faible pour crier. L'étrave m'effleura. Brassé par le remous, je sentis une grosse vague me recouvrir. Puis le flanc noir du navire glissa le long de mon corps. J'aurais pu enfoncer mes ongles dans le bois : mes bras refusaient d'obéir.

Mon gosier était incapable d'émettre le moindre son. Déjà, je pouvais apercevoir l'arrière du bateau, plongeant à pic dans le creux des vagues. Un homme se tenait à la barre ; près de lui j'aperçus un deuxième individu très occupé à tirer sur son cigare ; je voyais la fumée s'échapper de ses lèvres.

Machinalement, me semble-t-il, le fumeur tourna le regard dans ma direction. Comme pour tromper l'ennui, ses yeux balayaient l'immensité liquide. Allait-il m'apercevoir ? Ma vie ou ma mort étaient dans ce regard. Déjà le navire se perdait dans la brume. Je distinguai tout juste le dos du timonier.

Mais le regard se posa sur l'eau, s'arrêta sur moi. M'ayant fixé il ne se détourna pas. Nos yeux se croisèrent.

D'un bond, l'homme se plaça au gouvernail. Il manœuvrait, tout en criant des ordres. Le bateau vira avec lenteur ; mais, sans doute emporté par sa vitesse, il disparut dans la brume. À bout de forces, je me laissai glisser dans l'inconscience. Puis, j'entendis un bruit d'avirons qui se rapprochait, et des voix d'hommes qui devaient m'appeler.

– Bon sang ! Où êtes-vous ? Pourquoi ne répondez-vous pas ?

C'est alors que mes forces m'abandonnèrent. Je m'évanouis tout à fait.

II

Je me balançais dans l'espace infini, selon un rythme ample et régulier. Autour de moi scintillait une myriade de points étincelants : étoiles, soleils, comètes fugitives : mes compagnons de route dans cette fuite au sein des astres.

Parvenu au bout de sa trajectoire, mon corps revint dans la direction opposée. Ce changement fut marqué par un coup de gong. Quelle fut la durée de ce retour ? Je serais bien incapable de le dire avec certitude ; mais elle me parut une éternité. Ce rêve étrange se modifia brusquement. Le long balancement fit place à un va-et-vient accéléré. Je n'avais pas plutôt repris haleine que déjà j'étais projeté avec violence dans l'immensité du ciel. Le gong, lui aussi, s'était déchaîné et retentissait sans relâche. J'avais peur, de plus en plus peur et de plus en plus mal.

Puis le mauvais rêve prit une allure de cauchemar. J'étais traîné sur un sol caillouteux, chauffé à blanc par le soleil. Ma peau s'arrachait par lambeaux et une sourde angoisse m'étreignait le cœur. Encore un coup de gong, comme un glas lugubre. Les points lumineux réapparurent en cascade, comme si toute la mécanique céleste s'était d'un seul coup détraquée. Je haletais pour retrouver mon souffle.

Enfin, j'ouvris les yeux.

Deux inconnus étaient agenouillés près de moi et me soignaient. J'étais sur un bateau et c'était le tangage qui était à l'origine du lent balancement de mon rêve. Quant au gong sinistre, ce n'était pas autre chose qu'une poêle à frire, pendue à la cloison de la cambuse et résonnant à chaque mouvement du navire. L'un des deux hommes me frictionnait énergiquement sur toutes les coutures. Sa rude poigne m'avait enflammé l'épiderme. Sur ma poitrine à vif, perlaient de fines gouttelettes rouges de sang.

– Suffit comme ça, Yonson, l'avertit le second homme. Regarde un peu ce que tu as fait. Il n'a plus de peau tellement tu l'as frotté.

Le gaillard cessa son massage et se releva d'un air gauche. Il avait un type scandinave très prononcé. Son camarade, par contre, avait le genre des faubourgs de Londres. À coup sûr il avait sucé le lait de sa mère dans le quartier de Cheapside, à l'ombre du clocher de Sainte-Marie-Le-Bow. Maigre et efflanqué, il avait des manières de fille. Sa casquette blanche crasseuse et son tablier de grosse toile tout taché indiquaient à coup sûr qu'il remplissait à bord le rôle de cuisinier, et, non moins sûrement, que sa cuisine était infecte.

– Comment vous sentez-vous ? me demanda-t-il, avec un sourire servile, hérité sans doute de plusieurs générations d'ancêtres habitués à quémander les pourboires.

Trop faible pour répondre, je me dressai péniblement sur mon séant. Puis Yonson m'aida à me relever tout à fait.

Le tintamarre lancinant de la poêle à frire m'agaçait, mettant mes nerfs à vif. J'étais incapable de rassembler mes idées. Surmontant mon dégoût, je me glissai en titubant le long de la boiserie imprégnée d'une épaisse couche de graisse. Quand la poêle fut à ma portée, je m'en emparai et la fourrai, sans autres manières, dans le coffre à charbon.

Le cuisinier, ou, comme on dit sur les bateaux, le coq, apprécia d'une vilaine grimace cette marque de nervosité. Il me tendit un gobelet fumant.

– Buvez, me dit-il. Ça vous fera du bien.

La chaleur de cette mixture nauséabonde, un café infâme pour matelots, me fit du bien. Entre deux gorgées, je baissai les yeux sur ma poitrine à vif, où le sang perlait encore.

– Yonson, dis-je au Scandinave, je vous remercie de vos bons soins. Mais vous n'avez pas peur des remèdes héroïques.

Peiné par ce reproche, le brave Yonson me tendit la main, comme pour s'excuser. Sa paume était calleuse, râpeuse, dure comme de la corne. De quoi me donner la chair de poule.

– Je m'appelle Johnson, et non Yonson, observa-t-il dans un anglais correct quoiqu'un peu lent, où perçait un très léger accent.

Ses yeux pâles, bleus et doux, protestaient contre mes reproches maladroits. Il m'était sympathique : sa franchise et sa simplicité m'avaient conquis d'emblée. À mon tour, je lui tendis la main :

– Merci, Johnson !

Il se dandinait gauchement d'un pied sur l'autre, hésitait à la prendre. Enfin, il me la serra avec beaucoup de cordialité.

– Avez-vous quelques vêtements secs ? demandai-je au cuisinier.

– Certainement ! Laissez-moi descendre dans la cale et jeter un coup d'œil sur mon paquetage, répondit-il avec empressement. Je souhaite seulement que vous consentiez à enfiler mes frusques.

Il se coula hors de la cambuse avec une souplesse étonnante. Il glissait plutôt qu'il ne marchait, comme s'il se déplaçait dans sa graisse.

Johnson appartenait sans doute à l'équipage. Je lui demandai donc sur quel bateau je me trouvais, et quelle était sa destination. Il me répondit avec application, utilisant son meilleur anglais.

– Nous sommes au large des Farallones ; cap sud-ouest. Goélette le *Fantôme*, armée pour la pêche aux phoques, à destination du Japon.

– Où est le capitaine ? Je dois lui parler dès que j'aurai des vêtements secs.

Johnson parut embarrassé. Avec beaucoup de précautions, il bâtit une réponse à peu près satisfaisante.

– Le capitaine c'est Loup Larsen. Enfin, ici, c'est comme ça qu'on l'appelle. Jc ne sais pas s'il a un autre nom. Pesez bien vos paroles. Ce matin, il est d'une humeur de chien. Le second...

Le coq, en se glissant dans la cuisine, l'empêcha de terminer sa phrase.

– Au lieu de jaser, Johnson, lui dit-il, tu ferais mieux d'aller voir sur le pont si le vieux demande après toi. Avec son fichu caractère...

Sans renâcler, Johnson gagna la porte. En sortant il me lança un clin d'œil amical et grave, comme pour me recommander la prudence au moment d'affronter le terrible capitaine.

Le cuisinier portait sur son bras un paquet de loques, toutes fripées et dégageant une odeur de moisi.

– Je les ai lavés moi-même. Mais ils n'ont pas eu le temps de sécher complètement. Il faudra pourtant qu'ils fassent votre affaire en attendant que les vôtres sèchent au feu.

Le mouvement du bateau me faisait tituber. Agrippé à la boiserie, je réussis, avec l'aide du coq, à enfiler un tricot de laine grossière. Je frissonnai malgré moi à ce contact, et le cuisinier ne se fit pas faute de le remarquer.

– J'espère que vous ne serez pas souvent obligé de porter de tels habits. Vous avez une peau de dame, bien trop délicate. Au premier coup d'œil j'ai deviné que vous étiez un gentleman.

L'individu m'avait tout de suite déplu. Alors qu'il m'aidait à m'habiller, je sentais grandir ma répulsion. Son contact visqueux était insupportable. Je m'écartai de lui.

Le fumet des marmites qui bouillonnaient sur le fourneau me soulevait aussi le cœur. Il fallait que je respire un peu d'air pur. Je devais en outre prendre contact sans tarder avec le capitaine, de façon à organiser mon débarquement.

Le coq se répandit en protestations et en regrets pour se faire pardonner de n'avoir rien d'autre à m'offrir. Il m'aida à passer par-dessus le tricot une chemise de mauvais coton. Le col était élimé ; le plastron, maculé de taches qui me parurent être des taches de sang. Je chaussai les espadrilles. Pour pantalon, j'eus droit à une combinaison de toile bleue dont l'une des jambes était plus courte que l'autre d'au moins vingt-cinq centimètres. Sans doute, un jour, le diable voulut-il agripper par là le maudit coq ; et celui-ci avait dû sauver son âme au prix d'un morceau de tissu. Pour compléter le tout, je passai une veste de coton rayé, luisante de crasse, et me coiffai d'une casquette de voyou.

– Est-ce vous qu'il faut remercier pour tant de bontés ? demandai-je.

Le mollet bien cambré, un sourire à la fois servile et moqueur sur les lèvres, le cuisinier prit l'attitude caractéristique des garçons de cabine, quand, aux derniers jours de traversée, ils s'apprêtent à recevoir leurs pourboires. Un rictus satisfait éclairait sa face efféminée.

– Mugridge, me dit-il. Je m'appelle Thomas Mugridge, pour vous servir.

– Parfait, Mugridge. Attendez-vous à une bonne récompense... quand mes vêtements seront secs.

Remontant des profondeurs de son être, un rayon de bonheur lui empourpra le visage, comme si le souvenir de tous les pourboires encaissés par ses ancêtres faisait tout à coup surface.

– Merci. Merci mille fois, monsieur.

Il manifestait trop de confusion et de modestie. Je tirai vers moi la porte tandis qu'il s'écartait pour me laisser passer et sortir sur le pont. Mon séjour dans l'eau m'avait beaucoup affaibli. La grande houle du Pacifique secouait la goélette dans tous les sens. Un coup de vent me fit perdre l'équilibre. J'allai buter contre une écoutille et me relevai péniblement, m'arc-boutant autant que je le pouvais à ce support.

Johnson m'avait dit que le bateau filait au sud-ouest. Le vent, lui, venait du sud et avait dispersé le brouillard. Au milieu du ciel brillait un grand soleil qui allumait des reflets par milliers sur la surface de l'eau.

La Californie était à l'est et je tournai instinctivement mon regard dans cette direction. Mais je n'aperçus à l'horizon que d'épais bancs de brume. Dans la direction du nord, un groupe de rochers nus surgissait de la mer. L'un d'eux supportait un phare.

Il y avait de fortes chances pour que ceux qui m'avaient amené là fussent aussi les responsables du naufrage du *Martinez*. J'examinai les hommes qui m'entouraient. À ma grande surprise, ils ne s'occupaient pas le moins du monde de moi, qui, pourtant, venais de voir la mort de si près. Seul l'homme de barre m'examinait curieusement. Les autres étaient accaparés par un grand gaillard étendu, le ventre en l'air, sur une écoutille. Sa chemise, largement ouverte, dénudait une poitrine touffue, recouverte de poils noirs et drus comme la fourrure d'un chien.

Une épaisse barbe noire, parsemée de touffes grises, lui couvrait entièrement la figure et le cou. Le corps entier dégouttait d'eau.

L'homme semblait inconscient. Les yeux fermés, la bouche grande ouverte, il respirait avec peine. Sa poitrine haletait. Non loin de là, j'aperçus un matelot qui manœuvrait un seau de toile, au bout d'une corde. Le seau, rempli d'eau de mer, était hissé à bord et, je suppose, déversé sans ménagement sur le corps allongé pour le ramener à la vie.

Un autre personnage faisait les cent pas sur le pont, en mâchonnant un cigare. Il paraissait furieux. Sa taille devait dépasser un mètre quatre-vingt-dix. Large d'épaules et de poitrine, il n'était cependant pas lourd. On le sentait souple et nerveux comme un gorille. Je reconnus l'homme dont le regard, se posant sur moi alors que je me débattais dans l'eau, m'avait sauvé la vie.

Il m'évoquait ces ancêtres préhistoriques, tels que notre imagination se plaît à les décrire : modèle des races humaines d'aujourd'hui, ébauche farouche et féroce de ce que nous sommes devenus, et plus proche du singe courant dans les arbres que du citoyen des villes.

Une vie animale imprégnait totalement le personnage : cette vie tenace qui fait encore s'agiter le corps d'un serpent décapité ou tressaillir un morceau de chair de tortue quand on la gratte avec le doigt.

Bien planté sur ses jambes, martelant le plancher avec assurance, l'homme déambulait de long en large. Il dégageait une impression formidable de puissance et tout, chez lui, du balancement des épaules au pincement des lèvres sur le cigare, dénotait un esprit de décision sans réplique, la volonté indomptable de s'imposer.

Cette vigueur palpable, si étonnante, devait prendre sa source dans une énergie interne, plus formidable encore. On sentait que le colosse, tel un volcan, recelait une autre force sourde, capable d'exploser d'un coup, comme la colère du lion ou le déchaînement de la tempête.

C'est alors que le coq passa la tête par la porte de la cuisine. M'encourageant d'un sourire, il me désignait le « vieux » du pouce pour m'indiquer qu'il s'agissait bien du redoutable capitaine et que c'était à lui que je devais demander l'autorisation de débarquer.

Rassemblant tout mon courage et prêt à affronter l'orage qui me menaçait, j'allais faire quelques pas en direction du capitaine quand une suffocation plus violente secoua le malheureux qui gisait sur le pont. Le corps agité de convulsions se tordait ; je voyais la barbe noire pointer vers le ciel, la poitrine se soulever en exprimant un râle d'agonie. Et je devinais que sous la toison noire, la peau du malheureux devenait cramoisie.

Loup Larsen interrompit sa promenade et s'arrêta près du moribond pour l'observer. De la pointe du pied il renversa un seau d'eau qui avait été placé là en réserve. Le malheureux se mit à marteler le sol à coups de talon, les membres raidis par un suprême effort. Sa tête se balançait de droite et de gauche. Puis les muscles se relâchèrent ; la tête cessa de rouler ; et de la bouche, enfin apaisée, s'exhala un long soupir de délivrance. La mâchoire se referma d'un mouvement mécanique. La lèvre supérieure, en se retroussant, découvrait une rangée de dents jaunies par le tabac. Les traits se figèrent en une sorte de rictus, comme si le pauvre diable avait encore voulu lancer un défi au monde qu'il venait de quitter. Et ce fut tout.

Je fus alors témoin d'une scène ignoble. Laissant libre cours à sa fureur, Loup Larsen déversa sur le cadavre une bordée de jurons tous plus affreux les uns que les autres. Ce fut un torrent de blasphèmes, brutaux, méchants, incisifs, qui dépassaient tout ce que j'aurais pu imaginer de pire. Dieu sait pourtant ce que j'avais pu inventer en ce domaine dans mes exercices d'écrivain. Ce n'était rien en comparaison de ce que Larsen me donnait à entendre.

Je crus comprendre que le capitaine était furieux parce que l'homme, qui exerçait à bord les tâches de second, s'était saoulé à mort dans les bars de Frisco. Et maintenant qu'on se trouvait en pleine mer, il était impossible de le remplacer. On me connaît assez pour comprendre que l'attitude de Larsen me révoltait. La grossièreté m'a toujours répugné et ce que dégoisait le capitaine avait de quoi me rendre malade. De plus, j'avais, de par mon éducation, un très grand respect pour la mort et tout ce qui l'entoure. J'ignorais jusqu'alors comment un homme peut passer de vie à trépas dans l'ignominie et l'abjection.

La coulée d'injures hurlantes vomies par la bouche de Larsen aurait suffi, semble-t-il, à dessécher la face du cadavre. Et je n'aurais pas été autrement étonné si la barbe noire s'était d'un coup mise à se tortiller et à s'embraser comme les copeaux d'un brasero.

Mais le cadavre restait de marbre devant l'insulte.

Son ricanement cynique bravait, pour la première fois sans doute, la colère du tyran déchaînée contre lui.

III

Tout aussi soudainement qu'elle avait commencé, la colère de Loup s'apaisa. Il alluma un nouveau cigare et promena autour de lui son regard. Ses yeux rencontrèrent Mugridge, qui, depuis la porte de sa cuisine, continuait à m'observer.

– Dis donc, cuistot...

La voix du capitaine était douce et tranchante à la fois, comme le fil d'un rasoir bien affûté.

– Voilà, capitaine. À votre service, capitaine, répondit l'autre, toujours aussi servile.

– Tu ne devrais pas tendre le cou comme cela. C'est mauvais pour la santé. Mon second vient de partir ; je voudrais garder au moins mon cuisinier. Il faudra prendre grand soin de toi, cuistot, tu m'as compris ?

– Oui, capitaine.

Et le coq disparut dans sa cabine comme un diable dans sa boîte. Le reste de l'équipage n'avait guère prêté attention à ce discours. Chacun vaquait à sa besogne, comme s'il n'y avait pas eu la mort du second. À l'arrière cependant, se tenait un petit groupe d'hommes immobiles. Ils parlaient à mi-voix. Leur allure ne les désignait pas comme faisant partie de l'équipage. Je sus par la suite que c'était l'équipe des chasseurs de phoques.

– Johansen ! hurla le capitaine.

Aussitôt, un matelot s'avança.

– Va me chercher ton gant à coudre et ton aiguille. Et fourre-moi ce bougre-là dans un sac de toile. Il y a tout ce qu'il faut dans la soute à voiles. Débrouille-toi.

– Oui, capitaine. Bien sûr. Est-ce qu'il faudra le lester aux pieds ?

– T'occupe pas... Hé, cuistot ?

La voix de stentor rejoignit Mugridge dans sa cuisine. Il montra son nez.

– Remplis-moi un sac de charbon et apporte-le ici.

– Il y en a bien un parmi vous qui possède une Bible ou un livre de prières ? demanda ensuite le capitaine au groupe de chasseurs de phoques.

Mais tous secouèrent la tête et l'un d'eux lança une plaisanterie que je n'entendis pas mais qui provoqua l'hilarité générale.

Loup Larsen posa la même question à plusieurs matelots. La réponse fut tout aussi négative. Bibles et livres pieux n'étaient pas d'usage courant à bord de la goélette. Un matelot proposa d'aller voir, à tout hasard, au poste d'équipage. Mais il revint les mains vides.

– Dans ce cas, dit Loup Larsen en haussant les épaules, nous allons le balancer à la baille sans autre forme de discours. À moins que... le type qu'on a repêché a une tête de pasteur. Il connaît peut-être l'office des Morts en mer.

Il s'était retourné et me faisait face.

– Vous êtes bien pasteur, non ?

Les regards des six chasseurs de phoques m'avaient pris pour cible. Mon accoutrement ridicule m'avait transformé, j'en avais bien conscience, en guignol. Les six hommes partirent tous à la fois d'un grand rire. Un rire grossier et méchant, seule réaction à attendre de ces rustres qui avaient perdu toute sensibilité depuis belle lurette. La présence du mort, étendu sur le dos, ne les gênait en aucune manière.

Loup Larsen, lui, ne riait pas. Mais une petite lueur d'amusement dansait dans le gris métallique de ses prunelles.

Il s'était rapproché de moi et je pus l'examiner à

loisir. Au premier abord, les traits accusés de sa figure massive et carrée exprimaient une brutalité quasi bestiale. Mais on sentait, en l'observant de plus près, qu'une intelligence souple et vive se cachait derrière ce masque dur. Le front haut et bombé indiquait une autorité virile. Les yeux, larges, beaux, très écartés et ombragés par des sourcils épais et noirs, chatoyaient comme caressés par les rayons du soleil. Le regard était parcouru sans cesse d'une variété infinie de nuances, gris clair ou gris foncé, vert comme la mer ou bleu comme le ciel. Dans ces yeux, aux changements imprévus, je lisais une âme en proie aux variations les plus diverses, capable de passer de la méditation mélancolique qu'inspire un ciel de plomb aux éclairs fulgurants de l'orage, capable aussi de se glacer comme l'iceberg polaire ou de fasciner aussi sûrement qu'une caresse amoureuse et brûlante.

Mais cela m'écarte de mon sujet.

N'étant pas pasteur, je répondis à Loup Larsen que je ne pouvais en rien lui être utile pour le service funéraire du pauvre second.

Il me posa alors une autre question, d'une voix sèche.

– Et comment gagnez-vous votre vie ?

On ne m'avait jamais interrogé à ce sujet. J'étais pris au dépourvu.

– Je... je suis un gentleman, répondis-je, assez sottement j'en conviens.

Loup Larsen fit une lippe méprisante. Du coup, j'éprouvai le besoin de me défendre, comme si j'avais été placé devant un juge.

– J'ai toujours travaillé, vous savez. Et je travaille encore.

– Travaillé pour gagner votre vie, évidemment ?

La voix, dure et impérative, me terrorisait comme celle d'un professeur sévère admonestant un élève pris en faute. J'étais paralysé et me rendais bien compte qu'il était inutile de vouloir discuter avec lui. Il y eut un silence.

– Si vous ne travaillez pas pour gagner votre pain, qui vous nourrit ?

– Mes revenus y suffisent.

J'avais répondu avec assurance. Un froncement de sourcils me fit comprendre que ce n'était pas là la meilleure réponse.

– Excusez-moi, capitaine. Mais votre question n'a rien à voir avec ce que j'ai à vous dire.

Il fit comme s'il n'avait rien entendu et poursuivit son interrogatoire.

– Et qui les a amassés, ces revenus ? Votre père, j'imagine. Ce sont donc les jambes d'un mort qui vous supportent et vous ne possédez rien que vous ayez acquis par vous-même. Si vous étiez livré à vos seules forces, vous seriez bien incapable de gagner votre journée d'un coucher de soleil à l'autre. Faites-moi voir votre main.

Il semblait obéir à une impulsion irrésistible. Avant même que j'aie pu avoir la moindre réaction, il s'était emparé de ma main et la soulevait pour mieux l'observer. Je tentai de la dégager. Mais la pression de ses doigts se resserra aussitôt, si bien que, si j'avais résisté, il l'aurait broyée sans effort. Comment sauvegarder sa dignité en pareilles circonstances ? Je ne pouvais que me tortiller et me débattre. Une toute petite résistance de ma part, et ce colosse pouvait d'une simple torsion me briser le bras. Je n'avais donc rien d'autre à faire que rester coi et avaler l'insulte.

Je remarquai que les poches du mort avaient été vidées et leur contenu étalé sur le pont. Johansen cousait sa toile autour du cadavre, qui disparaissait graduellement sans rien perdre de son ricanement sardonique.

Loup Larsen consentit enfin à relâcher ma main.

– On voit bien que d'autres ont travaillé avant vous. Vous êtes tout juste bon à donner un coup de main au cuistot et à laver la vaisselle.

Mon aplomb m'était revenu et je lui déclarai d'une voix ferme :

– Déposez-moi à terre, capitaine. Vous serez dédommagé de votre temps et de votre peine. Votre prix sera le mien.

Le regard de Loup Larsen se posa sur moi avec curiosité. Dans ses yeux brillants, je lisais de la moquerie.

– J'ai une contre-proposition à vous faire, pour le salut de votre âme. Mon second est mort. Il faut le remplacer. Je décrète donc une promotion générale ; un matelot de première classe deviendra mon second. Un mousse passera matelot. Et vous remplacerez le mousse. Vous n'avez qu'à signer votre contrat pour la durée de la croisière : c'est vingt dollars par mois et nourri.

« Alors, qu'en dites-vous ? Encore une fois, c'est pour le bien de votre âme. Vous allez devenir quelqu'un de bien. Vous allez enfin marcher sur vos jambes... en tout cas trottiner. »

Je répliquai par un haussement d'épaules. Je venais d'apercevoir un bateau au large. Il venait vers nous et grandissait à vue d'œil. Gréé en goélette, comme le *Fantôme*, il était cependant plus petit. C'était un plaisir de le voir bondir à la crête des vagues. Il allait sûrement nous croiser de très près.

Le vent avait fraîchi et la brume cachait de nouveau le soleil. La mer grossissait et prenait une couleur terne. En se brisant, les vagues lançaient vers le ciel une écume blanche. Le *Fantôme* accélérait son allure et donnait de la bande. Une rafale plus forte projeta une grosse vague par-dessus la lisse. Le pont fut inondé et les chasseurs de phoques pataugèrent dans le remous.

– Ce bateau vient vers nous, dis-je à Larsen. Il sera bientôt à portée de voix et il se dirige vers San Francisco.

– Probable, en effet, répondit-il en détournant la tête.

Soudain, il se mit à beugler :

– Cuistot ! Hé, cuistot.

Mugridge jaillit instantanément de sa cuisine.

– Où est le mousse ? Dis-lui que j'ai besoin de lui.

– Oui, capitaine.

Le coq courut vers l'arrière et disparut dans une autre écoutille, près de la roue du gouvernail. Il en ressortit presque aussitôt, précédant un jeune gars, bien balancé, aux allures de voyou.

– Le voilà, capitaine.

Sans répondre, Loup Larsen se tourna d'un coup vers le mousse.

– Dis donc, toi, rappelle-moi donc ton nom.

– George Leach, rétorqua l'autre d'un ton renfrogné.

Manifestement, le coq l'avait mis au courant des intentions du capitaine.

– Leach, ce n'est pas un nom irlandais. Regarde ta gueule : tu devrais t'appeler O'Toole ou Mac Carthy. C'est peut-être que ta mère a couché avec un Irlandais. Maintenant que j'y pense, c'est sûrement ça.

Sous l'insulte, le mousse serra les poings et un sang écarlate envahit sa nuque.

– Et puis après, quelle importance ? Hein, mon gars ? Je ne veux pas connaître les raisons que tu as de camoufler ton nom. Du moment que tu files droit... Qui t'a fait signer ton engagement ?

– Mac Cready et Swanson.

– ... Capitaine ! tonna Loup Larsen.

– Mac Cready et Swanson, capitaine ! répéta le mousse dont les yeux brillaient de colère.

– Et qui a touché les avances ?

– Eux, capitaine.

– Je sais. Bon, et toi, tu es parti en leur abandonnant la somme. Il fallait que tu disparaisses au plus vite, vu que plusieurs gars étaient lancés à tes trousses.

Le mousse devint alors une bête sauvage. Il se ramassa, prêt à bondir, en grognant.

– Vous n'êtes qu'un...

– Un quoi ? susurra Loup Larsen, étrangement calme et doucereux.

– Rien... rien du tout, capitaine. Je retire ce que j'ai dit.

– À la bonne heure ! Tu vois que je ne me suis pas trompé sur ton compte. Quel âge as-tu ?

– Tout juste seize ans, capitaine.

– Menteur. Tu en as plus de dix-huit. Fort pour ton âge d'ailleurs ; des muscles de cheval. Allez, ramasse tes frusques et file au poste d'avant. À partir d'aujourd'hui, tu as la responsabilité de la manœuvre et le soin des canots. Ça te va ?

Sans attendre l'approbation du mousse, Larsen se tourna vers Johansen, qui en avait fini avec sa toilette funèbre. La toile refermant le cadavre était entièrement cousue.

– Johansen, tu connais quelque chose à la navigation ?

– Rien du tout, capitaine.

– Aucune importance. Prends ton sac et va le mettre sous la couchette du second, près de ma cabine. Désormais, c'est toi qui le remplaces.

– Tout de suite, capitaine, répondit Johansen tout heureux.

L'ex-mousse n'avait pas bougé d'une semelle.

– Qu'attends-tu, toi ?

– Voilà, capitaine. J'ai été engagé comme mousse, pas pour m'occuper des canots. J'ai pas envie de changer.

– Prends ton paquetage et file au poste d'équipage !

L'ordre était sans réplique. Le mousse jeta un regard mauvais au capitaine, et ne bougea pas. En moins de deux secondes, Loup Larsen, mû encore une fois par je ne sais quelle force effroyable, fut sur le pauvre garçon et lui décocha un coup de poing dans l'estomac. Ce fut comme si moi-même j'avais été boxé. Je ressentis une violente douleur au thorax. À cette époque, je n'étais guère habitué aux scènes brutales. Le garçon pesait bien soixante-quinze kilos. Son corps, mou comme une chiffe, se replia sur le poing du capitaine. Projeté en l'air, il fit un bond et alla s'étaler sur le cadavre du second. Là, il se tordit sous l'effet de la douleur.

– Alors, ricana Larsen, tu obéis maintenant ?

Le temps que dure cette scène, je n'avais pas cessé d'observer la goélette qui s'approchait. Elle était à deux cents mètres de nous tout au plus. C'était un petit bâtiment, coquet et bien tenu. Sur une des voiles, je pouvais discerner un numéro, peint en noir.

– Quel est ce bateau ? demandai-je.

– Le *Lady Mine*, répondit Loup Larsen. Un bateau-pilote. Avec ce vent, il sera à San Francisco dans moins de six heures.

– Faites-lui les signaux d'usage. Il me prendra à son bord et me ramènera à terre.

– Désolé, mon garçon ! Je crois bien que j'ai perdu mon livre de signaux. J'ai dû le laisser tomber à la mer.

La plaisanterie eut beaucoup de succès chez les chasseurs de phoques.

Je plantai mon regard dans celui de Loup Larsen. Mon cerveau fonctionnait vite. J'avais vu comment il avait traité le mousse. Je savais bien que je risquais la même chose, sinon pire. Malgré tout, je me décidai à accomplir ce qui, j'en suis persuadé, fut ce que j'accomplis de plus courageux dans mon existence. Je courus jusqu'à la lisse et j'agitai les bras, hurlant à pleins poumons.

– Ohé, le *Lady Mine*. Je veux revenir à terre. Mille dollars pour vous, si vous me ramenez à terre.

Et j'attendis, guettant avec anxiété les deux hommes qui se tenaient à la barre. L'un manœuvrait le gouvernail. L'autre se saisit d'un porte-voix. Je m'attendais à recevoir dans le dos la masse de la brute qui se tenait derrière moi. Il allait me tuer à coups de poing ! Je ne bronchai pas.

Enfin, n'y pouvant plus tenir, je fis volte-face. Loup Larsen n'avait pas bougé. Son corps, toujours au même endroit, suivait mollement les mouvements du bateau. Il allumait un nouveau cigare.

– Que se passe-t-il ? lança le porte-voix.

– Je suis en danger ! Mille dollars si vous me ramenez à terre !

Larsen se mit à hurler à son tour.

– Mon équipage a abusé du whisky à Frisco ; ça ne lui vaut rien du tout. Ce gars-là a attrapé des visions (il me désignait du pouce). Il croit voir des serpents de mer et un troupeau de singes...

– On a compris. Qu'il aille se faire voir, répondit le porte-voix avec un gros rire.

Loup Larsen et le marin du *Lady Mine* échangèrent des gestes d'adieu. Le bateau-pilote s'éloigna à toute vitesse. Penché sur la lisse, je regardais avec désespoir l'étendue morne grandir entre la pimpante goélette et nous. Dans moins de six heures, elle serait à quai, à San Francisco !

Ma tête était près d'éclater. J'avais le cœur aux lèvres. J'étouffais. Une lame puissante nous frappa par le travers et l'écume saumâtre vint mouiller mes lèvres. Le *Fantôme* donna de la bande. Un énorme paquet de mer s'abattit sur le navire et me précipita sur le pont. À nouveau sur mes jambes, j'aperçus le mousse qui se relevait péniblement. Pâle comme un mort, la bouche serrée pour ne pas crier son mal, il paraissait à bout.

– Alors, Leach ? demanda Loup Larsen. Tu es décidé à rejoindre le poste d'avant ?

– Oui, capitaine, répondit l'autre, complètement dompté.

– Et vous ?

– Je peux vous donner mille dollars si...

– Cela suffit ! Allez-vous prendre votre place de mousse, ou faut-il vous dresser ?

Que faire ? Endurer les coups ? Mourir peut-être ? Cela ne m'avancerait guère. Une fois encore, je fixai les yeux impitoyables. Ils étaient froids comme le granit. Froids, mornes et gris comme la mer autour de nous.

– Eh bien ?

– Bon. C'est entendu.

– Dites « oui, capitaine ».
– Oui, capitaine.
– Votre nom ?
– Van Weyden, capitaine.
– Prénom ?
– Humphrey, capitaine. Je me nomme Humphrey Van Weyden.
– Votre âge ?
– Trente-cinq ans, capitaine.
– À la bonne heure ! Dites au coq de vous mettre au courant du travail.

J'étais sous la coupe de Loup Larsen. Parce qu'il était le plus fort, voilà tout ! Je nageais dans l'irréel. Aujourd'hui encore, ces événements m'apparaissent comme un cauchemar horrible, fantastique et monstrueux.

Je fis quelques pas pour m'éloigner.
– Minute ! Ne partez pas encore !

Docilement, je m'arrêtai.
– Rassemble l'équipage, Johansen. Tout est réglé. On peut maintenant débarrasser le pont de ce cadavre et organiser les funérailles.

Loup Larsen fit porter le mort, solidement cousu dans sa toile, près d'une des portes ménagées dans le bastingage. Ils le disposèrent pieds devant et lui ficelèrent le sac de charbon aux chevilles.

J'avais toujours imaginé les obsèques comme une cérémonie d'une tristesse solennelle. Je fus très déçu.

Les matelots s'étaient groupés à l'arrière en faisant grand tapage. Les matelots que Johansen avait réveillés se frottaient les yeux et bâillaient sans retenue. Ils jetaient en direction de Loup Larsen des regards plus craintifs qu'affectueux. Du groupe des chasseurs de phoques partaient de grands éclats de rire. Un des chasseurs, surnommé Smoke par ses comparses, débitait force blagues, accompagnées de jurons et d'obscénités qui provoquaient des ricanements comparables aux jappements des chiens de l'enfer, au hurlement des loups.

Le capitaine se plaça près du mort et tous se découvrirent. Nous étions là vingt personnes, vingt-deux exactement en me comptant et en comptant l'homme de barre, resté à son poste. Petit monde en miniature, auquel j'appartenais désormais – pour combien de mois et de semaines ? – et que j'examinais avec une curiosité facile à comprendre.

Les matelots, pour la plupart anglais ou scandinaves, avaient des visages stupides aux traits lourds. La physionomie des chasseurs de phoques était plus ouverte et énergique. Elle révélait aussi une longue habitude de la débauche.

Le visage de Loup Larsen, par contre, ne portait pas la trace de ses tares. L'expression était dure, mais sans méchanceté, sévère certes mais digne et franche. L'air marin l'avait buriné de rides profondes. Le menton était soigneusement rasé. Était-ce bien là l'homme que j'avais vu tout à l'heure se déchaîner contre le pauvre Leach ?

Le capitaine s'apprêtait à prononcer quelques mots de circonstance. C'est alors qu'un nouveau coup de vent s'abattit sur la goélette, la couchant presque sur les flots. Dans la mâture, la tempête entonnait un chant sauvage ; inquiets, les chasseurs de phoques levèrent les yeux. Le pont fut submergé. Nous avions de l'eau jusqu'aux genoux. Une violente averse nous cingla : chaque goutte avait la force d'un grêlon.

Enfin, l'averse s'apaisa et Loup Larsen reprit son discours, dans le fracas de la mer et du vent. Je n'en saisis que les derniers mots : « Et le corps sera jeté à la mer »...

– Bon. Jetez-le donc ! conclut Loup Larsen.

Et il se tut.

Les deux matelots placés près du cadavre ne comprirent sans doute pas que la cérémonie était terminée et restèrent immobiles.

– Ouvrez donc, bon Dieu ! Qu'attendez-vous ? cria, furieux, le capitaine.

Les deux gaillards ouvrirent la porte sans plus attendre et le corps, entraîné par le sac de charbon, glissa à la mer comme le cadavre d'un chien crevé.

– Johansen ! hurla le capitaine. Amène le foc et la grande flèche. Et grouille ; la tempête ne fait que commencer. Pendant que tu y es, prends un ou deux ris dans la grand-voile.

Sur le pont, ce fut un tohu-bohu général. Très fier de ses nouvelles fonctions, Johansen beuglait ses ordres. Les matelots halaient les cordages, grimpaient dans la mâture. Je ne vis là qu'une grande confusion. En fait, toute la manœuvre était admirablement réglée.

Le mort était bel et bien oublié, effacé, disparu dans le néant. Seule comptait maintenant la marche du bateau. À part moi, personne n'avait été vraiment ému. L'équipage s'affairait. Les chasseurs de phoques s'esclaffaient à une nouvelle plaisanterie de Smoke. Loup Larsen observait le ciel chargé de nuages. Et pendant ce temps, le mort qui avait eu droit à une parodie de funérailles s'enfonçait plus bas, toujours plus bas.

Tout n'était, sur cette mer, que cruauté. Au milieu de l'élément liquide, l'être humain n'est pas autre chose qu'un peu de boue animée, sans vie spirituelle.

Cramponné au bastingage, je cherchais par-dessus les vagues écumantes les bancs de brume qui, il y a un instant encore, me cachaient San Francisco et la Californie. J'étais désormais séparé d'eux par un rideau épais d'averses. Et le navire, emportant son effrayant équipage, bondissait de lame en lame, vers le sud-ouest, dans la solitude infinie de l'océan Pacifique.

IV

La suite de mes aventures, sur le chasseur de phoques *Fantôme*, n'est que souffrances et humiliations. Je m'efforçais de m'adapter à mon nouveau métier. Mais le cuisinier changea aussitôt d'attitude à mon égard. Les hommes d'équipage l'appelaient « le Docteur » ; les chasseurs, « Tommy » ; et Loup Larsen, « Cuistot ». Pour moi, il était Mugridge. Et il me fit tout de suite sentir la différence de situation qui, maintenant, nous séparait. De servile et rampant, il était devenu méchant et autoritaire. Je n'étais plus pour lui le gentleman à la douce peau féminine mais un inférieur qui n'avait droit à aucune considération.

Il exigea de se faire appeler « monsieur Mugridge » et entreprit de m'initier au service à coups de vexations insupportables. J'avais pour charge d'entretenir la cabine du capitaine, puis d'aider le coq dans sa cuisine. En fait, j'ignorais tout de l'épluchage des pommes de terre et de la vaisselle ; et j'eus droit aux sarcasmes continuels de Mugridge. Rapidement, mon antipathie pour lui fit place à une haine féroce.

La goélette naviguait « tout ris pris » – expression que je ne devais apprendre et comprendre que plus tard – tellement l'état de la mer était mauvais. Pour Mugridge, on avait droit à une « foutue brise », qui me rendit encore plus pénible ma première journée en mer.

À cinq heures et demie, sous la direction de mon nouveau maître, je disposai la table dans le carré qui servait de salle à manger aux chasseurs de phoques et au capitaine. Cette pièce donnait sur la cabine de Loup

Larsen et sur celle du second. Puis je retournai à la cuisine chercher le thé.

Ce qui se passa ensuite, je ne suis pas près de l'oublier.

– Gare à la douche ! me recommanda Mugridge, comme je quittais la cuisine, empêtré d'une grosse théière et de plusieurs pains, calés dans le creux de mes bras.

Un chasseur, nommé Henderson, sortait alors du poste d'arrière qui lui servait de logement ainsi qu'à ses camarades. Son éternel cigare aux lèvres, Loup Larsen se tenait sur la poupe.

– En voilà une qui approche. Cramponne-toi ! me cria le coq.

Je m'arrêtai net, sans comprendre. La porte de la cuisine claqua. Henderson se percha avec une souplesse de chat dans les haubans. C'est alors que j'aperçus, roulant vers moi, une vague énorme, qui dépassait de beaucoup le pont du navire.

J'étais juste en dessous. Mon esprit, peu habitué à la vie du bord, ne fonctionna pas tout de suite. Je pressentais un danger et restais immobile, pétrifié.

– Agrippez-vous à n'importe quoi, Hump ! me cria Loup Larsen.

Je courus vers le gréement. Mais il était trop tard. Le mur liquide s'écroula et je fus pris dans un tourbillon, balayé. La tête sous l'eau, j'étais en train de me noyer. Le courant me roulait dans tous les sens, me cognait à tous les obstacles. Je repris un coup violent au genou droit. Puis le niveau de l'eau baissa et, de nouveau, je respirai l'air pur.

Je me relevai avec peine. Mon genou me faisait très mal et j'hésitais à m'appuyer dessus. J'avais sans doute la jambe cassée.

Je reprenais tout juste mes esprits que, déjà, le cuisinier réapparaissait à la porte de son antre en hurlant :

– Tu ne vas pas rester là jusqu'à demain, espèce d'imbécile ? Qu'est-ce que tu as fait de la théière ? Je

parie qu'elle est passée par-dessus bord. T'aurais bien dû te casser le cou, tiens !

La grosse théière était toujours dans ma main, vide évidemment. En boitant, je me dirigeai vers la cuisine et la tendis à Mugridge qui explosa :

– Bon à rien ! À quoi que tu sers ? Pas même foutu de porter une théière sans la renverser. Faut maintenant que je remette l'eau à bouillir.

La douleur me fit grimacer et la fureur du coq redoubla.

– Le voilà qui chiale à présent. L'a bobo à sa petite jambe, le pauvre chéri à sa mémère.

Non, je ne pleurais pas. Je serrais les dents et je rassemblais toute mon énergie pour saisir à nouveau la théière. Clopin-clopant, j'atteignis le carré sans autre dommage.

Je me tirais de l'aventure avec une rotule cassée et le surnom « Hump » – ce qui signifie aussi bien Humphrey que « tordu » – que Loup Larsen m'avait lancé de la poupe. À partir de ce jour, je fus « Hump » pour tout le monde. Moi-même, je ne m'imaginais qu'ayant toujours été « Le Tordu ».

La pièce où se tenaient Loup Larsen, son second et les six chasseurs de phoques était étroite et ce n'était pas rien de servir proprement la table. Les mouvements du navire rendaient mes déplacements encore plus difficiles. Et surtout, surtout, je n'avais droit à aucune manifestation de sympathie.

Mon genou enflait sous mes vêtements détrempés. J'avais si mal que je me sentais défaillir. Une glace était accrochée au mur. Chaque fois que je passais devant, j'y jetais un regard furtif et découvrais avec effroi le visage blême d'un fantôme.

Les convives ne pouvaient pas ignorer mon mal. Mais aucun d'entre eux n'y compatit. Pas un mot de leur part. Seul, Loup Larsen vint une heure plus tard me rejoindre dans la cuisine où je lavais les assiettes.

– Ne vous tracassez pas pour si peu, Hump, me dit-il. Avec le temps, vous allez guérir. Et même un peu infirme, vous aurez du moins appris à marcher.

Après un court silence, il poursuivit :

– Se casser la jambe pour apprendre à marcher, c'est, je crois, ce que vous appelez un paradoxe ?

Je hochai la tête en guise de réponse.

– À la bonne heure ! Vous vous y connaissez en littérature. Je pourrai donc bavarder de temps à autre avec vous.

Là-dessus, il me tourna le dos et remonta sur le pont.

Le soir venu, enfin débarrassé de mon travail interminable, j'eus droit à une couchette, dans le poste d'arrière, en compagnie des chasseurs de phoques. J'étais enfin délivré de la présence détestable de Mugridge. Et j'allais pouvoir m'allonger. Sans que j'y prenne garde, mes vêtements avaient séché sur moi. Et, pas plus qu'après mon immersion, à la suite du naufrage du *Martinez*, je n'avais pris froid. Naguère, pareille mésaventure m'aurait cloué au lit pendant une semaine, sous la surveillance d'un chirurgien et d'une infirmière diplômée.

C'était plutôt l'état de mon genou qui me préoccupait. Je l'examinai, assis sur ma couchette : apparemment la rotule était déboîtée, ce qui provoquait l'enflure. Henderson vint jeter un coup d'œil à ma blessure.

– C'est pas beau à voir. Bande-le avec un chiffon, ça ira mieux.

Mes compagnons ne firent pas d'autre commentaire. Ils étaient durs au mal, le leur et celui des autres. À l'inverse des gens délicats qui souffrent deux fois plus, ils semblaient ne pas avoir de nerfs.

Malgré mon épuisement, je n'arrivai pas à dormir et je dus faire de gros efforts pour ne pas gémir. À la maison, je ne me serais guère retenu. Mais ici, je me trouvais au milieu d'hommes stoïques qui enduraient tout en silence. Je me souviens d'un certain Kerfoot. Au cours de la traversée il eut un doigt écrasé, réduit en bouillie. Il n'eut pas un murmure ; à peine une contraction du visage. Par contre, je vis le même bonhomme piquer des colères comme un gosse pour des bagatelles de rien du tout.

Ce soir-là, par exemple, il gesticulait en vociférant à cause d'un désaccord qui l'opposait à un certain Latimer, à propos de phoques. Latimer, un Yankee efflanqué, avec des yeux de fouine, prétendait que les bébés phoques doivent apprendre à nager, comme les oiseaux apprennent à voler. C'est pourquoi les petits naissaient à terre, afin de ne pas périr noyés. Les quatre autres chasseurs, déjà allongés sur leur couchette ou accoudés à la table, prenaient une part active à la dispute. De temps à autre, ils sortaient de leur silence et se mettaient à parler tous à la fois. Le poste étroit résonnait alors du fracas des voix, pareilles à un roulement de tonnerre. Tout cela sans la moindre logique. Il ne s'agissait pas d'exposer calmement les faits et de développer des arguments raisonnables. Tout l'art de la discussion consistait à parler plus fort que le voisin et à prouver qu'un Irlandais ne pouvait avoir le pas sur un Yankee ou un Scandinave, et réciproquement. Voilà les hommes au milieu desquels j'étais tombé. Des corps robustes avec une tête d'enfant !

Ils fumaient sans répit un tabac âcre et bon marché qui empestait à donner la nausée. L'atmosphère était épaisse et empuantie. Bien que peu sensible aux effets du mal de mer, j'avais le cœur au bord des lèvres.

Allongé sur ma couchette, je me pris à méditer sur le sort malheureux d'Humphrey Van Weyden. Comment, moi, amateur éclairé de littérature, dont les écrits étaient partout appréciés et le goût très célèbre, pouvais-je bien, à cette heure, me trouver comme mousse – oui, mousse ! – sur une goélette armée pour la chasse aux phoques ?

Le travail manuel, je n'y avais jamais goûté. Mes rentes suffisaient à m'assurer une existence douillette et tranquille. J'avais toujours boudé les ports. Tout petit, mon père m'appelait déjà rat de bibliothèque. La seule fois où je m'étais laissé entraîner par des amis à faire un peu de camping, je les avais plantés là au bout de quelques jours, préférant dormir dans mon lit que sous la tente.

Et voilà que je n'avais pas d'autre horizon qu'une existence vouée au service de la table, à l'épluchage des pommes de terre et à la vaisselle ! Serais-je assez fort pour le supporter ? Certes, j'étais doté d'une bonne constitution. Les médecins me l'avaient toujours dit. Mais ils me reprochaient aussi de ne pas faire d'exercice et de négliger mon corps au seul profit de mon esprit. Je m'étais très mal préparé à l'existence qui m'attendait ; il n'y avait pas d'autre explication à mes maladresses.

Je songeais aussi à ma mère et à mes sœurs. Quel chagrin devait être le leur ! Sans aucun doute, on m'avait compté parmi les disparus du naufrage du *Martinez*. J'imaginais les manchettes des journaux. En les lisant, mes confrères du Club Universitaire ou du Club du Bibelot devaient hocher tristement la tête en se disant : « Le pauvre bougre ! » Je revoyais aussi Charley Furuseth. C'était la dernière personne à qui j'avais parlé avant mon départ. Étendu sur sa chaise longue, en robe de chambre, près de sa fenêtre, il devait se reprocher d'avoir été la cause involontaire de mon malheur.

Le *Fantôme* frayait sa route dans le Pacifique, franchissant des vagues hautes comme des montagnes, plongeant dans des vallées écumeuses ; et j'étais à son bord. De ma couchette, j'entendais le vent mugir. Des pas martelaient le pont, de temps à autre, au-dessus de ma tête. J'étais au milieu d'un concert de craquements. Tout le navire gémissait, tourmenté dans sa coque et ses membrures.

Mi-hommes, mi-bêtes, les chasseurs de phoques continuaient leur discussion, émaillée de grognements et de jurons obscènes. La lumière jaunâtre des lampes à huile, balancée par les oscillations du navire, éclairait et déformait leurs figures rougeaudes, moitié mangées par la pénombre. Entr'aperçues dans l'épaisseur de la tabagie, les couchettes évoquaient les réduits d'une ménagerie. Le désordre des cirés et des bottes, l'alignement des carabines et des fusils rangés au râtelier composaient un tableau digne des pirates de jadis.

Mon imagination battait la campagne, à la recherche du sommeil. C'était une longue nuit, épaisse et qui n'en finirait jamais.

V

Ce fut ma première nuit en compagnie des chasseurs de phoques. Et la dernière. Dès le lendemain, en effet, Johansen fut renvoyé dare-dare au poste d'arrière, où il prit ma place. Je fus donc invité à transporter mes frusques dans une étroite cabine, occupée déjà par deux matelots.

C'est Loup Larsen qui avait décidé d'éloigner son nouveau second. Johansen avait en effet la fâcheuse habitude de parler tout haut pendant son sommeil. Toute sa journée précédente y passait : cris, beuglements, rires, les ordres qu'il avait donnés. Il répétait tout. Le capitaine, exaspéré, s'était hâté de l'éloigner. Quant aux chasseurs, ils accueillirent l'intrus avec des grognements.

Après une nuit d'insomnie, c'est bien faible et douloureux que j'entamai ma deuxième journée sur le *Fantôme*. À cinq heures et demie tout juste, Thomas Mugridge était venu me virer de ma couchette. Il n'y mit pas plus de douceur que Bill Sykes ou Jean de Nivelle secouant les puces de leurs cabots. Bien mal lui en prit. Son tapage réveilla un des chasseurs qui projeta une godasse dans sa direction. J'entendis un cri de douleur, suivi aussitôt d'humbles excuses.

Seul avec le coq dans la cuisine, je remarquai son oreille enflée et meurtrie. Elle ne revint jamais à son état normal et Mugridge acquit ce jour-là définitivement son surnom de « Chou-Fleur ».

Ce fut pour moi le début d'une série d'aventures pitoyables.

Mes vêtements avaient enfin fini de sécher devant le fourneau. Mais, en les reprenant, tout heureux de me débarrasser de l'accoutrement d'emprunt dont j'étais affublé, je constatai que les poches avaient été vidées. Je me rappelais fort bien avoir été en possession de menues piécettes et d'une bourse contenant 185 dollars en pièces d'or et en billets. On ne m'avait laissé que la bourse, vide, et un peu de monnaie. J'en fis la remarque au coq... et fus plutôt mal reçu.

– Dis donc, Hump, pour qui tu me prends ? T'as donc envie que je te casse la figure ? Alors, comme ça, tu crois que je suis un voleur.

« Attention, mon petit gars, grogna-t-il, je peux encore t'apprendre la politesse. Tu n'manques pas d'culot ! Je te sors de l'eau. Je te prends dans la cuisine. Je te dorlote. Et voilà ma récompense. Une autre fois, je te laisse à la baille. En attendant, j'ai bien envie de te dérouiller... »

Et le voilà qui se met en garde.

Je l'avoue à ma grande honte, ma première réaction fut de prendre la fuite. Et quoi faire d'autre ?

Sur ce rafiot de truands, seule la force comptait. Je manquais de force et d'entraînement. Et je ne me sentais pas plus capable d'affronter ces bêtes humaines qu'un taureau furieux. Voilà tout ce que j'ai à dire pour ma défense. En pure logique j'ai eu raison. Pourtant, j'en ai encore honte aujourd'hui car ma dignité d'homme fut cruellement atteinte.

Mais revenons à notre histoire. Dans ma hâte de fuir, mon genou céda et je m'écroulai sur le pont. Le coq ne m'avait pas poursuivi. Je l'entendis qui criait sur le pas de la porte de sa cuisine.

– Regardez-le courir avec sa guibolle en guimauve ! Viens, mon mignon. Arrive ici. Je ne te battrai pas. C'est promis.

Je regagnai la cuisine et continuai mon travail. Fin du premier épisode. D'autres allaient suivre, aussi pénibles.

Le petit déjeuner de Loup Larsen, des chasseurs et du second était prévu à sept heures. Je dressai donc la table et les servis à l'heure dite.

La tempête s'était apaisée durant la nuit. Mais la houle était encore forte et le vent violent. Au petit matin, les hommes de quart avaient donné de la voile. Toutes les voiles étaient dehors, à l'exception du petit foc et des deux « flèches » surmontant la grand-voile, qui ne devaient être largués que dans l'après-midi. À ce que je crus comprendre, le capitaine avait l'intention d'obliquer vers le sud-ouest. Dans la région des tropiques, il espérait rencontrer les alizés qui le ramèneraient au nord, vers le Japon.

C'est après le petit déjeuner que se situe ma deuxième mésaventure.

La vaisselle lavée, je vidai les cendres du fourneau et montai sur le pont, afin de les jeter à la mer. Près de la barre, tenue par Johnson, Loup Larsen et Henderson faisaient la causette. Un matelot me fit alors un signe de tête, que je pris pour un bonjour. Il voulait, en fait, m'avertir de jeter les cendres sous le vent, mais je ne compris pas son message. Je vidai ma caisse contre le vent, qui rabattit les cendres sur moi, sur Henderson et Loup Larsen !

Et je reçus un formidable coup de pied dans le derrière. Ça fait mal un coup de pied. Je m'effondrai sur le pont. Tout tournait autour de moi. Soulagé, Loup Larsen ne prêta pas davantage attention à ma petite personne. Il secoua seulement les cendres attachées à ses vêtements et poursuivit sa conversation interrompue. Johnson, qui n'avait rien perdu de la scène, envoya deux matelots nettoyer le pont.

La fin de la matinée me réservait une autre surprise. Mugridge m'avait envoyé faire le ménage dans la cabine du capitaine. À la tête de la couchette, je découvris un filet accroché à la cloison et rempli de livres. J'étais curieux de connaître les lectures de Loup Larsen. Quel ne fut pas mon étonnement de découvrir des auteurs aussi importants que De Quincey, Edgar Poe, Tennyson ou Shakespeare ! Le filet contenait en outre des ouvrages scientifiques connus, ainsi qu'une Histoire de littérature américaine et de littérature anglaise et des grammaires.

J'avais peine à croire que ce Loup Larsen que j'apprenais à connaître était le même qui lisait ces volumes. Pourtant, en faisant le lit, je découvris, entre les couvertures, une édition complète du poète Robert Browning, ouverte à la page de l'ode intitulée *Sur un balcon*. Le lecteur avait, çà et là, souligné des passages au crayon.

Je n'étais pas au bout de mes découvertes. Un mouvement du bateau m'arracha le volume des mains. Une feuille s'en échappa. Elle était couverte de croquis et de formules algébriques. Loup Larsen n'était donc pas la brute violente qu'il paraissait être. Il était même loin d'être ignorant.

Il y avait deux hommes en lui. J'avais pu d'ailleurs me rendre compte qu'il utilisait deux langages : rude et bourré de barbarismes quand il parlait à ses marins ou aux chasseurs de phoques, parfaitement correct les rares fois où il s'adressait à moi.

J'en fus assez réconforté et en tirai assez d'audace pour l'entretenir de l'argent qu'on m'avait subtilisé, à la première occasion où nous nous trouvâmes seul à seul, à l'arrière.

– On m'a volé, lui dis-je.

– ... capitaine, corrigea-t-il avec fermeté.

– On m'a volé, capitaine.

– Ah oui, et comment ça ?

Je lui racontai ce qui s'était passé : mes vêtements avaient été mis à sécher devant les fourneaux. En m'apercevant du vol, je m'en étais ouvert au cuisinier qui avait failli m'écharper. Loup Larsen esquissa un sourire.

– Ce sont les petits profits du cuisinier, dit-il. Et le prix de votre nouvelle éducation. Voilà une bonne leçon, qui vous apprendra dorénavant à veiller sur votre argent. Je suppose que, jusqu'à présent, vous laissiez ce soin à votre notaire ou à vos hommes d'affaires ?

Une ironie mordante perçait sous ces calmes paroles. J'insistai néanmoins :

– Comment faire pour récupérer mon dû ?

– C'est votre affaire. Vous voulez un bon conseil ? Quand vous avez un dollar, ne le quittez pas des yeux. Celui qui ne veille pas sur son argent n'a pas à se plaindre d'être volé. D'ailleurs votre tort est double. Vous avez tenté le cuistot. Par votre faute, il a succombé à la tentation et compromis le salut de son âme immortelle...

« À propos, vous y croyez, vous, à l'immortalité de l'âme ? »

Cette dernière remarque fut faite d'une voix nonchalante. J'eus l'impression que cette âme close consentait enfin à s'entrouvrir. Mais ce ne fut qu'une illusion. Personne, en fait, n'a jamais réussi à percer à fond l'âme énigmatique et solitaire de Loup Larsen. Le masque ne tombait jamais tout à fait. À peine, par instants, le soulevait-il quelque peu, comme par amusement.

– L'immortalité, dis-je, je la lis dans votre regard.

Notre conversation avait pris un tour plus intime. Et c'est volontairement que je négligeai de l'appeler « capitaine ». Il ne releva pas cette omission et poursuivit.

– Vous lisez effectivement la vie dans mes yeux. Mais qui vous prouve que cette vie soit immortelle ?

– Tout le prouve, au contraire. Ma pensée va plus loin que cette vie...

Il détourna le regard et contempla la mer, morne et désolée. Ses prunelles reflétèrent une vague tristesse. Son front devint grave et ses lèvres se pincèrent.

Revenant brusquement vers moi :

– Vous prétendez donc que je suis immortel. Mais pourquoi ? Dans quel but ?

J'étais bien embarrassé pour répondre à cette question. J'avais l'intuition intime, ineffable comme la musique de nos rêves, de l'immortalité. À peine avons-nous ouvert les yeux que le rêve s'envole et que les mots nous manquent. Je retournai la question.

– Et pour vous, la vie, qu'est-ce que c'est ?

– La vie, s'exclama Loup Larsen. La vie, c'est assez répugnant, une espèce de levure en ébullition, une fermentation qui tressaute, une heure, un jour, ou un siècle... et qui s'arrête. Durant ce temps, les forts, pour se nourrir ou se défendre, mangent les petits. La chance est pour les plus gros. Ils vivent plus longtemps. Un point c'est tout.

Son doigt désignait un groupe de matelots occupés à une manœuvre.

– L'homme s'agite, s'agite et ne se repose jamais. C'est la loi : il s'agite pour gagner son pain. Il s'agite pour pouvoir continuer à s'agiter. Jusqu'au jour où il s'arrête. Il est mort.

– Et ses rêves ? Il a des rêves étincelants, radieux...

– Rêves du ventre !

– D'autres rêves...

– Non, il n'y a que le ventre. Tous tant que nous sommes, nous rêvons à la fortune, nous rêvons de voyages, nous courons après la réussite, nous voulons emplir nos poches. Nous rêvons à la meilleure façon d'exploiter nos semblables : qu'ils triment dur pour que nous ayons des nuits plus moelleuses. Voilà ce que nous sommes, vous comme moi. Avec quand même une petite différence. Le bien-être dont je profite aujourd'hui, je l'ai gagné en travaillant dur. Tandis que vous... votre lit douillet, vos habits élégants, tous ces bons repas dont vous vous délectiez, à qui les devez-vous ? Vous n'avez jamais rien acquis à la sueur de votre front. Vous me faites penser à ces frégates qui fondent en plein vol sur les boobies pour leur chiper le poisson qu'ils ont pêché. Vous aussi, vous vous êtes repu de la nourriture produite par d'autres, et qui auraient bien voulu la consommer eux-mêmes.

– Quel rapport avec l'immortalité ?

Ses yeux étincelèrent.

– Je vous le répète : la vie est quelque chose de répugnant. Et vous voudriez que cette saleté soit éternelle ? Mais pourquoi ? Nos vies se sont rencontrées par hasard et votre seule idée est de me fausser compagnie afin de pouvoir recommencer à vivre comme un porc. Seulement, moi, j'ai décidé de vous garder près de moi sur ce bateau. Je ferai quelqu'un de vous, ou je vous briserai. Avorton que vous êtes, je pourrais vous tuer d'un coup de poing. Votre âme immortelle sait-elle au moins pourquoi je vous garde ici ?

– Vous êtes le plus fort.

– Et pourquoi suis-je le plus fort ? Parce que je suis le plus gros. La vie est en nous, à des degrés divers. Elle tressaille en nous et rêve de s'agiter éternellement. Voilà pourquoi, sans raison aucune, nous prétendons être immortels.

Sur ce il me tourna les talons. Au bout de quelques pas, il fit volte-face et m'appela.

– Au fait, combien le cuistot vous a-t-il volé ?

– Cent quatre-vingt-cinq dollars, capitaine.

Il hocha la tête. Je redescendis à l'intérieur du navire. Pendant que je préparais la table, je l'entendais répandre un flot d'injures sonores sur l'équipe de matelots occupée à la manœuvre.

VI

Le lendemain matin, la tempête s'était calmée et le *Fantôme* se balançait mollement sur une mer d'huile. Des risées passaient de temps à autre dans l'atmosphère. Loup Larsen scrutait le ciel, guettant l'apparition du grand alizé. Sur le pont, les matelots briquaient les sept canots de chasse : celui du capitaine et ceux de chacun des six chasseurs. J'appris que l'équipage d'un canot se compose de trois hommes : un rameur, un chasseur et l'homme de barre.

On me dit aussi que le *Fantôme* passait pour être la goélette la plus rapide de la flottille de San Francisco. Il s'agissait en fait d'un ancien yacht, spécialement taillé pour la vitesse. C'est ce que m'expliqua Johnson, pendant son quart, en me décrivant les lignes et le gréement du *Fantôme*. Il en parlait avec enthousiasme ; sa passion se comparait à celle de certains amateurs de chevaux.

Une seule ombre au tableau : Loup Larsen, lui-même, dont la réputation laisse à désirer. Johnson a risqué son engagement à cause des merveilleuses qualités nautiques du *Fantôme*. Mais il commence déjà à s'en mordre les doigts. Le brave garçon m'apprend aussi que le *Fantôme* jauge deux cent soixante tonneaux. Large de neuf mètres, longue de trente et creuse de quatre, la goélette porte une formidable surface de toile et risquerait de chavirer sans une très lourde quille de plomb, dont Johnson ignore le poids exact. Du pont à la pomme du grand mât, on compte environ trente-trois mètres, et trente pour le mât de misaine. Toutes ces précisions vous sont données pour que vous puissiez imaginer ce petit monde flottant, où vivent vingt-deux marins. En fait, c'est tout juste un atome au milieu de l'océan ; et il faut bien de l'audace pour s'aventurer sur un aussi frêle esquif.

Loup Larsen est connu pour vouloir donner trop de toile. En surprenant une conversation entre Henderson et un autre chasseur californien nommé Standish, j'appris que deux ans plus tôt le *Fantôme*, trop entoilé, avait démâté, lors d'une tempête dans le détroit de Béring. Loup Larsen fit donc remplacer les mâts brisés par d'autres, plus robustes mais plus lourds. Quelqu'un lui en fit la remarque :

– Et alors ? J'aime encore mieux chavirer que de voir se briser ces bouts de crayon.

À bord, tout le monde bougonne. Seul Johansen, ravi de sa promotion, trouve que tout va pour le mieux. La plupart des marins ont bourlingué en haute mer : la moitié d'entre eux assurent qu'ils ont signé sans connaître la vraie nature du capitaine. Sinon... Quant aux chasseurs, tous excellents tireurs, ils n'arrivaient plus, pour la plupart, à trouver d'engagements à cause de leur mauvais caractère et de leur propension à la bagarre. J'ai fait la connaissance d'un autre marin. Il s'appelle Louis. Sa bonne bouille, ronde et joviale, et sa nature sociable le portent à parler au premier venu qui veut bien l'entendre.

L'après-midi, pendant la sieste du coq, il s'est glissé dans la cuisine pour me parler tandis que je faisais les peluches.

Il est né en Nouvelle-Écosse, d'une famille irlandaise, émigrée au Canada.

– Je devais être fin saoul quand j'ai signé mon engagement. Dans mon état normal, j'aurais jamais monté sur le *Fantôme*.

Cela fait maintenant douze ans qu'il participe aux campagnes de pêche aux phoques, et il s'est acquis la réputation d'un des meilleurs timoniers du port de Frisco.

– Mon pauvre vieux, tu as eu une fâcheuse idée de t'amener par ici. La vie sur les autres bateaux est un vrai paradis. Ici, c'est pas le cas. Fichtre non ! Voilà déjà le second qu'est parti au fond de l'eau. Et je te promets qu'il y en aura d'autres qui casseront leur pipe avant qu'on soit de retour. Parlons bas, et va pas répéter ce que je vais te dire. Ce Loup Larsen, c'est pire que le diable, et son *Fantôme*, un rafiot d'enfer.

« C'est pas des paroles en l'air, tu peux me croire. Je sais ce que je raconte. Il y a deux ans, à Hakodate, Loup Larsen a eu une bagarre avec quatre de ses hommes. Il les a descendus tous les quatre ; parfaitement. J'étais sur l'*Emma-L*, à moins de trois cents mètres. Dans le même temps, il a abattu un autre homme d'un coup de poing. Tué raide. Il lui a brisé la tête comme une coquille d'œuf.

« Il y a autre chose... Il avait invité le gouverneur de l'île de Kura et le chef de la police à venir lui rendre visite sur le *Fantôme*. C'est deux types importants, au Japon. Les voilà qui s'amènent avec leurs femmes, deux petites mignonnes comme on en voit sur les éventails. À la fin de la visite, les deux maris redescendent dans leurs sampans. Et mon Loup Larsen, sous prétexte d'une manœuvre, lève l'ancre et se tire avec les poupées ! Il les a remises à terre, une semaine plus tard, de l'autre côté de l'île. Elles n'avaient plus qu'à rentrer à pied, à travers les montagnes, sur leurs minuscules sandales en paille tressée. Au bout d'un quart d'heure, il ne devait plus en rester lourd.

« Tu sais qui c'est, Loup Larsen ? La grosse bête de l'Apocalypse. C'est moi qui te le dis. Un jour il lui arrivera des bricoles. Mais motus, hein ! T'as rien entendu, rien du tout. Le gros Louis, il veut revenir sain et sauf du voyage, même si tout l'équipage est parti donner à manger aux poissons. C'est pas un homme, Loup Larsen. C'est un loup... C'est pour cela qu'on l'appelle ainsi. Il y en a qui disent qu'il a le cœur noir comme la nuit. C'est vrai, vu qu'il n'a pas de cœur du tout.

– Avec une réputation pareille, comment trouve-t-il encore des gens pour s'enrôler ?

– Et pourquoi qu'il y a toujours des gars pour faire n'importe quoi sur la mer et sur la terre du Bon Dieu ? Moi, par exemple, tu crois que j'aurais signé, si on m'avait pas d'abord saoulé à mort ?

« Il y a des gars, les chasseurs de phoques par exemple, qui sont bien obligés de monter avec lui. Et puis, il y a un tas de pauvres cloches à qui on a bourré le crâne.

« Mais le moment va venir, avant longtemps, tu peux me croire, où ils vont tous regretter d'être venus au monde. Je les plaindrais bien, si j'étais pas dans le même cas... Tu gardes ça pour toi, hein ? »

Louis s'arrêta une minute ou deux pour reprendre haleine. Puis la bonde sauta de nouveau : le bonhomme demandait à se vider de son trop-plein de paroles comme une barrique.

– Les chasseurs de phoques, tous des salopards. Ils valent pas mieux que le patron. Remarque bien qu'au moment de couper les cartes, il leur fera pas de cadeau, Loup Larsen. Tout gangrénés qu'ils sont, il va leur enseigner la crainte de Dieu. Prends Horner, oui, Jacques Horner. Tu jurerais un bon petit, doux comme une fille ; il parle comme s'il avait du beurre dans la bouche. Eh bien, il a quand même tué un type, l'année dernière. Un accident, paraît-il... Mais j'ai rencontré un gars de l'équipage, à Yokohama, qui m'a renseigné.

« Et Smoke, le diablotin. Sais-tu que les Russes l'ont envoyé en Sibérie, dans les mines de sel ? Il avait chapardé du cuivre dans les mines du gouvernement. Le Smoke, il a été enchaîné à un de ses potes. Des fers aux pieds et aux mains. Ils ont dû se disputer une fois sous la terre. En tout cas, le Smoke, il a tué son copain et l'a réexpédié par morceaux à la surface ! Une jambe dans le baquet de sel un jour ; le lendemain un bras ; le surlendemain, la tête. Et tout le corps y a passé...

– Non ! Ce n'est pas possible.

Cette histoire épouvantable me révoltait.

– Bon. Bon. Disons que j'ai rien dit. À partir de maintenant je serai avec toi comme avec les autres, muet comme une carpe. Et pour l'amour de ta mère, fais comme moi. Si tu l'ouvres, dis du bien de toute cette bande de forbans. Mais je leur souhaite de pourrir dix mille ans au Purgatoire avant de piquer une tête en Enfer.

À part Louis, Johnson, qui m'avait frictionné si vigoureusement, était le plus franc des hommes du bord. Il m'était sympathique, avec son air modeste et honnête. Mais ce marin scandinave n'était pas timide. Il savait montrer du courage à l'occasion. Louis ne se trompait pas non plus à son sujet.

– Un bon bougre, ce Johnson. Avec sa tête carrée, c'est le meilleur matelot à bord. Mais aussi sûr que les alouettes ont des ailes pour voler, il va s'attirer des ennuis avec Loup Larsen.

« Je vois les nuages grossir au-dessus de sa tête. Je l'ai pourtant averti en frère. Il ne sait pas tenir sa langue. Faut qu'il parle sur tout, comme chez lui. Un jour il se trouvera un mouchard pour aller baver sur son compte auprès de Loup Larsen. Le loup, il est fort et les loups, ils n'aiment pas la force chez les autres. Le Johnson, il sait pas faire le chien couchant. »

« Quand il a reçu un coup, il dit pas "oui, capitaine... merci, capitaine..." Et l'orage approche. Ça va craquer.

« Sacrée tête de bois. Il veut pas qu'on l'appelle Yonson. Un jour que Loup Larsen l'appelait comme ça, il a répondu "Mon nom est Johnson, capitaine. J.O.H.N.S.O.N." Si tu avais vu la tête du vieux ! J'ai cru qu'il allait foncer et le tuer pour le compte. Il l'a pas fait mais l'autre ne perd rien pour attendre. Il va lui casser sa caboche, ou je ne m'y connais pas en hommes. »

Je ne peux plus sentir Thomas Mugridge. Il exige maintenant que je lui donne du « monsieur Mugridge » chaque fois que je lui adresse la parole. Cette insolence a son explication. Le coq est dans les bonnes grâces de Loup Larsen. Pourquoi ? Comment ? Je n'en sais rien, mais c'est un fait.

Deux ou trois fois aujourd'hui, Loup Larsen a glissé le nez dans l'entrebâillement de la porte et a fait des reproches amicaux au cuisinier. L'après-midi, il est venu le chercher et ils ont bavardé un bon quart d'heure, familièrement, à l'arrière. Après quoi, Mugridge est revenu à la cuisine. Sous sa couche de graisse il rayonnait. Il s'est remis au travail en chantant d'une insupportable voix de fausset des couplets de corps de garde.

Il a même consenti à me faire ses confidences :

– J'ai l'habitude de me faire bien voir du commandement. J'ai une recette : avec mon précédent capitaine, on était copains comme cochons. Je ne me gênais pas pour aller le déranger dans sa cabine, histoire de bavarder autour d'un verre. "Mugridge, qu'il me disait, t'as raté ta vie. Et pourquoi, capitaine ? – T'étais né pour être gentleman, pas cuisinier." Dieu me foudroie si je te mens, Hump ! C'est comme ça qu'il me parlait le capitaine. Et j'étais assis dans sa cabine, à fumer ses cigares et à boire son rhum.

Ce caquetage me rendait fou. Je n'avais jamais entendu une voix aussi détestable. Il m'exaspérait tellement que j'en avais la tremblote. Ses insinuations mielleuses, sa monstrueuse vanité, son sourire fendu dans la graisse : je n'avais rien connu d'aussi répugnant. La cuisine était dans un état de saleté indescriptible. J'étais bien placé pour voir dans quelles conditions étaient préparés les repas et me nourrissais par précaution de bribes d'aliments que j'arrivais à soustraire au contact du visqueux personnage.

Mes mains, pas encore habituées à la besogne, me font souffrir. Mes ongles en deuil se décolorent. Même ma brosse de chiendent ne me débarrasse pas de ma crasse. Je me couvre d'ampoules très douloureuses. Enfin, comble de malheur, j'ai écopé d'une sérieuse brûlure à l'avant-bras, en trébuchant sur le fourneau allumé, dans un coup de roulis. Mon genou est toujours enflé et ma rotule déboîtée. Il me faudrait du repos. Mais je passe mes journées en allées et venues exténuantes.

Je découvre aujourd'hui ce que signifie le mot repos. Jusqu'alors, je m'étais reposé sans le savoir. Et aujourd'hui j'aspire à m'asseoir seulement une demi-heure, sans rien faire, l'esprit vide. Je fais le rude apprentissage du travail manuel et de la fatigue. De cinq heures et demie du matin à dix heures du soir je suis l'esclave de tout le monde. Pas un instant de loisir, sauf vers la fin du quatrième quart, à l'heure de la sieste. Si je m'accorde une minute de répit pour contempler la mer qui scintille, ou suivre les évolutions d'un matelot dans la mâture, ou regarder l'étrave du *Fantôme* fendre les vagues, j'entends aussitôt la voix détestée du coq : « Je t'ai à l'œil, Hump. S'agit pas de tirer au flanc. »

Au poste d'arrière, on discerne les signes précurseurs de l'orage. Il paraît que Smoke et Henderson en sont venus aux mains. Pourtant Henderson est lent et calme. Smoke a dû le faire sortir de ses gonds. Au dîner, j'ai remarqué qu'il avait un œil au beurre noir, et l'air particulièrement en rogne.

J'ai été le témoin d'une scène cruelle, qui montre bien la dureté des hommes. Parmi nous se trouve un novice, Harrison. Un brave gars de la campagne, un peu balourd. C'est sa première traversée.

On naviguait vent contraire et le bateau devait tirer de nombreuses bordées. Dans ce cas, les deux actions opposées du vent font battre les voiles. On dit alors qu'elles « faseyent ». La corne de la grande flèche s'était déplacée, et les cordages complètement embrouillés. Il fallait donc envoyer un marin là-haut pour tout remettre en ordre. Ce fut Harrison qu'on désigna.

Le pauvre garçon n'en menait pas large. Grimper à vingt-cinq mètres, avec la seule assurance d'un filin, c'est dur pour un débutant. Par mer calme, le danger aurait été moindre. Mais la houle était forte. Le *Fan-*

tôme roulait ; les mâts se balançaient sans arrêt ; les voiles claquaient, détendant puis raidissant les drisses sans prévenir. Un homme heurté de plein fouet par une drisse aurait été projeté aussi sûrement qu'une mouche frappée par une lanière de cuir.

Harrison hésitait à obéir. Johansen, très imbu de sa nouvelle autorité de second, se répandait en injures et en malédictions comme pour mieux imiter Loup Larsen. À la fin, ce dernier, impatienté, lui coupa la parole.

– Suffit, Johansen. Sur ce bateau, il n'y a que moi qui ai le droit de jurer.

– Bien, capitaine, répondit Johansen, subitement calmé.

Entre-temps, Harrison avait commencé à grimper. Je suivais son ascension, de la porte de ma cuisine. Même à distance, je le voyais trembler. Il progressait lentement, centimètre par centimètre. Sa silhouette se détachait sur le ciel bleu comme celle d'une araignée tissant sa toile. Il grimpait presque à pic, prenant appui des pieds et des mains sur les drisses fixées aux vergues et au mât. À mi-course, Harrison fut surpris par un brusque mouvement du *Fantôme* plongeant dans la houle. Il cessa de grimper et se cramponna aux cordages de toutes ses forces. D'en bas, je pouvais voir sa figure se crisper sous la tension douloureuse des muscles. Avec un claquement sec d'artillerie, la grand-voile faseya, alors qu'Harrison avait repris son ascension vertigineuse. Le vent tomba. La voile se vida d'un coup ; Harrison fut surpris par le brusque relâchement des drisses et perdit prise, d'une main d'abord, de l'autre main ensuite.

Le corps piqua dans le vide. Par un réflexe désespéré, Harrison s'accrocha des jambes et resta pendu, la tête en bas. D'un coup de reins, il réussit à se redresser et reprit sa position première.

– Attention, Johansen, cria le capitaine. Si jamais il tombe, tu es juste dessous. Tombera. Tombera pas. Il n'aura pas grand appétit ce soir, de toute façon...

Harrison s'était arrêté à nouveau. Il était livide, comme s'il avait eu le mal de mer. Près de moi, Johnson grommelait, dans son anglais laborieux et correct :

– Ce garçon est plein de bonne volonté. Il ne demande qu'à apprendre son métier. Mais il faudrait lui laisser sa chance... Ce qui se passe est un ass...

– Boucle-la ! murmura Louis. Si tu aimes ta mère, boucle-la !

Johnson, les yeux dans la mâture, continuait à grogner. Un des chasseurs de phoques, Standish, voulut intervenir.

– Dites donc, Loup Larsen, Harrison est un rameur. Je ne voudrais pas le perdre...

– C'est un rameur quand il est dans ton canot, Standish. À bord, il est à moi, comme les autres matelots, et j'en ferai ce que je veux. Compris ?

– C'est pas une raison, bougonna Standish.

– C'est comme ça et pas autrement. L'homme est à moi. J'en ferai de la soupe, si ça me chante. Et je boufferai la soupe.

Le chasseur tourna le dos à Loup Larsen et alla s'asseoir sur un canot. Une lueur de colère brillait dans ses yeux.

L'équipage en entier s'était rassemblé sur le pont. Tous les regards étaient tendus vers cette vie humaine aux prises avec la mort. À vrai dire, les hommes étaient plus curieux qu'émus. Et si Standish avait protesté, c'était principalement parce qu'il craignait d'être privé de son rameur.

Dix bonnes minutes passèrent, durant lesquelles Johansen cria sur Harrison, sans réussir à le faire bouger. Le matelot atteignit enfin l'extrémité de la corne et, à cheval sur elle, entreprit de dégager la voile. Il ne lui restait plus qu'à se laisser glisser le long des drisses et à reprendre pied sur le pont.

Mais le pauvre était à bout de nerfs. Descendre lui paraissait encore plus difficile que grimper. Sa position n'avait rien de sûr, ni de confortable. Il la préfé-

rait pourtant à une culbute dans le vide. Johansen s'égosillait à lui crier des encouragements. En pure perte.

– Hé, l'homme de barre, cria soudain Loup Larsen, veille à tenir ton cap ou gare à toi.

Le timonier avait en effet manœuvré légèrement pour donner un peu de stabilité au *Fantôme* afin de permettre à Harrison de descendre. Mais Loup Larsen avait éventé l'astuce et ne l'entendait pas de cette oreille. Il fallait bien s'amuser un peu.

Les minutes passaient et Harrison ne se décidait toujours pas à descendre. L'angoisse grandissait avec l'attente. Quant à Mugridge, il trouvait du sel à l'aventure et sortait continuellement la tête par l'ouverture de sa cuisine pour lancer une plaisanterie. Cet homme me dégoûtait de plus en plus. Je le haïssais de toutes mes forces. Pour la première fois de ma vie je « voyais rouge » ; j'étais saisi par l'envie de tuer. Certes, j'avais été élevé dans le respect de la vie ; mais la vie d'un Mugridge, cela ne pouvait plus compter.

Avec effroi, je me sentais envahi par une sauvagerie qui n'était que le reflet de la bestialité régnant sur ce bateau. Allais-je, moi aussi, me conduire comme ces hommes ? Je ne reconnaissais pas à la Justice le droit de donner la mort à un criminel ; et pourtant j'envisageais de tuer.

Au bout d'une demi-heure, on en était toujours au même point. Je me rendis compte que Johnson et Louis discutaient à voix basse. À la fin, Johnson échappa à Louis, qui s'efforçait de le retenir et, traversant le pont, il sauta dans le gréement. Mais Loup Larsen l'avait aperçu.

– Yonson, hurla-t-il. Où grimpes-tu comme ça ?

Johnson interrompit son ascension et planta calmement son regard dans celui du capitaine.

– Je vais aider le môme à descendre, répondit-il d'une voix posée.

– C'est toi qui vas descendre ! Et plus vite que ça ! Tu entends. Descends tout de suite.

Johnson hésita. Puis, vaincu par des années d'obéissance, il sauta sur le pont et s'éloigna, l'air renfrogné.

À cinq heures et demie, je me rendis au carré, comme à l'accoutumée, pour servir la table. Dans mes yeux et mon cerveau, un homme blême et tremblant, cramponné comme un insecte à la vergue en folie, se débattait encore et je ne savais plus très bien ce que je faisais. À six heures, je traversai le pont pour aller chercher un plat à la cuisine. Harrison était toujours en l'air. Au carré, Loup Larsen et les chasseurs échangeaient des plaisanteries.

Un peu plus tard enfin, j'aperçus avec plaisir Harrison qui gagnait en titubant l'écoutille du poste. Il avait enfin trouvé assez de courage pour redescendre.

J'étais seul à desservir la table quand Loup Larsen m'aborda.

– Vous paraissiez mal à l'aise, cet après-midi. Pourquoi donc ?

Il savait très bien ce qui m'avait rendu malade. Je lui répondis froidement.

– C'est à cause de votre brutalité incroyable à l'égard de ce pauvre garçon.

– Vous en êtes sûr ? N'est-ce pas plutôt le mal de mer ?

– Sûrement pas. Mais je connais la valeur d'une vie humaine.

– Ah oui ! Et quelle est-elle ? Des mots. Toujours des mots ! En fait, au pied du mur, vous êtes incapable de me répondre. Regardez l'univers ; la vie s'y répand en quantité illimitée. La nature est généreuse. Un poisson pond des milliers d'œufs. Et vous-même, si vous n'aviez rien d'autre à faire, combien pourriez-vous avoir d'enfants ? Et les enfants de vos enfants ? En quelques générations, ils feraient tout un peuple. La vie n'a aucune valeur. C'est encore ce qu'il y a de meilleur marché en ce bas monde. Si elle ne se détruisait pas elle-même au profit des plus forts, notre globe n'aurait pas assez d'eau et de terre pour la contenir.

– À vos propos, je vois que vous avez lu Darwin. Êtes-vous sûr que vous l'avez bien compris ? Vous vous trompez en pensant que la lutte pour la vie vous donne le droit de jouer avec celle des autres.

– Il y a plus de matelots que de places pour eux sur les navires. Il y a trop d'ouvriers pour les usines, et pas assez de machines. Vous êtes un terrien et vous savez que dans les bas quartiers des villes grouillent des pauvres diables dont vous débarrassent, j'imagine, la peste et la famine. Il y en a trop encore, qui n'ont même pas un croûton de pain, ni un morceau de viande. Connaissez-vous Londres ? Avez-vous vu les dockers se battre comme des fauves pour obtenir du travail ?

Il fit quelques pas vers l'escalier qui menait sur le pont.

– Encore un mot. La vie n'a qu'une seule valeur : celle qu'elle se donne elle-même. Et naturellement, elle se surestime. Vous avez vu cet homme qui se débattait aujourd'hui, entre ciel et terre. Il se cramponnait à la vie comme si ça avait été le bien le plus précieux, un trésor de diamants ou de rubis. Précieux pour qui ? Pour vous, pour moi ? Sûrement pas. Il l'aimait bien sa petite vie. Il lui donnait une valeur exagérée. En fait, s'il s'était écrasé sur le pont, la cervelle coulant comme un peu de miel du crâne fendu, le monde l'aurait-il seulement su ? Non... sur le marché, l'offre est trop grande. Lui, bien sûr, il se croyait quelque chose. Mais, une fois mort, sa conscience se serait évanouie du même coup. Pfuitt ! Il n'en resterait plus rien, moins que rien. Qu'avez-vous à me répondre à ça ?

– Je n'ai rien à vous dire, capitaine. Sinon que vous êtes logique avec vous-même.

Il était inutile de discuter avec un cynique.

Je me remis à ranger ma vaisselle.

VII

Nous avons rencontré le grand alizé.

Après trois jours de vent contraire, nous avons enfin passé une bonne nuit. Au petit matin, je montai sur le pont. Le *Fantôme* filait bon train, toutes voiles dehors, excepté le foc, sous une brise fraîche soufflant en poupe. C'était merveilleux.

Toute la journée et toute la nuit, le lendemain et les jours qui suivirent, nous filâmes ainsi, poussés par un vent puissant, régulier et sans excès. La goélette naviguait toute seule. Plus d'écoutes ni de poulies à manœuvrer. Il suffisait de tenir la barre.

Nous allions à dix, douze nœuds en moyenne. De l'aurore au crépuscule, grâce à ce vent de rêve, nous couvrions facilement deux cent cinquante milles.

Je me sens gai et triste à la fois. Toute cette vitesse m'éloigne de San Francisco. Nous naviguons entre les tropiques et il fait chaque jour un peu plus chaud. Nous avons aperçu les premiers poissons volants. Chaque nuit, les hommes courent sur le pont ramasser ceux qui y sont tombés. Une bonne friture en perspective, que Mugridge préparera en extra, non sans avoir perçu son pourboire. L'ordinaire s'améliore aussi de la viande de dauphins, bêtes splendides que Johnson réussit parfois à harponner, à partir du mât de beaupré qui lui sert de perchoir. Johnson est le plus heureux des hommes. Il ne quitte son affût que pour grimper dans les vergues du mât de misaine afin de mieux admirer la course du *Fantôme*. L'admiration lui fait venir les larmes aux yeux. Il contemple, extasié, la toile qui se gonfle, le soulèvement du bateau sur les vagues qui nous accompagnent en procession et le blanc sillage d'écume qui nous suit comme une traîne.

Mon travail est toujours aussi éreintant et me laisse peu de loisirs. Je vole pourtant de rares moments à Mugridge pour savourer les splendeurs qui m'environnent et dont je ne soupçonnait même pas l'existence. Le ciel est d'un bleu admirable. Bleue aussi la mer qui déchire notre étrave. L'horizon se nuance de teintes plus pâles. Le ciel turquoise est serti d'un écrin de nuages floconneux couleur d'argent.

Je me rappelle un soir où, plutôt que de m'endormir dans ma couchette, je m'étais allongé à l'avant, afin de regarder le tourbillon écumeux déversé à gauche et à droite par l'étrave du *Fantôme*. La chanson de l'eau rappelait le gazouillis d'un ruisseau sur des pierres moussues, et ce chant monotone m'emportait en douceur loin de moi-même.

Je n'étais plus Hump le mousse, ni Van Weyden qui avait passé trente-cinq ans de son existence dans la poussière des grimoires ; j'étais un personnage irréel. Une voix, derrière moi, frappa mes oreilles.

Je reconnus sans erreur possible Loup Larsen. Mais sa voix, forte, pleine, ample, s'était singulièrement adoucie. Il déclamait :

Nuit des tropiques, caressante.
Sur la mer, en bondissant
Notre navire au front puissant
Trace sa frange éblouissante.

Quelquefois le regard rêveur
Sur la route qu'il s'est tracée
Perçait la fugace lueur
D'une baleine effrayée.

Et quand vient l'aube, la rosée
Fusant de biais au ciel vermeil
Brille sous l'éclat du soleil.
Sur les filins, elle s'est posée.

Nous cinglons toujours devant nous
À pleines voiles, en longs remous
Sur l'étendue immense et verte
Sur l'immense piste déserte.

– Eh bien, Hump, qu'en dites-vous ? me demanda Loup Larsen, rompant un court instant de silence après la chute de la dernière strophe.

Je tournai les yeux vers lui. Était-ce le même homme ? Son visage rayonnait, comme la mer, d'une douce clarté venue des étoiles.

– Votre enthousiasme m'étonne. C'est tout ce que je puis dire.

– Et pourquoi donc ? Pour moi, c'est la vie.

Je fis la moue.

– La vie, pour vous, n'a pas de valeur.

Il partit d'un grand éclat de rire. C'était, de sa part, le premier accès de gaieté franche qu'il m'était donné de voir.

– Vous ne comprendrez jamais rien. La vie, c'est sûr, n'a aucune valeur en elle-même. Tout son prix lui est donné par l'imagination de l'homme. Et voilà pourquoi ces instants sont pour moi extraordinaires.

« Par une nuit si belle, une étrange exaltation m'envahit. Tout l'univers est à moi et je lis la vérité à livre ouvert, entre le bien et le mal. Je pourrais presque croire en Dieu.

« Pourtant (son visage s'assombrit et sa voix se fit plus rauque) cette exaltation est toute matérielle. La douceur du temps, mon estomac bien garni, une bonne digestion, voilà ce qui émeut mon ferment vital et fait pétiller mon sang comme le champagne. Et demain... demain, je pataugerai dans la réalité et je paierai ce court moment d'ivresse.

« Un jour je mourrai – sans doute en mer – et je m'en irai pourrir au fond de l'eau, servant de pâture aux bouches à l'affût. Ma vie et mes muscles inertes retrouveront force et existence dans les nageoires, les écailles, les boyaux des poissons. Le bon champagne sera devenu une boisson insipide. »

Aussi soudainement qu'il était venu, Loup Larsen me quitta. Je l'aperçus, l'instant d'après, qui arpentait le pont de son pas souple de félin.

Et le *Fantôme* continuait à creuser son sillon. Le chant du remous, sous l'étrave, se fit plus grave. Je me laissai bercer par ce remous régulier et la vision de Loup Larsen, s'exaltant d'idéal, s'estompa peu à peu. Une autre voix s'éleva alors sur le navire. Une voix de ténor, bien timbrée, chantait la chanson des alizés :

Je suis le vent loyal et sûr
Le vent tenace
Les matelots suivent ma trace
Dans l'azur.
Je souffle le jour et la nuit
Je tends la toile
Sous la lune pâle qui luit
Sous le soleil et sous l'étoile
Je tends la toile.

VIII

Il m'arrive de prendre Loup Larsen pour un fou, un demi-fou tout au moins, tellement sont déconcertantes ses sautes d'humeur. À d'autres moments, il me fait l'effet d'un grand homme méconnu, voire d'un génie manqué. J'ai acquis la conviction que c'est un primitif, égaré dans un monde moderne, en porte à faux sur notre civilisation sophistiquée.

C'est un individualiste et un solitaire, sans contact réel avec les hommes du bord. Entre eux et lui, sa force physique et morale dresse un mur impénétrable.

À ses yeux, les autres hommes ne sont que des enfants. Il traite les chasseurs de phoques en gamins et s'amuse avec eux quand il consent à leur parler, comme avec de gentils petits chiens. Ses semblables sont pour lui des sujets d'étude. Il les observe, les met à nu, les dissèque avec la froide cruauté d'un savant de laboratoire. Je l'ai vu souvent s'en prendre brutalement à l'un de ses convives, le fusillant du regard et lui décochant des insultes, de propos délibéré. Il faisait naître ainsi de petites colères et en suivait le déroulement avec une curiosité intéressée. Pour moi, spectateur averti, le spectacle était risible.

Je suis persuadé que ses propres colères sont feintes et qu'il reste toujours maître de lui-même. Ses fureurs sont ou bien l'occasion d'une expérience, ou bien une sorte de pause qu'il s'accorde au moment de s'imposer à ses subordonnés. Je ne l'ai jamais réellement vu en proie à la rage, sauf le jour de la mort du second. Il était alors hors de lui ; sa force redoutable éclatait et je ne souhaite pas le revoir dans cet état. Voulez-vous un exemple de ses lubies ? Ce fut Thomas Mugridge qui en fit les frais.

Le déjeuner de midi achevé, le coq était venu rejoindre Loup Larsen, comme à l'accoutumée.

– Sais-tu jouer au Nap ? lui demanda le capitaine.

« Tu sais jouer ? Parfait. Nous allons donc en faire une partie. J'ai appris à jouer autrefois sur un bateau anglais. En tant qu'Anglais, rien d'étonnant à ce que tu connaisses ce jeu. »

Mon Mugridge, en parfait imbécile, prenait des airs grotesques et, pour se montrer digne de l'amitié du capitaine, prenait la pose, multipliait les mimiques pour faire croire à sa distinction naturelle. Il m'aurait donné la nausée, s'il n'avait pas été surtout risible. Nous n'étions que trois dans la cabine. Mais il affectait de ne pas me voir. Sans doute n'étais-je pas digne de son regard délavé, de ses prunelles béates parcourues par des visions bienheureuses.

– Hump. Apportez-moi les cartes, me dit Loup Larsen en prenant place devant la table. Prenez aussi des cigares et le whisky dans l'armoire de ma couchette.

Revenu à la cabine avec ce qu'on m'avait demandé, j'entendis Mugridge susurrer des confidences sur le mystère qui entourait soi-disant sa naissance. Il aurait été le fils naturel d'un gentleman authentique qui aurait eu des amours inavouables.

Ce père lui servirait secrètement une rente à la condition qu'il veuille bien se tenir éloigné de l'Angleterre.

– Eh oui, capitaine ; on m'a versé la forte somme pour déguerpir et me faire oublier.

J'avais apporté des verres à liqueur ordinaires. Loup Larsen, fronçant le sourcil, me fit comprendre qu'il voulait de vrais gobelets et m'enjoignit d'aller les chercher, réunissant en creux ses deux mains. Ces gobelets furent emplis aux trois quarts de whisky : une boisson de gentleman, observa Mugridge. Les deux hommes trinquèrent au Nap (jeu magnifique !), allumèrent un cigare et battirent les cartes.

Ils jouaient pour de l'argent, faisant monter les enjeux tout en buvant force rasades. Je dus apporter une deuxième bouteille. Loup Larsen trichait-il ? Il en était bien capable. En tout cas, il gagnait.

Le coq devait multiplier les voyages à sa couchette pour en rapporter de l'argent. Quelques dollars à la fois, mais déposés sur la table avec une crânerie croissante. Le whisky lui montait à la tête. C'est à peine s'il pouvait se tenir sur sa chaise et distinguer les cartes.

Et il devenait très familier.

Un doigt graisseux pointé sur Loup Larsen, il proclamait d'un air fiérot :

– Des sous, j'en ai. J'ai beaucoup de sous. Vu que je suis le fils d'un gentleman... J'l'ai déjà dit.

L'alcool n'avait pas de prise sur Loup Larsen. Il buvait pourtant autant que son adversaire. Son gobelet était même souvent le mieux rempli. Il restait néanmoins impassible et les sottises du cuistot ne le faisaient même pas sourire.

Enfin, protestant qu'il saurait perdre comme un vrai gentleman, Thomas Mugridge déposa ses derniers dollars sur la table. Et il les perdit.

Après quoi, il se prit la tête à deux mains et se mit à pleurer.

Loup Larsen le regarda curieusement. Allait-il le faire parler pour examiner un de ces fameux cas psychologiques ? Il n'en fit rien. Le bonhomme était sans doute trop saoul pour qu'on en tire quelque chose.

Il se contenta de me dire avec une politesse très étudiée :

– Hump, veuillez avoir l'obligeance de prêter votre bras à M. Mugridge. Aidez-le à remonter sur le pont, il ne semble pas bien. – Et, à mi-voix, dans mon oreille : –... et dites à Johnson de lui déverser quelques seaux d'eau sur la tête.

Je m'exécutai et remis le coq sur le pont, entre les mains de deux matelots goguenards, qui se chargeraient de la besogne en l'absence de Johnson.

La voix pâteuse de Mugridge répétait : « Je suis le fils d'un gentleman. » Mais, tandis que je redescendais l'escalier du carré pour aller desservir, j'entendis derrière moi le bruit du premier seau d'eau qu'on lui balançait.

Loup Larsen était occupé à compter sa recette :

– ... Exactement cent quatre-vingt-cinq dollars. C'est bien ce que je pensais. Et le gaillard a embarqué sans un sou vaillant.

Je pris mon courage à deux mains.

– D'accord, capitaine. Et l'argent que vous avez gagné m'appartient.

Loup Larsen me décocha un sourire moqueur.

– Vérifiez votre grammaire, Hump ! Vous devriez dire « m'appartenait » et non pas « m'appartient » !

Je répliquai :

– Ce n'est pas de grammaire qu'il s'agit, mais de morale.

Loup Larsen resta silencieux une bonne minute et poursuivit avec une sorte de gravité mélancolique :

– C'est la première fois que j'entends prononcer ce mot sur ce bateau de brutes. Je vous en remercie ; j'en suis heureux. J'ai souvent demandé aux livres de m'élever au-dessus de ma condition sociale d'origine. Voyez-vous, je ne suis pas un ignorant. Mais, pour l'affaire qui nous occupe, ce n'est ni une question de morale ni une question de grammaire. C'est une question de fait !

– Compris. Et le fait est celui-ci : l'argent est dans votre poche.

Son visage s'éclaira.

– Bien raisonné !

– Vous arrangez les choses à votre manière. Je suis dans mon droit.

– T tt. T tt... On recommence. Vous vous obstinez à croire au bien et au mal.

– Parce que vous, vous n'y croyez pas ?

– Pas le moins du monde ! Le seul droit, faut-il vous le répéter ? c'est celui de la force. Le faible a tort parce qu'il est faible. Tant pis pour lui. C'est bon et utile d'être fort. J'ai cet argent dans ma poche et ça me fait plaisir. Pourquoi me priver d'un plaisir si rien ne m'y oblige ?

– Un homme digne de ce nom considère non seulement son plaisir et son intérêt, mais aussi, à part égale, l'intérêt et le plaisir de ses semblables. En philosophie, nous appelons cela l'altruisme.

– Vous voulez dire qu'il faut aider les gens ?

Je ne fus pas surpris par cette question. Il était normal que Loup Larsen, qui s'était instruit tout seul et avait beaucoup réfléchi sans avoir l'occasion de discuter, ignorât ce mot savant.

– L'altruiste agit pour le bien des autres. Il est le contraire de l'égoïste qui ne songe qu'à lui-même.

– Exact. J'ai lu quelque chose de ce genre dans Spencer.

– Vous avez lu Spencer ?

– Un peu... Pas à fond quand même. J'ai fait ce que j'ai pu. Les *Premiers Principes* m'ont intéressé. Par contre, sa *Biologie* a dégonflé mes voiles. Avec sa *Psychologie* j'étais en calme plat ! Il me manquait des bases pour de telles études. Dans le *Principe de morale évolutionniste* j'ai pourtant pêché des bribes qui peuvent servir.

Qu'est-ce qu'un homme comme Loup Larsen avait bien pu tirer de la lecture de Spencer, ce philosophe pour qui altruisme et règle de vie sont indissociables ? Je soupçonnai le capitaine d'avoir choisi ce qui lui plaisait et rejeté le reste.

– Bref, lui dis-je, vous êtes un égoïste, un matérialiste et un hédoniste.

– Hédoniste ?

– En d'autres termes, un homme dont toute la philosophie est dans le plaisir. Comme Épicure.

– C'est exactement ça.

– Et vous manquez tout à fait de sens moral.

– Encore plus juste !

– Vous êtes un homme qu'il faut craindre en permanence.

– Vous y êtes tout à fait.

– Redoutable comme le serpent, le tigre ou le requin.

– Vous approchez... d'autres me comparent à un loup.

– En fait, vous êtes un monstre. Une espèce de Caliban, guidé par son caprice, sa fantaisie, et qui s'en vante !

Le temps passait. On était à l'heure du dîner et le couvert n'était pas mis. J'avais hâte de laisser cette discussion philosophique pour les occupations plus terre à terre de mon service.

Mugridge ne tarda pas, d'ailleurs, à montrer sa vilaine bobine par l'écoutille. Il était furieux et son regard se voulait terrible.

– Ce soir, faudra te débrouiller tout seul, cuistot. Je suis en grande conversation avec Hump. Et tu feras sans lui, lui jeta le capitaine.

Ce soir-là, je m'attablai donc au carré, en compagnie de Loup Larsen et des chasseurs de phoques. Je n'en aurais jamais autant espéré.

Mugridge servait à table et se chargea ensuite de la vaisselle. Tout cela pour un caprice de Caliban qui m'attirerait sûrement pas mal d'ennuis.

Tout en mangeant, Loup Larsen et moi-même, nous continuâmes à discuter philosophie, morale et religion, devant les chasseurs de phoques qui n'y comprirent rien du tout.

IX

Ce traitement de faveur dura trois jours. Trois jours bénis par moi, qui prenais mes repas en compagnie de Loup Larsen, tout en discutant des grands problèmes, maudit par Mugridge, fou de rage et accablé de travail.

– Fais gaffe au grain, me conseilla Louis que je rencontrai sur le pont, alors que Loup Larsen était allé régler une querelle survenue entre les chasseurs de phoques. Gare au lendemain. Aujourd'hui, Loup Larsen ne jure que par toi. Mais il est plus changeant que le temps, et pas plus sûr. Tu crois le tenir, et le vent tourne ; les nuages crèvent et c'est la tempête.

Le grain prédit par Louis ne se fit guère attendre. Heureusement, j'étais prévenu et l'explosion ne me surprit qu'à moitié. Une ardente discussion tout intellectuelle m'avait opposé, une fois de plus, au capitaine. Fort imprudemment, je l'avoue, je le mis directement sur la sellette. Je lui dis carrément ce que je pensais de sa théorie sur l'immortalité de l'âme et de son égoïsme. Je le dénudai tout à fait, comme il se plaisait à le faire aux autres. Je fus sévère, juste et sans pitié et le poussai au comble de l'exaspération. Il était trop tard ! Son visage, bronzé par le soleil, devint noir de rage. Ses yeux lancèrent des éclairs. Je n'y lisais plus ni intelligence ni raison. J'avais un fou en face de moi : un loup enragé.

Il bondit sur moi en rugissant et m'empoigna par le bras. Malgré ma frayeur, je voulus lui tenir tête et me cabrai. Mais il était trop fort. Sa main serrait mon biceps dans un étau. Sous le coup de la douleur, je me sentis défaillir et m'affaissai en gémissant. De me voir tomber ramena Loup Larsen à lui-même. Une lueur de lucidité reparut dans ses yeux. Et il me relâcha avec un grognement.

Mes muscles n'obéissaient plus. Je m'écroulai sur le sol et restai affalé. Loup Larsen, assis sur une chaise, roulait tranquillement un cigare et me guettait du coin de l'œil. Son regard cruel me fouillait avec cette insistance amusée que je lui connaissais bien. Aujourd'hui, c'était moi qui en étais l'objet. Et je m'en serais bien passé. Ma souffrance était son objet d'étude du moment.

Je ne pus me servir de mon bras gauche, engourdi et paralysé, pendant plusieurs jours. Il garda une certaine raideur pendant plusieurs semaines. Le lendemain, cependant, Loup Larsen passa la tête dans la porte de la cuisine pour prendre de mes nouvelles.

– Ça ne va pas trop bien, répondis-je tristement.

– Ça aurait pu être pire ! fit-il en souriant.

Pour appuyer ses dires, il prit une pomme de terre dans le tas que j'étais en train d'éplucher et la serra dans son poing fermé. La purée jaillit en filets jaunâtres entre ses doigts. Il laissa tomber la peau de la pomme de terre et s'en alla. Je compris alors ce qu'il aurait pu faire de mon bras s'il lui avait pris fantaisie d'user de toute sa force.

De toutes les façons, ces trois jours m'avaient fait du bien. Mon genou s'était reposé et l'enflure avait presque disparu. La rotule reprenait sa place.

Par contre, j'avais accumulé beaucoup de rancœur

dans l'esprit de Mugridge qui était disposé à me faire payer très cher mon intimité avec Loup Larsen. Il se montra plus grossier à mon égard, m'abreuvant d'injures et se déchargeant sur mon dos de son propre travail. Un jour il leva le poing sur moi. Mais moi aussi, je devenais un dur. Je hurlai comme une bête ; il eut peur et battit en retraite.

Joli tableau qu'Humphrey Van Weyden, acculé dans un recoin de cuisine et défiant du regard l'immonde Mugridge. Mes lèvres se retroussaient comme celles d'un chien sur ses crocs ; mes yeux fiévreux luisaient de hargne et de peur. J'étais un rat pris au piège. En tout cas, mon attitude impressionna Mugridge, qui baissa les poings sans me frapper.

A partir de cet instant, nous fûmes, le coq et moi, deux bêtes féroces enfermées dans la même cage, occupées à se défier du regard et à montrer les dents.

Trop poltron pour provoquer un autre combat, Mugridge utilisa un nouveau stratagème pour m'impressionner.

À la cuisine nous ne disposions que d'un seul couteau pour découper la viande. Usé par de longues années de service, ce n'était plus qu'une terrible lame, mince et effilée, qui me donnait la chair de poule chaque fois que je devais m'en servir.

Le coq emprunta une pierre ponce à Johansen. Et, chaque jour, dès qu'il eut un moment de loisir, il s'employa à aiguiser l'acier tranchant qui devint effilé comme un rasoir. Tout en me lançant des regards lourds de menace, il éprouvait le fil du couteau sur le gras de son pouce et passait la pointe sous ses ongles. Il se grattait le poil des avant-bras et examinait la lame avec minutie, les yeux écarquillés. Jusqu'au moment où il avait trouvé, ou cru trouver, un défaut microscopique, il entreprenait aussitôt de le faire disparaître, reprenant la pierre et affûtant, affûtant sans relâche. Tant et si bien que j'éclatai de rire devant cette comédie ridicule.

J'aurais dû cependant prendre sa menace au sérieux.

Mes camarades m'avertirent d'avoir à me méfier de Mugridge. Ce genre de lâche trouve une espèce de témérité dans la peur. En d'autres termes, pour se protéger, ou se venger, il était bien capable de se livrer à des actes qui ne correspondaient pas du tout à sa nature timorée. Les chasseurs de phoques ne manquaient pas d'ailleurs de l'asticoter en lui reprochant son indécision.

– Alors, cuistot, te voilà en train d'affiler ta lame pour Hump.

Thomas Mugridge se sentait flatté et répondait par un hochement de tête plein de sous-entendus.

Un jour, George Leach, l'ancien mousse dont j'avais pris la place, lança au cuistot, sur le même sujet, une plaisanterie très osée. Or Leach était un des deux matelots à qui j'avais demandé de doucher Mugridge après sa partie de cartes avec le capitaine. Et il n'y était pas allé de main morte ! Le coq lui répliqua par une bordée d'injures grossières et le menaça du couteau bien effilé. Leach redoubla de moquerie en utilisant toutes les ressources du vocabulaire des poissardes de Billingsgate.

Avant même d'avoir eu le temps de se rendre compte de quelque chose, il avait le bras droit tailladé, du coude au poignet, par une longue estafilade.

Son coup fait, Mugridge prit du recul et se mit en garde, pointe en avant, le regard chargé de haine. Le sang coulait à flots du bras de Leach et giclait sur le pont.

– Tu me le paieras, salopard, grommela ce dernier. Et très cher... J'aurai mon heure. Quand je te sauterai dessus, t'auras pas ton couteau, je te le promets.

Puis il tourna les talons et s'éloigna sans se presser. Mugridge était blanc comme un linge. Moins par remords sans doute que par trouille. Il imaginait tout ce que son acte irréfléchi allait accumuler sur sa tête.

Mais le sang qu'il avait fait couler le grisait. Dans son esprit, cela devait me servir d'avertissement. Et il redoubla de férocité à mon égard. Dans les brumes de cet esprit inculte, il était facile de lire comme dans un livre la haine et le goût du meurtre.

Et les jours succédèrent aux jours. Le *Fantôme* taillait sa route sous les alizés. Et Mugridge affûtait sa lame en me décochant des regards carnassiers. Mon effroi grandissait. À la moindre minute d'inattention, il me ferait mon affaire. Je ne quittais plus la cuisine qu'à reculons.

Cette pantomime amusait fort l'équipage et les chasseurs de phoques qui se distrayaient en guettant mes sorties. J'étais à bout de nerfs et sombrais dans le désespoir. Qui, sur ce bateau de dingues et de brutes, pouvait songer que j'avais une âme humaine et me tendre une main secourable ? J'étais parfois tenté de me confier à Loup Larsen. Mais la lueur diabolique de son regard qui semblait narguer la vie en permanence m'en empêchait.

J'envisageai plusieurs fois de me suicider. Il me fallut à maintes reprises faire appel à tout mon courage, tout mon optimisme têtu pour ne pas piquer une tête dans la mer, durant la nuit.

Loup Larsen essayait encore d'engager la conversation avec moi à propos de littérature ou de philosophie. Mais je me dérobais. Mes réponses évasives lui firent comprendre que j'étais préoccupé. Il m'ordonna donc de reprendre ma place à table et de quitter provisoirement la cuisine. Encouragé par cette invite, je déversai ma peine et lui racontai tout ce que j'endurais de la part de Mugridge. J'eus droit à son regard narquois.

– Bref. Vous mourez de frousse ?

– Oui. Pourquoi le cacher ?

– Tous les mêmes ! L'immortalité de l'âme, vous en avez plein la bouche. Mais vous avez peur de mourir. La seule vue d'un couteau aiguisé dans les mains d'un cuisinier poltron vous fait oublier vos belles théories. L'instinct vital reprend le dessus.

« Voyons, Hump... Vous affirmez que vous êtes une émanation du Dieu créateur. Or, on ne tue pas Dieu.

Vous êtes sûr de ressusciter. Qu'avez-vous donc à craindre, puisque la vie éternelle est devant vous ?

« D'après vos principes, vous êtes millionnaire en immortalité : une sacrée fortune, inusable, sans limites comme le temps et l'espace, et qui survivra aux étoiles. L'éternité n'a ni fin ni commencement. Mourez ici ; vous vivrez ailleurs.

« C'est au fond une belle occasion qui s'offre à vous de libérer votre esprit de sa prison corporelle. Le coq ne peut vous faire de mal. Au contraire, il vous pousse sur le sentier de l'immortalité. »

J'esquissai une vague protestation.

– Ou alors, poursuivit Loup Larsen, si vous n'êtes pas pressé de faire le saut, peut-être pourriez-vous catapulter Mugridge à votre place. Lui aussi est millionnaire en immortalité. Pas de faillite à la banque de l'éternité. Sa monnaie ne se dévalue pas. Ce n'est pas en le tuant aujourd'hui que vous raccourcirez beaucoup sa vie, qui est sans fin, comme la vôtre. Courage ! Emparez-vous du couteau dès qu'il aura le dos tourné et expédiez-le dans l'au-delà. Libérez son âme ; brisez les portes de son étroite prison. Qui sait si cette carcasse pourrie ne recèle pas un esprit supérieur qui ira planer dans l'azur ? N'hésitez plus, ami. Et je vous donnerai sa place. Elle vaut quarante-cinq dollars par mois.

Cette conversation prouvait clairement que je n'avais rien à attendre de Loup Larsen. Je décidai donc de ne compter que sur moi-même et de battre Mugridge avec mes propres armes. Plusieurs fois Louis m'avait demandé du sucre ou du lait condensé : ces articles étaient rangés dans l'infirmerie et on ne pouvait y accéder qu'en passant par la cabine du capitaine. Je profitai d'une occasion favorable pour dérober cinq boîtes de lait, qui furent aussitôt troquées contre un poignard, aussi effilé que le couteau du cuisinier.

La lame était un peu rouillée ; mais quelques tours

de meule et l'adresse de Louis lui redonnèrent brillant et tranchant.

La nuit suivante, je dormis d'un très bon sommeil. Le lendemain, je vidai, comme d'habitude, après le petit déjeuner, les cendres du fourneau. Et Thomas Mugridge céda à son habitude d'aiguiser, aiguiser, aiguiser... En sortant pour jeter mes cendres à la baille, je lui lançai un coup d'œil provocateur. À mon retour, je le retrouvai en conversation avec Harrison. Le visage du naïf garçon de ferme béait d'admiration.

– C'est comme je te le dis, criait Mugridge. J'ai écopé de deux ans de taule. J'ai pas regretté ; le type avait son compte... Si t'avais vu le spectacle ! Je lui ai enfoncé le couteau comme ça, dans sa viande molle. Il gueulait comme un porc.

Je me tenais sur le seuil et Mugridge s'étant assuré que je ne perdais rien de son récit continua :

– Il me suppliait de l'épargner : « Si je t'ai fait du tort, Tommy, je te jure que c'est pas exprès. » J'l'ai laissé causer. Et je lui ai quand même percé le lard. Un chouette spectacle, tu peux me croire !

Cette histoire sanguinaire fut interrompue par un appel du second, qui fit déguerpir Harrison.

J'étais à peine rentré dans la cuisine que Mugridge se remettait à son travail de rémouleur. Je remis en place la boîte à cendres et m'assis posément sur le coffre à charbon, en face du cuistot. Il me lança un coup d'œil mauvais.

Je m'efforçais au calme. En fait, mon cœur battait à tout rompre. Je sortis le poignard de Louis, une pierre à affûter et commençai moi aussi à repasser la lame. Je m'attendais à une explosion d'injures. Rien ne vint. À mon vif étonnement, il ne me prêta aucune attention et continua à aiguiser son couteau. Nous étions nez à nez ; et nous sommes restés ainsi, deux heures durant, aiguisant, aiguisant...

Tout le bateau fut bientôt averti, et, en moins de temps qu'il ne faut pour le dire, la moitié de l'équipage se rassembla à la porte de la cuisine. Chacun de nous prodiguait conseils et avis. Jack Horner, le doux chasseur de phoques, me dit de ne pas m'attaquer aux côtes, la lame pouvant dévier. Mieux valait enfoncer l'acier dans le ventre, vers le haut, avec ce joli petit coup de poignet qui porte le nom de « tortillade espagnole ».

Leach, qui avait toujours le bras bandé, me supplia de le laisser « finir » le cuistot. Et Loup Larsen, lui-même, s'arrêta près de nous, histoire sans doute de vérifier une fois de plus que la vie fermentait à son bord.

En cet instant, je me rangeai, il est vrai, à son avis, ne trouvant pas que la vie fût divine ni propre. Qu'étions-nous, Mugridge et moi, sinon deux atomes assez peu ragoûtants acharnés par veulerie à aiguiser un bout de métal sur un caillou ? Et qu'étaient les autres atomes agglutinés autour, sinon un ramassis de lâches ?

La plupart d'entre eux brûlaient de voir couler mon sang et celui du cuistot, pour se divertir. Pas un ne serait intervenu si le duel était devenu mortel.

Tout cela était trop risible ! Van Weyden contre Mugridge. Aiguisez, aiguisez votre poignard, mes agneaux, dans votre cambuse minable.

Depuis mon naufrage en baie de San Francisco, je n'avais jamais été en pareille situation. Il y a peu encore, on m'appelait « chiffe molle » pour mon goût immodéré du confort. Ma propre métamorphose me stupéfiait. Je ne savais plus s'il fallait rougir ou m'enorgueillir du nouveau Van Weyden.

Et rien ne se produisit.

Au bout de deux heures, Thomas Mugridge poussa son couteau sur le côté et vint à moi, la main tendue.

– À quoi ça sert d'amuser cette galerie de sales péquenots ? Ils peuvent pas nous sentir et attendent qu'on se coupe la gorge. T'es pas un mauvais diable, Hump. T'as du cœur au ventre comme un vrai Yankee. Et puis j't'ai à la bonne. Serre-moi la main.

Je n'étais ni très brave ni très lâche. Et je venais de

remporter une belle victoire. Ç'aurait été la compromettre que d'accepter la sale main qu'il me tendait.

– Bon. Bon, prends-la, prends-la pas, admit Thomas Mugridge. T'es mon pote quand même.

Et pour sauver la face, il s'attaqua à la horde des matelots.

– Foutez-moi le camp. Débarrassez ma cuisine, bande de fumiers.

Il les menaçait d'une bouilloire d'eau fumante. Tous les matelots déguerpirent. Cette semi-victoire permit à Mugridge d'encaisser un peu mieux sa défaite.

Les chasseurs de phoques, moins timides, partirent les derniers. Et j'entendis Smoke dire à Horner :

– Le coq est foutu !

– Plus que foutu. Maintenant c'est Hump qui dirige la cuisine. Mugridge n'a qu'à filer droit.

Ce dernier avait entendu ces paroles et me lança un regard de défi. J'affectai de n'avoir rien remarqué.

Au début je n'osais croire à ma victoire. Mais au fur et à mesure que s'écoulaient les jours je constatai que la prophétie de Smoke se réalisait. J'avais bel et bien gagné.

Le coq était avec moi encore plus servile qu'avec Loup Larsen. Je cessai donc de lui donner du « monsieur Mugridge ». Je lui laissai aussi la vaisselle des casseroles et des assiettes et refusai de faire les pluches.

Mon seul travail fut de servir la table du capitaine et de faire le ménage de sa cabine. Je portais toujours mon poignard à la hanche, et ne me départis jamais à l'égard de Mugridge d'une attitude faite de hauteur, d'insulte et de mépris.

X

Je deviens chaque jour plus intime avec Loup Larsen, si, du moins, on peut décrire ainsi mes relations avec le capitaine. Mon rôle est de divertir, comme le bouffon du roi. Je suis son hochet et il m'accorde autant de valeur qu'un enfant à ses jouets.

Je lui plais tant que je l'amuse. Dès qu'il s'ennuie ou qu'il a le cafard, je suis renvoyé aux cuisines. Trop heureux si je n'écope pas de quelques coups à l'occasion.

A bord, personne n'échappe à son mépris et tout le monde, en retour, le méprise ou le hait. Ce solitaire est consumé du dedans par une lave puissante qui cherche à se déverser. Si Lucifer, le roi des démons, venait vivre parmi nous, il s'incarnerait en Loup Larsen.

Comme tous les Scandinaves, Loup Larsen est sujet à des accès de mélancolie qui aggravent encore son caractère taciturne. En le voyant vivre, je comprends mieux comment les sauvages blonds à peau blanche du Nord ont pu créer leur terrible panthéon et la mythologie d'Odin.

Aucune trace chez lui de l'insouciante gaieté latine. Son rire, quand il rit, n'est que l'expression de la férocité. Au fond de lui-même sourd une sombre tristesse, fanatique : la sombre tristesse de Mrs Grundy, la vieille dame pincée aux idées étroites ; la sombre tristesse de l'Eglise réformée par Luther.

Il est vrai que la religion pourrait être une consolation pour Loup Larsen. Mais il n'en a aucune ! C'est un matérialiste parfait. Et le jour où les idées noires l'envahissent, il devient diabolique. J'aurais pu avoir pitié d'un autre homme. De lui, non.

L'autre matin alors que j'entrais dans sa cabine pour remplir son pot à eau, je l'ai trouvé la tête dans les mains, ses épaules secouées de convulsions, comme par des sanglots. Quel profond chagrin le déchirait ? En me retirant sur la pointe des pieds je l'entendis grogner : « Dieu ! Dieu ! Mon Dieu ! »

Loup Larsen appelait-il Dieu à son secours ? Dans sa bouche ce n'était qu'un cri banal, une exclamation de douleur exhalée par sa poitrine.

Au déjeuner, il demanda qui, parmi les chasseurs de phoques, avait un remède contre les maux de tête. Il souffrait atrocement. Le mal empirait et, à la fin de la journée, le rude capitaine était presque aveugle et chancelait, malgré sa force, en déambulant sur le pont. Je dus le soutenir pour le reconduire à sa cabine.

– Hump, me dit-il, mon mal est étrange. Jamais je n'ai eu mal à la tête comme aujourd'hui, sauf peut-être la fois où une barre de cabestan m'a enlevé à l'improviste quinze centimètres de la peau du crâne. Et je n'ai jamais été malade de ma vie.

Loup Larsen était quasi aveugle. Il souffrit pendant trois jours comme une bête sauvage, seul, dans son coin, sans se plaindre et sans être plaint, comme c'est la règle sur les bateaux.

Le matin, en entrant dans sa cabine pour faire son lit et lui demander de quoi il avait besoin, je le trouvai tout à fait remis. Il avait recouvert sa table et sa couchette de papiers remplis de chiffres et de croquis. Il maniait l'équerre et la boussole et reportait ses calculs sur une grande feuille de papier calque.

– Voilà le travail, mon petit Hump ! Une belle invention ; il ne reste plus qu'à faire une dernière mise au point.

– Mais de quoi s'agit-il ?

– D'un nouveau procédé qui va bougrement faciliter la navigation. Pratiquement plus de calculs à faire pour conduire un bateau. C'est un jeu d'enfant !

« Il faut seulement repérer une étoile dans la nuit noire. Vous placez alors mon dispositif sur une carte du ciel et vous faites un relevé de degrés. Reportez le chiffre obtenu sur la table que j'ai établie. En moins de deux, vous connaissez votre position. »

Sa voix résonnait d'intonations joyeuses. Bleus comme la mer, ses yeux étincelaient.

– Vous devez être fort en mathématiques. Où avez-vous fait vos études ?

– Nulle part ! Je n'ai jamais mis les pieds dans une école. J'ai trimé tout seul... Attention, ne croyez pas que j'aie mis au point cette invention par amour des hommes ou pour laisser mon nom à la postérité. – Il s'esclaffa. – Pas du tout ! Je veux seulement faire breveter mon procédé et en tirer des sous. Je pourrai alors me donner un peu de bon temps, m'offrir une bonne partie de rigolade, le jour où j'en aurai envie. Le reste du temps, je tirerai ma flemme, tandis que les autres continueront à bosser. Voilà mon but. Et puis je suis bien content d'avoir réalisé ce que mon esprit a conçu.

– La joie créatrice ?

– Je crois que ça s'appelle comme cela. La joie des vivants sur les morts. L'orgueil du ferment qui a créé quelque chose...

Il n'y avait rien à faire devant une telle perversion de l'esprit. Je me contentai donc de lever les bras et m'occupai de faire le lit. De son côté, Loup Larsen se replongea dans le report de ses traits et mesures sur la grande feuille. Son attention et la précision méticuleuse de ses gestes étaient admirables, surtout de la part d'un homme qui se comportait habituellement comme une brute.

Mon ouvrage terminé, je levai les yeux vers lui. Cet homme était beau, incontestablement. C'était un mâle splendide, dont le visage serein reflétait une conscience pure, une âme sans méchanceté. Je savais pourtant à quoi m'en tenir. La conscience de Loup Larsen ne le troublait guère pour une raison toute simple : il n'avait pas de conscience.

J'étais fasciné par ce colosse bronzé, au profil pur. Sur ses lèvres, pleines et charnues, je lisais une dure sensualité. Le nez, régulier comme celui des statues classiques, rappelait le bec de l'aigle royal. Le visage en son entier exprimait une force altière, teintée de mélancolie et d'orgueilleuse cruauté.

Que faisait un tel homme sur la terre ? La question me tourmentait ; n'avait-il pas manqué sa voie en acceptant de commander une quelconque goélette de chasseurs de phoques ?

J'y allai donc de mon petit discours, qui fut long et que Loup Larsen écouta jusqu'au bout sans m'interrompre :

– Certains jours, vous devez penser que vous avez raté votre existence. Le pouvoir formidable qui est en vous aurait dû vous mener haut, très haut. Ce ne sont pas les scrupules qui vous retiennent. Vous auriez pu mener les foules, dominer le monde. Et pourtant, au faîte de votre vie, vous végétez au milieu de quelques brutes. A bord : une existence sordide. A terre : une débauche grossière. Et pas d'autre avenir que de hâter le moment de votre décrépitude et de votre mort. Pourquoi ? Quelle fatalité mauvaise a saboté votre vie, à la naissance ?

Il resta silencieux un moment, avant de me répondre.

– Hump, souvenez-vous. Dans la parabole du semeur, que vous connaissez sûrement, il est dit qu'une partie du grain tombe sur un sol pierreux, ou dans les ronces et les épines. Quand lève la semence, on constate que les pousses qui n'ont pas de racines se fanent au soleil et meurent. Les autres sont étouffées par les mauvaises herbes.

– Eh bien ?

– Eh bien, moi aussi, je fais partie des graines avortées.

Et il baissa de nouveau les yeux sur son ouvrage. Je me remis à ma besogne. Il me rappela alors que j'ouvrais la porte pour sortir :

– Ecoutez-moi, Hump ! Prenez une carte de la Norvège. Sur la côte ouest, vous découvrirez sans trop de peine une découpure appelée Ronisdal-Fjord. Ce n'est pas là que je suis né : je suis danois et non norvégien. Pourquoi mes parents sont-ils venus s'établir avec moi, dans cette crique glaciale ? Je ne le saurai jamais. Depuis des générations, pauvres et illettrés, ils labouraient la mer et jetaient leurs enfants sur l'océan. Voilà tout ce que je sais de moi, et ne vous dirai rien d'autre.

– Rien d'autre ? Vraiment rien ?

– Que voulez-vous savoir de plus ? Que je fus un enfant misérable, nourri en tout et pour tout de poisson. La vie était rude. Dès que j'ai pu me tenir sur mes jambes, je suis grimpé sur un bateau. Mes frères aînés avaient pris la mer et n'étaient jamais revenus. A dix ans, l'âge mûr ! j'ai été embarqué comme mousse sur un vieux rafiot qui faisait le cabotage. Travail harassant. Traitement de forçat. Je recevais plus de coups que de pain. Pas d'autre langage que la taloche. Crainte, souffrance et haine ont été toutes mes impressions d'enfant. Je veux oublier cette époque atroce : la rage et la folie me montent au cerveau quand j'y songe. Si j'avais retrouvé quelques-uns de ces capitaines caboteurs, à l'âge adulte, je les aurais tués de mes mains. Mais la vie nous avait éloignés. Tant mieux pour eux !

« Je suis pourtant revenu une fois, il y a peu, sur cette terre maudite. Tous mes anciens bourreaux étaient morts ; sauf un seul, un lieutenant, passé capitaine. Je l'ai amoché pour le restant de ses jours.

– Où avez-vous appris à lire et à écrire ?

– Dans la marine anglaise, seul, à la force du poignet. A douze ans, j'étais mousse de cabine. A quatorze, mousse en titre ; novice à seize ; matelot à dix-sept et, finalement, cuisinier. J'ai gravi les échelons, seul, sans l'aide ni la sympathie de personne. J'ai appris par mes propres moyens ce que je sais de la navigation et des mathématiques, sans oublier la philosophie et la littérature. Et me voilà, comme vous dites, au faîte de ma vie, propriétaire et maître d'un bateau, avec la perspective du déclin et de la mort.

« C'est bien peu, n'est-ce pas ? J'ai été brûlé par le soleil, comme le grain sans racines, semé sur les cailloux.

– Vous avez manqué de chance, cette chance qui a permis à des esclaves de revêtir la pourpre impériale.

– Oui, oui, la chance. Personne ne la fabrique. Quand elle passe, il faut la saisir. Comme ce Corse, devenu empereur de France. J'ai fait des rêves plus grands que les siens. Mais l'occasion ne s'est pas présentée. Je vous l'ai dit, seules les ronces ont levé autour de moi et m'ont étouffé. Hump, j'ai été direct et confiant avec vous. Vous en savez sur mon compte plus qu'aucun homme n'en a jamais su, à part mon frère.

– Vous avez un frère ? Que fait-il ? Où vit-il ?

– Avec moi, c'est le dernier survivant de la famille. Il commande lui aussi un chasseur de phoques : le *Macédonia*. Nous risquons de le rencontrer au large du Japon. Son équipage l'a surnommé Larsen-la-Mort.

– Larsen-la-Mort ! Vous ressemble-t-il ?

– Oh, un peu. C'est un animal sans cervelle. Il a toute ma... ma...

– ... brutalité ?

– C'est ça. Merci d'avoir dit le mot juste. Il a ma brutalité. Mais il sait à peine lire et écrire.

– Il n'a jamais, comme vous, exercé son esprit à la philosophie.

– Et il ne s'en porte pas plus mal. Son horrible existence solitaire ne le tracasse pas outre mesure, lui... Mon tort, à moi, est d'avoir mis le nez dans les livres et d'avoir appris à penser.

XI

Après avoir atteint l'extrémité sud de son itinéraire dans le Pacifique, le *Fantôme* redresse maintenant sa course vers le nord-ouest. Il doit, m'a-t-on dit, relâcher dans une île déserte où l'on pourra remplir les réservoirs d'eau douce, avant la saison de chasse sur les côtes du Japon.

Les chasseurs s'exercent au maniement de leurs armes. Rameurs et hommes de barre préparent les voiles mobiles des canots. Les manches des avirons ont été gainés de cuir. On pourra ainsi les manœuvrer sans bruit en s'approchant des phoques. L'estafilade du bras de Leach s'est refermée. Mais la cicatrice sera toujours bien visible et Thomas Mugridge, qui l'a faite, vit dans une constante terreur. Il n'ose pas s'aventurer sur le pont, la nuit venue.

C'est le gros Louis qui m'en avertit : une sérieuse bagarre couve parmi les hommes du poste avant. Quelques matelots ont joué les mouchards et ceux qu'ils ont dénoncés au capitaine les ont rossés d'importance. Les autres attendent de pouvoir leur rendre la pareille.

Louis est inquiet pour Johnson, qui rame sur le même bateau que lui. Johnson donne son avis sur tout. Il reprend Loup Larsen, quand celui-ci l'appelle « Yonson », et l'autre commence à l'avoir sérieusement dans le nez.

L'autre soir, il est tombé à bras raccourcis sur le second, qui depuis l'appelle par son vrai nom. Mais il n'est évidemment pas question d'administrer le même traitement au capitaine. Et de ce côté, la situation reste tendue.

Louis m'a donné d'autres renseignements sur Larsen-la-Mort. Nous pouvons nous attendre à faire sa rencontre sur la côte du Japon. « Et alors, gare au grain ! » prévoit Louis. Car les deux frères, comme des enfants de loup qu'ils sont, se détestent.

Le *Macédonia* est le seul phoquier à vapeur de toute la flottille. Il porte quatorze canots alors que les goélettes ordinaires n'en ont que six. On prétend qu'il est armé d'un canon, très utile quand on fait la contrebande de l'opium vers les États-Unis, celle des armes avec la Chine, sans oublier la traite des Noirs et la piraterie caractérisée. Voilà le bateau que commande Larsen-la-Mort.

Tout cela paraît bien invraisemblable. Mais c'est Louis qui l'affirme. Et jusqu'alors tous ses renseignements se sont révélés exacts. À ma connaissance, il ne ment jamais.

Au poste d'arrière, la situation est aussi pourrie qu'à la cuisine et à l'avant. Haine, chicanes et bagarres. Dans le clan des chasseurs on guette le premier coup de feu entre Smoke et Henderson. Mais Loup Larsen déclare qu'il tuera le survivant.

Et il ajoute en guise de commentaire que les chasseurs de phoques sont parfaitement libres, en principe, de s'entre-tuer et de se dévorer mutuellement... après la chasse. Pour l'heure il a besoin des chasseurs vivants. C'est pourquoi, si Smoke tue Henderson, ou l'inverse, le meurtrier paiera cher.

Après la chasse, chacun peut jeter son voisin par-dessus bord si ça lui chante. Louis Larsen fermera les yeux et trouvera de bonnes raisons à donner à la justice. Mais qu'on attende ! Bon sang, qu'on attende !

Ce cynisme à froid impressionne. Tout méchants et pervers que sont les chasseurs, ils ont trouvé leur maître et se tiennent cois.

Thomas Mugridge rampe à mes pieds comme un chien. Cette attitude ne me rassure cependant qu'à demi. Le sale cuistot meurt de trouille, mais cette crainte peut très bien le pousser aux pires extrémités et le décider à me tuer.

Mon genou me fait même un peu souffrir. Il va pourtant beaucoup mieux, et la raideur disparaît aussi du bras meurtri par Loup Larsen. Je me transforme d'ailleurs de jour en jour. Mes muscles se développent et durcissent. Mais dans quel état sont mes mains ! On dirait de la carne bouillie. Mes ongles sont cassés et décolorés. Au sommet, des bourrelets de chair les recouvrent.

Mon corps, mal nourri, se couvre de furoncles. Il faut dire que je n'avais pas été habitué à manger des nourritures échauffantes.

Hier, j'ai surpris Loup Larsen dans sa cabine, feuilletant une bible découverte dans la cabine de l'ancien second, après son immersion. Quel intérêt pouvait-il trouver à ce livre saint ?

Je compris en l'entendant déclamer ce passage de l'Ecclésiaste :

« J'ai entassé l'or et l'argent, le revenu des rois et de leurs provinces. J'ai eu des chanteurs et des chanteuses ; j'ai possédé des coupes et des vases pour répandre le vin ; j'ai connu toutes les délices des enfants des hommes.

« Mes richesses m'ont placé au-dessus de tous mes prédécesseurs à Jérusalem. La sagesse habitait avec moi.

« Alors j'ai jeté un regard sur les travaux de mes mains, et mes richesses péniblement acquises. Il n'y avait là que vanité et affliction de l'esprit. Et je vis que rien n'est stable sous le soleil.

« Le juste et l'impie, le bon et le méchant, le pur et l'impur, celui qui accomplit les sacrifices rituels et celui qui les méprise, tous sont traités d'égale manière. L'homme fidèle à sa parole et le parjure, l'innocent et le coupable : aucune différence entre eux.

« Funeste égalité, sous le soleil, pour tous les hommes. Elle empoisonne le cœur des enfants des hommes de malice. Ils dédaignent la justice et s'en vont du même pas vers la mort.

« Personne n'échappe au trépas. Tous y sont promis. Un chien galeux vivant vaut cent fois mieux que le lion mort.

« Les morts ne savent plus rien. Ils ne goûtent plus rien. Leur souvenir même s'est effacé. Amour, haine et envie périssent avec eux.

« Ils n'ont aucune part à ce qui se passe sous le soleil. »

– Qu'en dites-vous, Hump ? s'écria Loup Larsen en fermant le livre et braquant sur moi son regard. Vous êtes servi. L'auteur, un roi de Jérusalem, pense comme moi. Vous m'accusez de matérialisme. Que dire de celui qui a écrit ces lignes ?

« Vous avez entendu : "Tout est vanité et affliction de l'esprit. Rien n'est stable sous le soleil." Il y a une fin à tout : pour les sages et les fous, les purs et les impurs, les pécheurs et les saints. Et cette fin, c'est la mort.

« Mais l'auteur n'est pas d'accord. Il ne tient pas à mourir : "Chien galeux bien vivant vaut mieux que lion mort." La vanité de la vie et ses tracas, il les préfère au silence et à l'immobilité du tombeau.

« Je suis tout à fait comme lui. Certes, ramper sur la terre est une chose répugnante. Mais ne plus ramper du tout, devenir une motte de glaise, un morceau de rocher : quelle horreur ! Toute la vie qui palpite en moi, cette vie qui est mouvement, se révolte. C'est une vanité que de vivre. Il est encore bien plus vain que projeter son regard par-delà la mort.

– D'autres tirent des conclusions moins pessimistes de leur matérialisme et ne s'empoisonnent pas l'existence, ripostai-je. Connaissez-vous Omar Khayyam ? Lui aussi s'est torturé l'esprit durant toute sa jeunesse. Mais il est arrivé à se fabriquer une philosophie joyeuse qui lui a permis de vivre heureux.

– Qui est donc Omar Khayyam ? me demanda Loup Larsen.

Il ignorait totalement le *Rubaiyyat*, ce livre de Khayyam n'étant, par hasard, jamais tombé entre ses mains. Je le connaissais à fond. Les deux tiers des quatrains chantaient dans ma mémoire. Je retrouvai sans difficulté les autres. Et ce jour-là, comme le lendemain, je fus libéré de toute besogne.

Loup Larsen me demanda de réciter les versets du *Rubaiyyat*. Enthousiasmé, il les récita à son tour, jusqu'à ce qu'il les sût par cœur. Il les déclamait avec une flamme qui m'impressionnait. À l'entendre, je comprenais comme jamais auparavant les vers du célèbre poète persan.

J'étais curieux de connaître son quatrain préféré. Sans une ombre d'hésitation, il fonça sur les quatre vers qui tranchent avec l'aimable philosophie du reste de l'œuvre, exhalaison de mauvaise humeur au milieu d'un joyeux cadre de vie :

Qui t'a sur la terre appelé ?
Quand tu mourras, où iras-tu ?
Bien des coupes de vin te seraient nécessaires
Pour te faire oublier la mort insolente !

– Superbe, s'écria Loup Larsen. Sublime : ... « La mort insolente. » Impossible de trouver expression plus juste.

« C'est la nature humaine. La vie se révoltera toujours si elle doit cesser de vivre. Omar Khayyam est d'accord avec l'Ecclésiaste, évidemment. La vie et les travaux ne sont que tracas et vanité.

« La vie est terrible, sans doute. Mais la mort est bien pire. Nous sommes tous du même avis : l'Ecclésiaste, Khayyam, moi, vous...

– Comment moi ?

– Oui, vous ! Lorsque le coq a aiguisé son couteau, vous avez eu peur. La vie qui est en vous a eu un sursaut. Vous êtes pris au piège. En face de cette réalité, votre immortalité est une farce sinistre sans aucune réalité.

– Pas du tout... C'est vous qui le dites. Pas moi !

– Laissez-moi rire. La peur du cuisinier l'emporte

chez vous sur la foi ou la vie éternelle. Tenez, si moi-même je vous saisissais à la gorge...

Et sa large main m'encercla le cou tant et si bien que j'eus la respiration coupée.

– Si je serre un peu, vous êtes mort. Votre soif d'immortalité vacille. Vous vous prenez à aimer follement la vie. Vous vous débattez pour sauver votre peau. Pas vrai ?

« ... Je lis la crainte de la mort dans votre regard. Vous frappez l'air de vos bras. Toute votre énergie s'active pour lutter et vivre. Votre main agrippe mon biceps... légère comme un fragile papillon. Votre poitrine halète ; je vois votre langue sortir de la bouche ; votre visage noircit ; vos yeux se révulsent.

« "Vivre ! Vivre !" Tout votre être crie : Je veux vivre ! Pas dans un monde meilleur, mais dans celui-ci. Qu'en dites-vous ? Vous êtes déjà moins sûr de votre immortalité. Vous ne voulez pas aller vérifier sur place ?

« Poussons un peu le raisonnement. Tout devient noir autour de vous. Voilà les ténèbres de la mort en cortège ; c'est la fin de tout, la paralysie de vos facultés qui s'annonce. Le néant descend sur vous et vous enveloppe...

« Vos yeux deviennent fixes et vitreux. Ma voix, déjà lointaine, vous parvient à peine. C'est tout juste si vous distinguez encore mon visage. Pourtant vous vous débattez sous ma poigne : vous lancez des coups de pied dans le vide. Votre corps se tord comme celui d'un serpent. Vos poumons quêtent un dernier souffle ; ils murmurent avec désespoir : "Vivre. Vivre... oh vivre !" »

Je n'en entendis pas davantage. Ma conscience s'était diluée dans ces ténèbres épaisses dont Loup Larsen avait décrit le graphique. Je m'évanouis.

Lorsque je revins à moi, je gisais sur le parquet. Lui me regardait, amusé et pensif. Assis, il tirait tranquillement sur son cigare.

– Vous êtes convaincu maintenant ? Prenez donc un

verre de whisky pour vous remettre. Et nous allons poursuivre cette discussion.

– Non, merci... vous avez des arguments trop... trop frappants.

Ma gorge, cruellement endolorie, se refusait à en dire davantage.

– Il n'y paraîtra plus dans une demi-heure. Et je n'emploierai plus ces démonstrations physiques, c'est promis. Allons, debout ! Vous en êtes capable. Prenez un siège.

Je fis comme il voulait. Minable jouet, entre les mains d'un monstre. Je repris mon discours sur Khayyam et l'Ecclésiaste. Notre conversation nous mena au milieu de la nuit.

XII

Au cours des dernières vingt-quatre heures, j'ai été témoin d'un déchaînement de cruautés indescriptible. La violence a couru de la poupe à la proue et s'est répandue comme une épidémie. C'est l'exemple de Loup Larsen qui gangrène les occupants du bateau. Haines, querelles, rancunes, passions mauvaises s'enflamment pour un rien, comme un feu de prairie.

Non content d'être trouillard, Thomas Mugridge espionne et moucharde. Pour regagner les bonnes grâces du capitaine, il a dénoncé les hommes de l'avant. Il a aussi rapporté à Loup Larsen quelques réflexions bien senties de Johnson. Voici l'affaire : Johnson a, semble-t-il, acheté un ciré à la soute des hardes. Il ne l'a pas trouvé de bonne qualité, et, selon son habitude, ne s'est pas privé d'en faire la remarque.

Sur toutes les goélettes phoquières on trouve une

soute aux hardes. L'équipage peut acquérir dans ce magasin de confection en miniature tous les articles qui lui seront utiles. Les dépenses de chaque acheteur sont enregistrées. Elles seront déduites des gains que les hommes réaliseront dans les zones de chasse. Il n'y a pas en effet de salaire fixe pour les chasseurs, les rameurs et les hommes de barre. Ces derniers reçoivent un pourcentage sur les peaux capturées par leur bateau. J'ignorais tout du mécontentement de Johnson à propos de son ciré, et je ne m'attendais pas à assister à la terrible scène que je vais décrire.

Loup Larsen m'avait entraîné dans une longue discussion sur Hamlet, le personnage de Shakespeare qu'il préfère, sans doute à cause de son pessimisme fondamental, et je finissais de balayer la cabine. C'est alors que Johnson, flanqué du second Johansen, descendit l'escalier du carré.

Selon l'usage en mer, Johnson ôta son béret et se tint respectueusement au milieu de la pièce. Il faisait face au capitaine, se dandinant lourdement pour garder son équilibre malgré le roulis.

– Fermez la porte et tirez le verrou, m'ordonna le capitaine.

J'obéis, et remarquai, sans comprendre encore, qu'une lueur inquiète passait dans les yeux de Johnson. Lui savait ce qui l'attendait et faisait front, avec courage.

Dans l'attitude de cet homme simple, il y avait plus de droiture et de noblesse que dans Larsen tout entier. Johnson était franc. Il était prêt à souffrir pour ses principes. Chez lui, la matière et la chair se soumettaient à l'esprit.

Je mis l'éclair de panique lu dans les yeux de Johnson sur le compte d'une timidité et d'un embarras bien naturels de la part de ce brave garçon en présence de son supérieur. Johansen s'écarta de quelques pas. Loup Larsen prit place, en face de Johnson, sur un fauteuil à pivot.

Dans la pièce fermée à double tour, tomba un silence impressionnant. Loup Larsen le rompit au bout d'une minute.

– Yonson...

– Je me nomme Johnson.

– Va pour Johnson. Je n'en ai rien à foutre. Tu sais pourquoi je t'ai convoqué ?

– Oui et non, capitaine. Je fais mon travail comme il faut ; demandez au second. Je ne vois pas ce que vous avez à me reprocher à ce sujet.

– C'est tout ? demanda Loup Larsen, d'une voix douce et grave comme un ronron.

Johnson lui répondit avec calme et lenteur.

– Vous ne pouvez pas me sentir, je le sais. Vous avez une dent contre moi. Vous... vous...

– Continue, souffla Larsen. N'aie pas peur de me vexer.

L'insolence insidieuse fit rougir le matelot.

– Je n'ai pas peur, capitaine. Je ne parle pas très bien ; c'est parce que j'ai quitté mon pays depuis longtemps comme vous... Si vous ne m'encaissez pas, je veux dire que c'est parce que je tiens à ma dignité. C'est la vraie raison, capitaine.

– Ce qui signifie, si je te comprends bien, que tu es incapable de te plier à la discipline d'un bateau.

– Si on veut... Ce n'est pas tout à fait ça ; mais je ne trouve pas les mots exacts pour le dire.

Et il rougit davantage sous son hâle, comme honteux de son manque d'instruction.

Loup Larsen se décida à balayer tous ces préliminaires et à en venir au fait.

– Johnson... On m'a raconté que tu n'étais pas satisfait de ton ciré.

– C'est vrai. C'est pas un bon ciré.

– Et tu es allé le dire à tout le monde.

– Je dis ce que je pense, capitaine. C'est mon habitude.

Je jetai un coup d'œil à ce moment sur Johansen. Il serrait et desserrait alternativement ses gros poings. Son regard, qui ne quittait pas Johnson, ferme et résolu, se chargeait de haine. Sous l'œil, une trace noire, imperceptible, rappelait la correction reçue, quelques soirs auparavant, du matelot. Je sentais monter une terrible tempête.

– Tu sais ce que risquent les gens qui se permettent de parler comme tu l'as fait de moi et de mon magasin ?

– Je le sais, capitaine.

– Et c'est quoi ? demanda Loup Larsen, dont la voix s'était faite dure et impérative.

– Ce que vous avez l'intention de me faire subir.

Loup Larsen se tourna vers moi.

– Regardez-le, Hump. Regardez ce grain de poussière, ce morceau de matière qui se croit d'une essence supérieure. Son esprit est imprégné d'un tas d'idioties comme le droit et la morale. Il prétend vivre selon ses principes, même s'il doit payer pour cela. Hump, qu'en pensez-vous ?

– Je pense qu'il vaut mieux que vous. Ces idioties, comme vous dites, sont un idéal que vous n'avez pas. Il est plus riche que vous. Auprès de lui, vous êtes un pauvre.

J'espérais détourner sur moi une partie de l'ouragan qui allait fondre sur le pauvre diable.

– Exact, tout à fait exact, riposta Loup Larsen. Je ne marche pas dans les nuages, moi. Comme l'Ecclésiaste, je pense qu'un chien galeux vivant vaut mieux qu'un lion mort. J'ai une doctrine : survivre, à tout prix, aux pièges de l'existence. Mais ce bout de ferment, ce Johnson, où va-t-il avec sa noblesse morale dont il est si fier ? Il sera poussière et cendres et moi je serai toujours vivant. Savez-vous ce que je vais faire de lui ?

Je secouai la tête.

– Je vais exercer les droits que j'ai sur ce bateau. Je vais ouvrir ma grande gueule. Et vous verrez ce qu'il adviendra de la noblesse morale de cet imbécile.

Il bondit de son fauteuil comme un tigre et, en un éclair, fut sur Johnson. Celui-ci tenta vainement de se mettre en garde devant l'avalanche, un bras devant l'estomac, l'autre protégeant son visage. Mais le poing de Loup Larsen passa entre les deux bras et enfonça le thorax du matelot. Johnson eut la respiration coupée net : un sifflement fusa entre ses lèvres, qui rappelait celui d'un bûcheron au moment où il abat sa hache. Le coup faillit le renverser. Il vacilla de gauche et de droite. Une scène odieuse s'ensuivit, qui s'est gravée dans mon souvenir comme un cauchemar.

Johnson se défendait avec courage. Mais il ne pouvait rien contre Loup Larsen et Johansen réunis. Je n'aurais pas cru qu'un homme fût capable de subir un traitement aussi épouvantable. Sûr de perdre, Johnson encaissait coup sur coup et répliquait pourtant par dignité.

C'en était trop pour moi. Ma raison vacillait. Je voulus fuir le spectacle et courus vers l'escalier qui menait sur le pont. Loup Larsen m'avait deviné. Il délaissa Johnson un instant et bondit dans ma direction pour me repousser dans l'encoignure opposée de la cabine.

– Restez, Hump ! Restez et ne manquez rien du spectacle ! Vous allez pouvoir faire des observations intéressantes sur la vie et l'âme. On ne fera pas de mal à son âme immortelle, vous le savez bien... C'est juste son enveloppe provisoire que nous allons démolir.

Et la bagarre reprit de plus belle. Pendant dix minutes qui me parurent des siècles, Loup Larsen et le second s'acharnèrent sur le matelot. À coups de poing, à coups de chaussures, ils le frappaient. Ils le projetaient à terre et le relevaient aussitôt pour l'envoyer à nouveau s'étaler de tout son long. Johnson était aveuglé. Le sang lui coulait du nez, des oreilles, de la bouche. La cabine était un abattoir. Quand il fut tout à fait incapable de se mettre debout, les deux brutes continuèrent à marteler son pauvre corps gisant sur le plancher.

– Tout doux, Johansen, se décida enfin à dire Loup Larsen. Il a son compte.

Mais le second, déchaîné, ne s'arrêtait pas. Loup Larsen dut l'écarter d'un brutal revers de bras. Déséquilibré en arrière, le second alla frapper la cloison avec la tête qui rebondit comme un bouchon.

– Ouvrez, Hump, m'ordonna le capitaine. Ouvrez tout grand.

Les deux hommes ramassèrent le corps inerte et le balancèrent par l'escalier sur le pont, comme un sac de linge sale. Il alla s'écrouler devant l'homme de barre qui n'était autre que Louis, son camarade de canot.

Le sang qui coulait de son nez ruissela sur le pied du matelot. Mais Louis continua sans broncher sa besogne, ne quittant pas l'habitacle des yeux.

À l'étonnement général, George Leach se comporta tout autrement que Louis. Sans que personne le lui demande, il alla vers Johnson, le traîna à l'avant et entreprit de panser ses plaies. Le blessé était méconnaissable. Son visage, décoloré et bouffi, n'avait plus rien d'humain.

Je remis un peu d'ordre dans la cabine et me hâtai de remonter sur le pont, afin de reprendre mon calme en respirant l'air frais. Leach avait terminé ses pansements. Loup Larsen tétait son éternel cigare en examinant le loch, traîné par le *Fantôme*, qu'on venait de haler à bord.

Soudain, une voix parvint à mes oreilles, une voix rauque et rageuse. En me retournant, je vis Leach, l'ancien mousse, invectivant Loup Larsen à l'arrière du bateau. Le visage pâle et tiré, des éclairs dans les yeux, il levait ses poings crispés vers le ciel.

– Dieu te damne, Loup Larsen ! Ta place est en enfer. Mais l'enfer c'est encore trop doux pour toi, lâche, assassin, triple fumier !

Ainsi saluait-il le capitaine. Une telle audace m'époustouflait. Je m'attendais à voir Loup Larsen anéantir Leach en un instant. Mais, indifférent à l'insulte, il s'accouda sur un capot et se mit à toiser pensivement le jeune homme. L'équipage s'était rassemblé. Horrifiés, les hommes regardaient de tous leurs yeux, ouvraient grandes leurs oreilles. Les chasseurs de phoques se précipitèrent à leur tour.

Et Leach, risquant sa vie, lançait ses malédictions sur le tyran, comme autrefois les prophètes de la Bible défiant les rois.

Fou comme eux, obéissant comme eux à un délire sacré, il prononçait contre Loup Larsen une excommunication solennelle, mêlant au nom de Dieu et des saints les invectives et les obscénités. Il bavait, suffoquait, bredouillait. Ses lèvres souillées d'écume avaient peine à articuler les mots. Mais Loup Larsen, toujours calme et insensible, gardait les yeux baissés et semblait perdu dans une méditation sans fin. La vie bouillonnante, la révolte déchaînée, le défi furieux qu'on lui lançait représentaient pour lui le plus passionnant des sujets d'étude.

Nous nous attendions à le voir bondir sur Leach et le massacrer. Telle n'était pas son humeur du moment. Son cigare éteint il continuait à observer sans mot dire. Leach n'en pouvait plus de rage impuissante.

– Ordure ! Salopard ! hurlait-il à pleins poumons. Descends de ton perchoir et viens me tuer, assassin ! Qui t'empêche de me massacrer ? Je n'ai pas peur de mourir. Plutôt crever que de vivre sur ton rafiot. Arrive, grand lâche. Tue. Tue. Tue !

On en était là, quand l'âme vagabonde de Thomas Mugridge fit son entrée.

Jusque-là, le cuisinier avait suivi la scène de la porte de sa cuisine. Il sortait maintenant de son antre, sous prétexte de cendres à vider. En fait c'était pour assister à la tuerie, qu'il jugeait imminente. Il adressa un sourire mielleux à Loup Larsen, qui n'y prit pas garde. Sans se démonter pour autant, il se tourna vers l'ancien mousse et déclara sur un ton de reproche :

– Quel langage ! C'est scandaleux.

La fureur de Leach avait trouvé à s'employer. Elle allait se déverser sur Mugridge qui, de surcroît, était sorti sans son couteau.

Le coq n'avait pas fini de parler que l'autre lui sautait dessus et le terrassait. Trois fois Mugridge tenta de s'échapper et de regagner sa cuisine. Trois fois, il fut jeté à terre.

– Oh, mon Dieu, hurlait-il. À moi. À l'aide. Faites quelque chose.

Mais tous riaient à se tordre les côtes. Après la tragédie, la farce.

Chasseurs et matelots se bousculaient pour ne rien perdre de la raclée infligée au coq détesté. Moi-même, j'étais heureux. Oui, je dois l'avouer, je me sentais gonflé d'allégresse. Leach s'acharnait sur Mugridge, tout aussi cruellement que Loup Larsen et le second sur Johnson, et je me sentais soulagé. Après tout, Johnson avait été victime des mouchardages de Mugridge.

Seul, Loup Larsen demeurait impassible. Toujours accoudé au capot, il observait la scène sans qu'un muscle de son visage ne tressaille. Pareil au chimiste penché sur ses cornues, il guettait l'issue de l'expérience qu'il avait mise en route. Qui sait l'explication de quel mystère pourrait en sortir ? C'était une répétition de la scène de la cabine. Thomas Mugridge cherchait à fuir, il rampait, fuyait vers un trou comme un rat, esquivant autant qu'il le pouvait la pluie de coups qui s'abattait sur lui en rafales. Leach le tournait et le retournait sur toutes ses faces, telle une girouette qui vire sous le vent. À la fin, il le laissa, saoulé de coups, inerte, sur le pont. Personne n'intervint et il aurait pu le tuer. Mais sans doute se jugeait-il suffisamment vengé. Il abandonna sur place son ennemi prostré, geignant et glapissant comme un jeune chiot.

Ces deux affaires n'étaient qu'un début dans le programme de la journée :

L'après-midi commençait à peine que Smoke et Henderson en vinrent aux mains. Une pétarade de coups de feu monta du poste arrière et les quatre autres chasseurs de phoques se réfugièrent en hâte sur le pont. Loup Larsen se précipita vers le lieu du combat par l'escalier étroit, qu'envahissaient déjà les émanations de poudre noire.

Les cris et le vacarme redoublèrent. Les deux adversaires s'étaient blessés. Pour faire bonne mesure, Loup Larsen leur administra la sérieuse raclée qu'ils avaient méritée pour s'être colletés avant la chasse, malgré les ordres.

En fait, les blessures étaient sérieuses. Aussi, Loup Larsen, une fois la punition infligée, entreprit-il de les panser, usant d'une chirurgie rudimentaire. Je lui servis d'assistant. Il sondait, nettoyait les trous et les déchirures produits par les balles. Ce charcutage s'opérait sans anesthésie. Les patients le subirent stoïquement, avec comme seul remontant un gobelet de whisky pur.

Nouveau tumulte, durant le quart de quatre heures, sur le poste avant.

On n'en avait donc pas fini avec les remous provoqués par les racontars du cuistot et le passage à tabac subi par Johnson. Le vacarme généralisé, les yeux pochés, les visages contusionnés témoignèrent à l'évidence que tous les matelots s'étaient étrillés copieusement.

La conclusion à cette journée fut donnée par Johansen et Latimer, le chasseur maigre aux allures de Yankee. Le chasseur fit des réflexions au second sur son habitude de parler pendant son sommeil.

Johansen eut le dessous et subit une correction mémorable. Il n'en fut pas guéri pour autant. La nuit suivante, il « revécut » en rêve, jusqu'à l'aube, toutes les péripéties du pugilat, et Latimer eut droit à un concert de cris perçants.

Je me débattis quant à moi dans un multiple cauchemar qui prolongeait celui que j'avais vécu dans la journée. La brutalité répondait à la brutalité. Autour de moi, tous les prétextes avaient été bons pour frapper, blesser, estropier, détruire.

Je venais de découvrir la bestialité des hommes. Jusqu'alors, je n'avais connu que des discussions entre gens bien élevés, d'aimables escarmouches à fleur de peau, des piques de l'esprit, comme celles que me décochait mon ami Charley Furuseth, habile à manier l'épigramme, ou les médisances subtiles dans lesquelles se complaisaient les membres du Cercle du Bibelot. Hier, j'étais snob. Aujourd'hui, en me retournant sur ma couchette, entre deux cauchemars, je découvrais une autre face de l'existence, faite de brutalité épaisse. Le cynisme de Loup Larsen s'y appliquait certes davantage que mes théories idéalistes.

Avec épouvante, je réalisai que j'étais sur une pente glissante impossible à remonter.

Ces hommes assouvissaient sans retenue leurs colères, se jetaient les uns sur les autres comme des forcenés, faisaient couler le sang. Jusqu'où allaient-ils m'entraîner ? À quel degré de déchéance ?

Du strict point de vue de la morale, Leach avait eu tort d'infliger à Thomas Mugridge un traitement aussi ignoble. J'en riais pourtant, conscient de commettre un péché, et malgré tout heureux.

Il n'y avait plus de Humphrey Van Weyden. Seul existait désormais Hump, le mousse, de la goélette *Fantôme*. Loup Larsen et tout l'équipage me marquaient de leur empreinte.

XIII

Thomas Mugridge resta couché pendant trois jours, complètement impotent. Je fus donc à nouveau chargé de la cuisine et m'en tirai avec honneur. Mon règne sur les fourneaux fut apprécié par tout le monde, de Loup Larsen au dernier membre de l'équipage.

– Depuis que j'ai embarqué, c'est la première fois

que je vois quelque chose de mangeable, me confia Harrison, en rapportant les marmites et les gamelles du poste d'arrière.

– La cuisine de Tommy pue toujours la graisse, ajouta-t-il. Si encore elle était pas rance ! Mais il est tellement crasseux ! Ma parole, il a pas changé de chemise depuis Frisco.

– Tout juste !

– Je parierais qu'il couche avec...

– Pari gagné ! Il ne l'a pas enlevée une seule fois.

Malheureusement, Loup Larsen estima que trois jours de convalescence suffisaient à Mugridge. À l'aube du quatrième, il alla trouver le coq et le vida de sa couchette par la peau du cou.

Thomas pleura, renifla, supplia. Rien n'y fit. Encore boiteux et endolori, il dut obéir à Loup Larsen, impitoyable. En s'éloignant, le capitaine lui lança un avertissement.

– Et tâche à l'avenir de ne plus servir tes ratatouilles. Plus de graisse rance. Tu ferais bien aussi de changer de temps en temps ta liquette... Sinon je te fais faire un tour de remorque par-dessus bord... Si tu vois ce que je veux dire.

D'un pas mal assuré, Mugridge traversait la cuisine. Un brusque coup de roulis le fit basculer. Il voulut s'agripper à la rampe de fer qui entoure le fourneau pour empêcher les casseroles de se renverser par gros temps. Mais il manqua sa prise et frappa la surface brûlante du plat de la main. On entendit un bruit de ferraille, un cri aigu de douleur. Ça sentait la chair grillée.

– Dieu de Dieu ! Mais qu'est-ce qui m'arrive ? gémit le coq.

Assis sur le coffre à charbon, il balançait sa main d'arrière en avant.

– Toutes les tuiles à la fois, pleurnichait-il. C'est comme un fait exprès. Moi qui me donne du mal pour faire du tort à personne...

De grosses larmes ruisselaient sur ses joues bouffies et décolorées. La douleur contractait ses traits.

Puis une impression sauvage envahit son visage :

– Je le hais, cria-t-il, je le hais !

– Qui ça ? demandai-je.

Sans répondre, le pauvre hère continua à pleurer. Qui haïssait-il ? Qui ne haïssait-il pas ? Impossible de le savoir.

Je me sentis pris de pitié. Un démon intérieur lui avait inspiré cette haine universelle. Peut-être s'en voulait-il à lui-même d'être l'objet de tant de malheurs et de souffrances. Je me reprochai ma dureté de cœur à son égard. Il n'avait pas été gâté par la vie. Cette bobine grotesque d'abord, et beaucoup d'autres tours pendables ensuite. Le spectacle qu'il nous offrait aujourd'hui, devait-il en être entièrement responsable ? Comme s'il avait deviné ma pensée, Thomas gémissait :

– Jamais eu de la chance. Non, jamais. Qui m'a envoyé à l'école quand j'étais môme ? Qui m'a donné à manger ? J'avais la morve au nez et personne ne me l'essuyait. Jamais personne ne s'occupait de moi.

Je lui mis la main sur l'épaule pour le consoler.

– Allons, du courage, Tommy. Ça va s'arranger aussi pour toi, un de ces jours. Tu es encore jeune. Tu peux repartir de zéro.

– C'est pas vrai, protesta-t-il en dégageant ma main. Je ne suis plus jeune. Je suis un pauvre tocard et je le resterai toujours.

« Toi, Hump, t'es un gentleman. Tu ne peux pas comprendre. T'as jamais eu faim. Tu ne pleurais pas en dormant, parce que ton ventre te démangeait... Oui, des démangeaisons comme un rat qui grignote.

« Y'a plus d'espoir pour moi. Je pourrais être nommé président des États-Unis, c'est pas ce qui effacerait ma poisse et tous les jours sans bouffe que j'ai connus.

– Calme-toi, Mugridge. Tu exagères, je t'assure.

– J'exagère quoi ? Souffrir, j'ai jamais fait que ça.

J'ai souffert pour dix, je te le jure. J'ai passé la moitié de ma vie à l'hosto, sur un lit. J'ai eu la fièvre jaune à Aspinwall, à La Havane, à La Nouvelle-Orléans. À la Barbade, j'ai failli crever du scorbut : le sang et la viande pourris pendant six mois. Je chope la petite vérole à Honolulu, une pneumonie en Alaska. Je me casse les deux jambes dans un accident à Shanghai. À Frisco, j'ai eu trois côtes brisées et le bassin fracturé. Et maintenant, me voilà encore dans de beaux draps. Ce Leach qui me défonce le coffre à coups de pied. J'ai craché le sang pendant trois jours, et c'est pas fini avec ce Loup Larsen qui m'oblige à me lever.

« Tu crois quand même pas que c'est le bon Dieu qui va me racheter de toute cette mouise. Faut qu'il me déteste pour m'avoir fait signer un engagement pareil dans la traversée de ce bas monde. »

Mugridge était lancé. Sa tirade contre la destinée devait durer plus d'une heure encore. Puis, claudiquant, marmonnant, il reprit son boulot. Ses yeux débordaient de haine pour toute la création.

Il ne s'était malheureusement pas trompé sur son compte. Il lui fallut s'arrêter à plusieurs reprises, secoué de quintes de toux, tordu de malaises, pour cracher le sang. Mais Dieu devait trop le haïr, comme il l'avait dit, pour le laisser mourir en paix. Il reprit peu à peu du poil de la bête et redevint encore plus mauvais qu'avant.

Quant à Johnson, plusieurs jours s'écoulèrent avant qu'il pût se traîner sur le pont. Il était encore bien malade quand je le vis grimper à nouveau dans la mâture ou s'appuyer à bout de forces sur la roue du gouvernail. Son courage était brisé ; et c'était bien là le plus triste. Il se montrait d'une servilité abjecte devant Loup Larsen et pour un peu aurait léché les bottes du second.

Leach, par contre, allait et venait sur le pont comme un jeune tigre. Une lueur haineuse brillait dans ses yeux dès que son regard rencontrait Johansen et Loup Larsen.

Une nuit j'entendis Leach parler dans l'obscurité au second :

– Tu peux me croire, sale pied-plat : un jour je te réglerai ton compte et tu ne perds rien pour attendre.

L'autre répliquait sur le même ton. J'entendis soudain un projectile siffler dans le noir et venir frapper sèchement le capot de la cuisine. Une bordée d'injures et un rire moqueur se firent entendre. Puis le silence retomba. Je me glissai sur le pont et découvris un coutelas énorme fiché dans le bois du capot. Quelques minutes plus tard, j'entendis le second qui cherchait à tâtons le couteau. Je savais qu'il appartenait à Leach et le lui rendis en douce. J'eus droit à une simple grimace en guise de remerciement ; mais ce rictus contenait plus de réelle gratitude que tous les salamalecs des gens du monde.

J'étais bien le seul, au milieu de l'équipage, à n'avoir de querelle avec personne. Tous m'appréciaient. Les chasseurs de phoques ne m'aimaient guère, mais ils me toléraient. Smoke et Henderson, cependant, avaient de l'amitié pour moi. Je faisais de mon mieux pour panser leurs blessures, comme on m'en avait chargé ; et ils m'étaient reconnaissants de tout faire pour les remettre sur pied.

On avait tendu une tente, pour eux, sur le pont. Ils y passaient le jour et la nuit, se balançant dans un hamac. À chaque occasion, ils me répétaient que je soignais mieux qu'une infirmière diplômée. À la fin de la croisière, sûr ! ils ne m'oublieraient pas quand ils auraient touché leur paie. Je n'attendais pas de récompense pourtant : une fois revenu à terre, je disposerais d'assez d'argent pour les acheter, eux, leurs frusques et la goélette par-dessus le marché.

Les terribles migraines s'abattirent une fois encore sur Loup Larsen. L'attaque le fit souffrir pendant deux jours. Il m'appela à son secours. Docile comme un écolier, il obéit à toutes mes prescriptions, acceptant même de se priver de tabac et de whisky. Il n'en ressentit d'ailleurs aucun soulagement ; et je restai perplexe sur la cause des intolérables souffrances de ce splendide animal.

Louis avait un point de vue sur la question.

– C'est la main de Dieu, je te dis. Il le punit de ses mauvaises actions. Et encore, je trouve qu'il roupille et ne fait pas tout son devoir. Remarque que je te dis ça sans reproche...

Thomas Mugridge a recommencé à me haïr de plus belle. J'ai le tort d'être né gentleman et pas lui. Crime impardonnable.

L'état de Smoke et d'Henderson s'améliore. Ils sont descendus de leur hamac et se sont promenés sur le pont, côte à côte, en faisant la causette.

– Tu vois, dis-je à Louis ; malgré tes prédictions, personne n'est mort. Il y aurait plutôt une accalmie...

Louis promena sur moi ses yeux gris et rusés, en secouant la tête d'un air sinistre.

– La mort rôde, camarade. Je la sens venir. Je la vois aussi sûrement que les agrès dans la nuit noire. Elle nous guette, elle est là tout près, tout près...

– Et qui partira le premier ?

– Pas le vieux gros Louis, en tout cas. Ah ! Ah ! Il veille trop sur sa petite peau. Je peux t'assurer d'une chose. Dans un an, à la même époque, je regarderai ma vieille mère dans les yeux, elle qui a passé sa vie à guetter le retour de ses cinq fils partis en mer.

– Qu'est-ce qu'il raconte ? demanda Mugridge qui avait surgi sans qu'on l'entende venir.

– Qu'un jour il retournera au pays, pour revoir sa mère... répondis-je avec diplomatie.

– Moi, je n'ai jamais eu de mère, grommela le cuisinier en me fixant de ses yeux ternes.

XIV

La réflexion de Thomas Mugridge : « Je n'ai jamais eu de mère », m'a fait songer à la mienne.

Ma nature égoïste, l'affection un peu indiscrète des femmes m'ont sans doute empêché d'apprécier à sa juste valeur le bonheur d'avoir une mère.

Ma mère et mes sœurs virevoltaient sans cesse autour de moi : étais-je en bonne santé ? N'avais-je besoin de rien ? Leur irruption dans mon cabinet de travail, leur manie redoutable du rangement, bousculant le savant désordre où je me complaisais, me plongeaient dans le désespoir. Après leur passage, tout était si bien aligné que je ne retrouvais ni les papiers ni les livres dont j'avais besoin.

Et pourtant, combien leur présence m'aurait été douce aujourd'hui ! Et combien agréable le frou-frou soyeux de leurs jupes qui m'horripilait autrefois !

Si jamais je les revois, mon attitude va changer à leur égard. Ma patience sera angélique. Leurs potions les plus amères, je les avalerai, jour et nuit, avec un sourire. Elles auront le droit de balayer, d'épousseter, de ranger mon bureau à la minute qui leur conviendra. Et moi, je me renverserai dans mon fauteuil, observant leur activité ménagère et remerciant le ciel.

Et les hommes du *Fantôme* ? Où sont leurs mères, et leurs sœurs ? Ont-ils des épouses ou des amies ?

L'homme ne doit pas vivre hors des contacts féminins. Cette privation est malsaine et contre nature. Isolés comme ils le sont, mes vingt compagnons sont devenus des brutes sans jugement ni spiritualité.

Aucun d'eux n'a jamais été marié. Et comme Thomas Mugridge, je suppose, la plupart n'ont pas connu leur mère. Leur naissance fut sordide, hasardeuse, comme celle des tortues qui sortent un beau jour d'un œuf déposé sur le sable des plages.

Ils mourront lamentablement comme ils auront vécu : mi-hommes, mi-bêtes, s'épaississant et s'abrutissant chaque jour davantage à leurs empoignades et à leurs incessantes querelles. J'ai eu l'audace d'entreprendre Johansen à ce sujet, l'autre soir. Il m'a confié – et c'était la première fois qu'il m'adressait la parole autrement que pour des raisons de service depuis le début de la traversée – qu'il avait quitté la Suède à dix-huit ans. Il en a trente aujourd'hui et n'a jamais remis les pieds chez lui depuis douze ans.

Il a rencontré au Chili, dans une boîte à matelots, un de ses compatriotes, il y a deux ans. Il a ainsi appris que sa mère vivait encore.

– Elle doit être bien vieille ! dit-il d'un air rêveur.

Il baissa les yeux sur la boussole, puis les releva pour rappeler à l'ordre Harrison qui avait laissé le gouvernail dériver.

– Quand lui as-tu écrit sa dernière lettre ? demandai-je.

– En 81, non en 82, attends c'était plutôt en 83, oui en 83. Il y a dix ans. D'un petit port de Madagascar. J'étais dans la Marine marchande, à cette époque.

D'un geste vague, il désigna les antipodes, un pays lointain où devait se trouver sa mère...

– Tous les ans, je pensais aller la voir. Alors pourquoi écrire ? Au dernier moment, il y avait toujours un empêchement. Maintenant que je suis passé second, je vais peut-être me payer le voyage. Quand j'aurai palpé ma paie, à Frisco : cinq cents dollars, je m'engagerai sur un voilier anglais. Je passe le cap Horn ; j'arrive à Liverpool ou ailleurs en Angleterre. J'arrondis encore mon pécule. Et là, j'achète mon billet pour aller chez moi. Si ma mère est encore vivante, eh bien elle travaillera plus.

– Elle travaille donc encore ? Quel âge a-t-elle ?

– Dans les soixante-dix ans. Mais chez nous, ajouta-t-il d'un air fanfaron, on travaille tous depuis la naissance jusqu'à la mort. C'est pour ça qu'on vit si vieux. Moi, je vivrai jusqu'à cent ans !

Ce fut ma première conversation avec Johansen. Et je ne suis pas près de l'oublier. Car ce fut aussi la dernière. Il croyait atteindre cent ans. En fait, il ne passa pas la nuit. C'était une nuit calme et chaude. Le vent était tombé. La goélette avançait lentement, un mille à l'heure tout juste. On étouffait dans l'entrepont. Je quittai ma couchette. Ma couverture et mon oreiller sous le bras, je montai sur le pont pour dormir.

Harrison tenait toujours la barre. Et je remarquai que le *Fantôme* déviait sérieusement. Je crus qu'Harrison s'était assoupi. Pour lui éviter un blâme, pire peut-être, je l'appelai. Il ne dormait pas. Les yeux grands ouverts, il fixait le compas et me parut très préoccupé.

– Qu'as-tu, lui demandai-je, tu es malade ?

Il secoua la tête et poussa de gros soupirs, bizarrement.

Laissant là ma literie, j'allai me poster à ses côtés et le secouai par le bras.

– Tu ferais mieux de tenir ton cap, bougonnai-je.

Mais Harrison continua à faire tourner la roue. L'aiguille de la boussole pivota à nouveau au nord-ouest et la goélette reprit son droit chemin. Tout cela sans obtenir un mot d'Harrison.

Je ne voulais pas m'attirer d'histoires. Je décidai donc de retrouver ma literie, sur le pont. Soudain je vis apparaître, à l'extérieur du navire, une main robuste, dégoulinante, qui agrippait la lisse. Une seconde main se dessina bientôt, dans le noir, près de la première. J'étais ahuri ! D'où venait ce visiteur inconnu, surgi des profondeurs, et qui était-il ? Une chose était sûre : il se hissait à bord en s'aidant de la ligne du loch. Une tête ruisselante suivit les mains. Je reconnus Loup Larsen. C'étaient bien son visage et ses yeux. Sa joue était rougie par le sang qui coulait d'une blessure à la tête. En souplesse, Loup Larsen enjamba la lisse et prit pied sur le pont. Il jeta un coup d'œil à l'homme de barre, comme pour vérifier son identité.

L'eau de mer ruisselait de ses habits et tombait sur le plancher avec un petit bruit très audible. Il s'avançait vers moi et j'eus un mouvement de recul.

– Ne vous inquiétez pas, Hump... me dit-il à voix basse. Pouvez-vous me dire où est le second ?

Je fis non de la tête. Loup Larsen se tourna alors vers Harrison.

– Je ne sais pas où il est, capitaine, lui répondit le matelot. Je l'ai vu, il y a pas longtemps. Il allait vers l'avant.

– Moi aussi, je suis allé à l'avant. Mais comme tu vois, je suis revenu par un autre chemin.

– Vous êtes tombé à l'eau, capitaine ?

Je lui proposai d'aller voir au poste d'arrière, au cas où Johansen s'y trouverait.

– Inutile, Hump... Il n'y est pas. Venez plutôt avec moi.

Je le suivis. Sur le bateau, c'était calme plat. Trois hommes, étendus, dormaient sur le pont : trois chasseurs de phoques.

– Regardez-moi ce paquet de feignants ! Incapables de tenir un quart de quatre heures !

Il les retourna, les examina. À ma grande surprise, il les laissa dormir. Puis il appela :

– Ho ! l'homme de veille ?

– Voilà, capitaine, répondit un matelot, Holyoak. J'ai juste fermé l'œil une minute... Je regrette, capitaine. Je ne recommencerai plus.

– Tu n'as rien vu sur le pont ? Rien entendu ?

– Non, capitaine. Je...

Loup Larsen s'éloignait déjà, bougonnant dans sa barbe. Le matelot se frottait les yeux, heureux de s'en tirer à si bon compte.

– Chut, m'avertit Larsen.

Penché sur l'écoutille du poste avant, il se préparait à descendre.

Le cœur serré, je le suivis sur l'échelle. Qu'allait-il se

passer ? Que s'était-il passé ? J'ignorais tout, sauf qu'il y avait eu bagarre et que le sang avait coulé. Ce n'était pas pour s'amuser que Loup Larsen avait eu le crâne ouvert et était passé par-dessus bord. Et le second avait disparu.

Le poste d'avant, construit à la proue, était de forme triangulaire. Les couchettes, douze au total, étaient disposées en double rangée, sur deux des côtés. Douze hommes vivaient donc dans cet espace étroit, entassés pour manger et dormir. À San Francisco, ma chambre, qui n'était pourtant pas d'une dimension exagérée, aurait pu contenir cinq ou six fois cette cahute. Le double même, en tenant compte de la hauteur du plafond.

À la lueur incertaine de la lampe à huile, je distinguais un amoncellement de bottes, de cirés, de suroîts. Ça sentait la sueur et le moisi.

À chaque coup de roulis, les frusques pendues à la cloison se balançaient avec un bruit de branches frôlant le bord d'une toiture. Parfois, une paire de bottes heurtait le panneau pesamment. Dans la nuit calme, montait un concert discordant, incessant et sourd. Le clapotis et les rumeurs des grands fonds se joignaient aux craquements du bois et de la membrure.

Il y avait là huit matelots, qui dormaient ou faisaient semblant de dormir. Les odeurs corporelles, les relents de leur haleine empuantissaient l'atmosphère, et mon oreille enregistrait leurs ronflements, soupirs et grognements.

Dormaient-ils tous du sommeil du juste ? Loup Larsen voulait en avoir le cœur net. Mais personne ne bronchait. Il décrocha la lampe à roulis et me la tendit. Je l'éclairai pendant qu'il passait son inspection.

Sur la première couchette supérieure, à tribord, reposait un Canaque splendide. Étendu sur le dos, il respirait aussi doucement qu'une femme, un bras replié sous la tête, l'autre allongé sur la couverture. Loup Larsen lui prit le poignet entre le pouce et l'index pour palper son pouls.

Oofty-Oofty, comme l'appelaient les autres matelots, s'éveilla aussi placidement qu'il dormait. Seuls bougèrent ses yeux. Il les ouvrit tout grands, bien noirs, et nous fixa sans un clignotement des paupières. Loup Larsen mit un doigt sur ses lèvres pour lui recommander le silence. Oofty-Oofty se rendormit.

Sur la couchette du dessous, Gros Louis ronflait et transpirait. À coup sûr, comme le Canaque, il dormait pour de bon. Loup Larsen lui pressa le poignet et il se débattit, mal à l'aise. Son corps s'arc-bouta, portant juste sur les épaules et les talons. De ses lèvres tremblotantes s'échappèrent des paroles énigmatiques :

– Un shilling c'est comme un quart... Sortez vos lampes pour les pièces de trois pence. Sinon, les tauliers vous les refileront pour des pièces de six pence.

Il roula sur le côté, laissa échapper un gros soupir et continua :

– Six pence, c'est un tanner ; et un shilling, c'est un bob. Mais c'est quoi, un pony ? J'en sais foutre rien.

Ces deux hommes dormaient du sommeil du juste. Loup Larsen en était convaincu. Il passa donc aux deux couchettes suivantes, où la lumière de la lampe éclaira les visages de Leach et de Johnson. Alors que le capitaine se penchait sur Johnson pour lui tâter le pouls, je vis Leach, qui occupait la couchette supérieure, se soulever en douce afin d'observer à son aise ce qui se passait. Il n'eut pas de peine à deviner les intentions du capitaine.

Soudain la lampe s'éteignit dans ma main, et nous fûmes plongés dans les ténèbres.

Au même moment Leach dut bondir sur Loup Larsen. Le capitaine poussa un grognement furieux. Leach lui répondit par un hurlement à glacer le sang dans mes veines. C'était la rencontre du loup et du taureau.

Johnson vint aussitôt prêter main-forte à son camarade. Je compris alors que son « fayotage » des jours précédents n'était qu'une ruse destinée à endormir la méfiance du capitaine.

J'étais complètement désemparé. Accoté à l'échelle de l'écoutille, tremblant comme une feuille, incapable de grimper pour m'enfuir, j'avais l'estomac noué, comme chaque fois que j'assistais à des scènes de violence.

Je ne pouvais rien voir. Mais j'entendais les coups et le bruit des viandes entrechoquées. Craquement des os, respirations haletantes, gémissements et cris de douleur témoignaient de l'âpreté du combat.

Leach et Johnson avaient reçu du renfort. Une recrudescence de coups, de heurts et de cris prouvait que plus de deux hommes participaient à ce guet-apens, organisé pour l'élimination de Loup Larsen et du second.

– Un couteau. Vite, un couteau, criait Leach.

– Cognez-lui la tête. Fendez-lui le crâne, hurlait Johnson.

Loup Larsen avait fini de grogner. Il luttait farouchement, en silence, bien décidé à sauver sa peau. Cerné de toutes parts, terrassé sous un amoncellement de corps, il n'avait pas réussi à se relever. Malgré sa force herculéenne, il était perdu.

La mêlée des combattants roula sur moi dans le noir. Je fus balayé par la houle des corps enlacés. Je réussis à grand-peine à me traîner vers une couchette basse où je me blottis.

Les autres dormeurs, réveillés en sursaut, demandaient ce qui arrivait. Leach leur répondit.

– Venez. Arrivez tous. On le tient.

– Qui ? Qui ça ?

– Ce salaud de second.

La réponse était astucieuse. Avec des cris de joie, le reste de la carrée déboula. Loup Larsen eut bientôt huit gaillards sur le dos. On se serait cru dans une ruche en furie.

– Qu'est-ce que vous foutez là-dedans, nom de Dieu ? cria Latimer par l'écoutille.

Il était trop prudent pour descendre dans cet enfer grouillant.

– Un couteau. Qui a un couteau ? demanda Leach.

Trop nombreux pour l'espace étroit, les assaillants se gênaient. Loup Larsen, lui, gardait la tête froide. Profitant de la confusion, il progressait vers l'échelle du salut. Je ne le voyais pas faire ; mais mes oreilles me renseignaient.

Aucun autre homme, à moins d'être Hercule lui-même, n'aurait pu réussir le tour de force de Loup Larsen. Arrivé au pied de l'échelle, il se cramponna aux premiers barreaux et, à bout de bras, réussit à soulever la grappe humaine qui s'accrochait à lui.

Centimètre par centimètre, il progressait. Du coup je voyais tout, car Latimer avait été chercher une lanterne et la plongeait dans l'écoutille, éclairant violemment le dernier acte du drame.

Une monstrueuse araignée, faite de corps gesticulants, s'accrochait à Loup Larsen et se balançait d'arrière en avant, au rythme régulier du roulis. Insensiblement, la grappe montait, échelon par échelon, avec de longs arrêts. Un instant elle fut sur le point de se détacher. Mais Larsen retrouva une prise et l'ascension reprit.

– Qui es-tu ? demanda Latimer, en se penchant en avant.

Une voix haletante sortit de la masse grouillante : Loup... Larsen.

Latimer tendit le bras. Une forte main le saisit. Le chasseur de phoques tira en arrière. Les deux derniers barreaux de l'échelle furent gravis d'un seul trait.

De sa seconde main, Larsen prit appui sur le cadre de l'écoutille. Un par un, les assaillants lâchèrent prise. L'ennemi leur échappait.

Seuls, quelques adversaires s'obstinaient. Larsen les refoula à coups de pied. Leach se cramponnait toujours. Il s'écroula enfin, jambes en l'air, sur le tas de ses camarades. Loup Larsen s'évanouit dans la nuit, avec la lanterne. Et l'obscurité nous enveloppa à nouveau.

XV

Au pied de l'échelle, grognant, jurant, les matelots se remirent sur pied.

– Rallumez la lampe ! J'ai le pouce démis...

C'était Parsons, un matelot tanné comme du vieux cuir et bougon, qui criait. Parsons servait d'homme de barre au canot de Standish.

– Je la sens sous mon pied, lui répondit Leach en s'asseyant sur le bord de la couchette où j'étais recroquevillé.

Un bruit de tâtons ; le craquement d'une allumette. Enfin, une lueur fumeuse irradia de la lampe. Dans cet éclairage lugubre, les hommes, pieds et jambes nus, entreprirent d'examiner et de soigner leurs blessures.

Oofty-Oofty s'empara du pouce de Parsons et le remit en place en tirant dessus de toutes ses forces. Les jointures du Canaque, je le remarquai, étaient à vif. Le Canaque les montrait à tout le monde, un large rictus triomphant exhibant ses superbes dents blanches : blessures glorieuses, à la vérité, provoquées par les coups formidables qu'il avait assenés à Loup Larsen.

– Imbécile, moricaud, triple buse, ce n'était pas sur Larsen que tu cognais. C'était sur moi, beuglait Kelly, l'Irlandais.

Cet ancien matelot au cabotage, émigré en Amérique, était rameur sur le canot de Kerfoot. C'était sa première campagne en mer. Il cracha un caillot de sang et plusieurs dents. L'air mauvais, il avançait sur le Canaque, qui bondit sur sa couchette et en tira un long couteau. Malgré sa jeunesse, Leach avait plus de sang-froid et de présence d'esprit que tous les butors réunis. Il intervint :

– Reste tranquille, Kelly. Oofty-Oofty ne l'a pas fait exprès. Comment aurait-il pu te reconnaître dans le noir ?

Kelly, en dépit de ses jolis traits, presque féminins, et de ses grands yeux rêveurs, ne songeait qu'à la bagarre. Il obéit, néanmoins, en ronchonnant. Et le Canaque remercia Leach, en souriant de toutes ses dents blanches.

Johnson était assis sur le bord de sa couchette.

– Je me demande comment il a pu s'en tirer, dit-il.

Il était l'expression même de l'abattement et du désespoir. Sur sa poitrine, encore oppressée et haletante de l'effort fourni, pendait une chemise complètement déchirée. D'une blessure à la joue, le sang coulait sur son corps et dégouttait sur le parquet.

– C'est le diable en personne, lui répondit Leach qui pleurait de déception et de rage. Et il n'y en a pas eu un seul qui a été foutu de me passer un couteau...

Le reste des matelots faisait ses commentaires à voix basse, sans prêter attention au soliloque de Leach. Tous appréhendaient la suite des événements.

– Encore heureux, dit Kelly, que le capitaine n'ait pas pu reconnaître ceux qui lui sont tombés dessus et ceux qui se sont tenus peinards... à moins qu'un mouchard ne vende la mèche, ajouta-t-il en promenant autour de lui un regard menaçant.

– Pas besoin, gueula Parsons. Il n'y a qu'à nous regarder. Tous les blessés seront coupables.

Calfeutré dans sa couchette, Louis, seul indemne, riait sous cape.

– On pourrait dire, hasarda un autre matelot, qu'on croyait avoir affaire au second.

– Moi, affirma un autre, je sais ce que je vais dire. Je roupillais et le bruit m'a réveillé en sursaut. En sautant de ma couchette, j'ai récolté un vilain gnon à la mâchoire. Alors je suis revenu me fourrer dare-dare dans les toiles. Il faisait nuit. J'ai rien vu, rien su. J'ai juste donné des coups pour répondre.

Leach et Johnson restaient absents de la discussion.

Soudain la bande se retourna contre eux : ils avaient tout monté. Ils paieraient pour tout le monde. Autant dire qu'ils étaicnt déjà morts.

À la fin, Leach éclata.

– Vous m'embêtez à la fin, bande de dégonflés. Vous êtes forts en gueule, ça oui ! Si vous aviez été aussi forts pour cogner, il aurait son compte.

« Il y en a pas eu un seul pour me passer un couteau. Vous m'écœurez... Tous à chialer comme s'il allait vous tuer. Pas de danger ! C'est un luxe hors de prix.

« Réfléchissez. Comment qu'il vous remplacerait ? Y a pas de bureau d'enrôlement dans les parages. Faut bien faire marcher le bateau. Johnson et moi, on va y avoir droit, c'est sûr. Mais vous, vous pouvez dormir en paix. Alors, bouclez-la et laissez-moi roupiller. J'en ai besoin.

– Bon ! Bon ! Ça va, dit Parsons.

– Il va pas nous tuer, d'accord. Mais la vie à bord va devenir un enfer. Ce sera pire qu'avant, vous pouvez me croire.

Toujours blotti dans ma couchette, je grelottais de peur. Qu'allaient-ils faire de moi, quand ils me découvriraient ? Je n'étais pas Loup Larsen.

C'est alors que Latimer appela, par l'écoutille.

– Hump ! Le vieux te demande.

– L'est pas là, répondit Parsons.

– Si, il y est, déclarai-je en me glissant hors de la couchette.

Tous me regardaient, effrayés. Sur leur visage se lisait la peur, la peur agressive et méchante.

– J'arrive, criai-je à Latimer.

– Non, t'iras pas, hurla Kelly. Je vais te faire taire pour de bon, sale mouchard.

Sa main s'avançait sur moi, prête à m'étrangler. Mais Leach s'interposa.

– Laisse-le !

– Jamais de la vie.

– Laisse-le, je te dis.

Leach parlait d'une voix sèche, curieusement métallique. L'Irlandais marqua un moment d'hésitation. Je fonçai vers l'échelle. À mi-hauteur, je me retournai pour observer le cercle de visages hargneux, dans la pénombre. La phrase de Mugridge me revenait en mémoire : Dieu devait les haïr pour les rabaisser à ce point. Ils me faisaient pitié, et je voulus les rassurer.

– Je n'ai rien vu, rien entendu. Je vous le promets.

– Je vous disais bien que c'était un type régulier, conclut Leach.

Loup Larsen m'attendait dans sa cabine, dévêtu et sanguinolent. J'eus droit à un de ses sourires charmeurs.

– Allons, docteur, à l'ouvrage ! Votre savoir aura souvent à s'exercer au cours de ce voyage. Que seraient devenus le *Fantôme* et son équipage sans vous ? Je ne sais pas faire de belles phrases, avec du sentiment ; sachez cependant que je vous suis très reconnaissant.

La boîte à pharmacie du bord était rudimentaire. Je mis de l'eau à bouillir et préparai divers pansements. Pendant ce temps, Loup Larsen allait et venait, entièrement nu. Il scrutait ses blessures et devisait gaiement.

C'était la première fois que je pouvais admirer, dans son ensemble, l'admirable anatomie de cet homme. Mon œil d'artiste s'émerveilla devant ce corps parfait, harmonieux et formidable, proportionné comme un marbre antique.

Certes, à bord, d'autres hommes déployaient une musculature aussi puissante. Aucun n'était dépourvu de quelque disgrâce physique : jambes trop courtes ou trop longues ; bras noueux, saillants, etc.

Seul Oofty-Oofty, le Canaque, avait un corps harmonieux. Mais rien de comparable avec celui de Larsen. Larsen, c'était le mâle type, dans toute sa magnificence.

Sous la peau, fine comme un satin, les muscles de ses bras et de ses jambes se gonflaient alternativement. Le mécanisme fonctionnait à merveille. Seul le visage

avait été bruni et hâlé par la mer et le vent. Le reste du corps de ce Scandinave avait la blancheur laiteuse d'un épiderme de femme.

Loup Larsen éleva le bras droit vers la tête, pour tâter sa blessure. Sous la gaine blanche, le biceps se durcit comme un faisceau de fils d'acier. Ce biceps avait failli m'anéantir et je l'avais vu, maintes fois, assener des coups terribles.

Mon rouleau d'ouate antiseptique à demi déroulé dans la main, je restais béat d'admiration devant ce corps superbe. Loup Larsen s'en rendit compte.

– Dieu vous a donné un corps splendide, dis-je.

– Ah bon ? C'est vrai que j'y ai souvent pensé et me suis demandé pourquoi.

– Il avait un but.

– Un but utilitaire, certainement. Dieu m'a donné la force pour que je puisse en faire usage. Mes muscles sont faits pour saisir, malaxer, détruire et déchirer les obstacles qui se dressent entre moi et la vie.

« D'autres êtres ont eux aussi des muscles pour détruire, saisir et déchirer. Mais Dieu a voulu que je sois le plus fort... Allez-y, tâtez si ça vous chante.

Ma main se posa sur son cou, glissa sur le bras, le long du dos et sur les cuisses. Une flamme batailleuse s'allumait dans les yeux de Larsen alors qu'il faisait jouer ses muscles, orgueilleusement. Puis il se détendit. Ses muscles redoutables se relâchèrent et sa chair redevint lisse et unie.

– Stabilité et équilibre, tout est là ! De bonnes jambes pour me porter ; des pieds solides pour agripper le sol ; des bras, des mains, des ongles et des dents pour tuer et ne pas être tué quand il est nécessaire. Et voilà.

Je refusai la discussion et continuai mon exploration admirative de cette bête de combat. Malgré la lutte féroce qu'il avait dû soutenir, Loup Larsen n'avait que des blessures superficielles. Tout fut pansé, et je dois le dire, avec assez d'adresse. Le plus mauvais coup lui avait été porté avant qu'on le jette par-dessus bord. Le cuir chevelu était ouvert sur plusieurs centimètres. Après avoir rasé les bords de la plaie, je la nettoyai et la recousis, en suivant ses directives.

On aurait dit qu'un bouledogue avait lacéré son mollet à coups de crocs. Un matelot, m'expliqua Larsen, l'avait mordu cruellement, refusant de lâcher prise. Il l'avait aussi tiré jusqu'au haut de l'échelle et ne s'en était finalement débarrassé que d'un vigoureux coup de pied.

– Vous êtes un homme adroit, Hump, me dit-il quand j'en eus fini avec lui. Je l'avais déjà remarqué. Maintenant que le second n'est plus là, vous allez prendre sa place. Votre solde sera de soixante-quinze dollars par mois. Et de l'avant à l'arrière, votre nom est désormais M. Van Weyden.

– Mais je ne connais rien à la navigation.

– Vous apprendrez !

– Je ne tiens pas du tout à occuper une place élevée. Pour moi, la situation présente est assez précaire comme cela. La médiocrité a ses avantages... Et, je vous le répète, je manque d'expérience.

Loup Larsen me répondit par un sourire. Pour lui, l'affaire était réglée.

– Je refuse d'être second sur ce rafiot d'enfer ! m'écriai-je.

Ses traits se durcirent. Une lueur impitoyable, que je connaissais bien, fit briller ses prunelles. Il m'entrouvrit la porte de la cabine et me congédia par ces mots :

– Passez une bonne nuit, monsieur Van Weyden.

– Bonne nuit, monsieur Larsen.

Je me retirai, résigné et vaincu.

XVI

Je n'avais pas spécialement à me réjouir de ma promotion. Seul avantage : j'étais déchargé de la corvée de vaisselle.

Mais j'ignorais tout des fonctions d'un second. J'aurais été dans de beaux draps sans la sympathie de l'équipage ! Heureusement, les matelots m'enseignèrent la manœuvre des cordages et du gréement, le maniement des voiles. Le gros Louis, en particulier, fut un excellent professeur. Et je pus me faire obéir sans difficulté.

Les chasseurs de phoques, par contre, ne me ménagèrent ni leur mépris ni leurs sarcasmes.

Pourquoi le nier ? Le terrien que j'étais faisait un pauvre second sur une goélette. Pourtant, leurs quolibets me blessaient comme autant de coups de poignard.

Je ne me plaignais pas à Larsen. Il intervint pourtant en ma faveur et ordonna qu'on me parle en respectant toutes les règles de l'étiquette maritime. Il avait été moins exigeant en ce qui concerne le pauvre Johansen.

Il multiplia les coups de gueule et les menaces et, malgré leurs grognements, mit les chasseurs de phoques à la raison. De la poupe à la proue du *Fantôme*, je fus pour tous « M. Van Weyden », gros comme le bras. Lui-même ne m'appelait Hump que dans l'intimité.

Je pris dès lors tous mes repas avec lui. Et si, entre deux plats, le vent tournait, il me jetait un ordre : « Monsieur Van Weyden, veuillez nous mettre bâbord amures... »

Je quittais alors la table et gagnais le pont. Je faisais signe au gros Louis qui m'expliquait de quoi il s'agissait. En quelques minutes j'étais au fait et lançais mes ordres.

Une fois, Loup Larsen me suivit sur le pont. Il se tint près de moi, en fumant son cigare, tant que dura la manœuvre. Il m'entraîna ensuite vers l'arrière.

– Hump, pardon, monsieur Van Weyden, je vous félicite. Vous pourrez bientôt remiser les jambes de votre père dans leur boîte. Vous avez découvert les vôtres et appris à vous en servir. Encore un petit apprentissage, une ou deux tempêtes, et, à la fin de la croisière, vous serez capable de commander une goélette au cabotage.

Jusqu'au moment de notre arrivée sur la zone de chasse, je fus le plus heureux des hommes sur ce bateau de malheur. Loup Larsen me respectait, l'équipage ne me détestait pas, et je m'étais éloigné de l'insupportable Mugridge.

Avouons-le : je m'étais habitué à ma nouvelle situation. J'étais même assez fier de moi : pour un second, je n'étais pas un si mauvais second. J'en étais au point d'aimer le tangage et le roulis du *Fantôme*, qui voguait maintenant dans la zone des tropiques. Enfin, tout est relatif. Ce bonheur nouveau n'était tout au plus qu'une misère moindre, léger entracte entre les souffrances d'hier et les souffrances pires du lendemain. Nous faisions voile vers une petite île pour y renouveler notre provision d'eau douce. Pour les autres, le *Fantôme* était resté un enfer. Les matelots ne connaissaient ni repos ni répit. Loup Larsen leur faisait payer cher la mutinerie qui avait failli lui coûter la vie. Du matin au soir, le jour comme la nuit, il s'acharnait sur eux. Jamais au repos, son esprit inventait mille et mille tracasseries qui conduiraient sûrement l'équipage à la folie.

J'ai vu Loup Larsen aller tirer Harrison de sa couchette au milieu de la nuit et l'obliger à ranger un pinceau à goudron qu'il avait laissé traîner sur le pont. Et tous les autres hommes, qui n'étaient pas de quart et auraient pu dormir, furent eux aussi obligés de se lever et de l'accompagner pour le regarder faire.

Simple détail, mais qui montre bien quelles odieuses tracasseries Loup Larsen pouvait inventer. On imagine l'effet produit sur la mentalité de l'équipage.

Murmures et révoltes larvées se succédaient. Les coups, donnés et reçus, pleuvaient sans trêve. On trouvait toujours un ou deux hommes, dans un coin, occupés à soigner leurs blessures. Mais il était exclu que puisse être organisée une véritable mutinerie. Avec l'arsenal qu'il entretenait dans sa cabine, Loup Larsen pouvait faire face. Loup Larsen, évidemment, avait choisi Leach et Johnson comme ses deux victimes de choix. Johnson restait sans réaction. Son visage était sombre et mélancolique. Rien qu'à le voir, je sentais saigner mon cœur. Leach, par contre, n'avait pas baissé les bras. Toujours en proie à la fureur, il n'avait pas le temps de gémir. Dès qu'apparaissait Loup Larsen, ses babines se retroussaient ; de sa gorge montait un rugissement rauque. Son regard collait à l'homme détesté.

Ayant un jour à lui donner un ordre, je m'approchai de lui par-derrière et lui posai la main sur l'épaule. Je me rappelle qu'il faisait beau et que le soleil brillait. Il crut sans doute avoir affaire à Loup Larsen. Toujours est-il qu'il bondit en poussant un cri féroce et fonça sur moi. Puis, m'ayant reconnu, il se calma.

Johnson et lui auraient tué le capitaine avec la plus grande joie. Mais Larsen se tenait sur ses gardes et Leach en était toujours pour ses frais. Je l'ai vu quelquefois fondre sur le capitaine sans prévenir. Les deux hommes se colletaient alors à coups d'ongle, de poing, de dents comme des chats sauvages. Le vaincu était toujours Leach. Il restait sur le carreau, inerte. Mais son démon familier le possédait à nouveau et le lançait bientôt à l'assaut du diable qui avait élu demeure en Larsen. Et le pugilat connaissait un autre épisode, avec toujours la même issue.

Souhaitant quand même réussir, Leach lança un jour son couteau en direction de la gorge du capitaine, qui esquiva le coup de justesse. Un autre jour, un épissoir d'acier tomba de vingt-cinq mètres au ras de la tête de Loup Larsen, qui apparaissait alors au sommet de l'escalier de sa cabine. C'était Leach, encore lui, qui l'avait laissé tomber d'une des vergues du grand mât. Coup difficile à réussir sur un bateau qui oscille. La pointe siffla sous le nez du capitaine et alla se planter dans le plancher. Une autre fois, Leach réussit à dérober un pistolet. Un chasseur de phoques le désarma au moment où il allait tirer sur Larsen.

Pourquoi le capitaine ne le tuait-il pas une fois pour toutes ? En fait, Larsen prenait le parti de rire de cette rage impuissante et se plaisait à l'attiser comme un dompteur excite ses fauves les plus féroces.

– Le goût du jeu est dans la nature de l'homme, m'expliquait-il. Et peut-on rêver plus bel enjeu que sa vie ? Plus le risque est grand, plus le frisson est délicieux. Je ne vais quand même pas me priver du plaisir de pousser Leach à la folie. Je dirais même plus. Si ce Leach est honnête, il doit me remercier. Car lui aussi vibre et éprouve des sensations uniques. Il a un but dans la vie : me tuer. Cet espoir le grise. Quand je le vois, ivre de fureur, j'avoue qu'il me fait envie.

– Vous êtes lâche ! Vous savez bien que cet homme n'a pas votre vigueur, physique et morale, et vous en profitez.

– Lâche ? Pas tant que vous, mon petit Hump. Je sais bien qu'au fond de vous-même vous êtes pour Leach. Mais vous ne le montrez guère. Vous avez peur et vous voulez vivre. Et vous oubliez les protestations de votre conscience pour n'écouter que votre intérêt.

« Si l'enfer existe, vous y descendrez tout droit pour expier cette vilenie. Moi, je suis moins lâche que vous. Je suis en tout cas plus sincère. Et j'agis selon mes convictions et mes instincts, qui valent bien les vôtres. »

Il n'avait pas tout à fait tort. À la réflexion, je dus en

convenir. Mon devoir ne m'imposait-il pas de faire corps avec Leach et Johnson pour débarrasser le monde d'un pareil monstre ? Ce serait un soulagement pour tout le monde, et la vie serait plus belle. Cette pensée me tracassa durant mes nuits d'insomnie. L'idée d'avoir à tuer Larsen s'imposait à moi peu à peu. Une nuit qu'il dormait, je m'en ouvris à Leach et Johnson, qui étaient de quart.

– N'en faites rien. Il est inutile de vous sacrifier pour nous, me conseillèrent-ils.

Leur désespoir était extrême. Johnson était à bout. En lui, plus rien ne réagissait. Quant à Leach, il se consumait lui-même dans une lutte vouée à l'échec. Il prit mes mains entre les siennes et les étreignit avec passion.

– Vous êtes un type régulier, monsieur Van Weyden. Tenez-vous peinard et bouclez-la. Johnson et moi, on est foutus, condamnés sans appel. Pourtant, un jour viendra peut-être où vous pourrez nous être utile. En attendant, restez où vous êtes...

Le lendemain, la petite île de Wainwright, où nous devions faire provision d'eau douce, se profila à l'horizon. Et Johnson se rua une fois de plus à l'assaut de Loup Larsen avec une sauvagerie inouïe. Leach vint à sa rescousse. Mais le capitaine les terrassa tous deux, comme d'habitude. Et, pour la première fois, il précisa sa menace.

– Toi, Leach, un jour je te tuerai, tu le sais bien d'ailleurs.

L'autre lui répondit par un ricanement diabolique.

– ... Quant à toi, Johnson, je n'aurai même pas besoin de te régler ton compte. Tu vas tellement être dégoûté de la vie que tu te balanceras toi-même à la baille.

Et il ajouta, à voix basse, à mon intention :

– Je parie un mois de paie qu'il va mijoter cette suggestion... et la suivre.

J'espérais secrètement que notre escale à Wainwright leur permettrait de s'échapper. Mais Loup Larsen avait tout prévu et bien choisi le lieu où nous ferions relâche.

Après avoir franchi la ligne des brisants, le *Fantôme* jeta l'ancre dans une crique isolée, à un demi-mille du rivage. Elle se prolongeait par un défilé abrupt, encadré de falaises volcaniques dont l'escalade était impossible.

Loup Larsen descendit à terre pour surveiller la corvée d'eau. Sous sa surveillance, les matelots, y compris Leach et Johnson, emplirent des barils qui furent ensuite roulés jusqu'à la grève et embarqués sur les canots.

Inutile de penser à s'évader par la mer. Harrison et Kelly, cependant, tentèrent le coup. Partis de la goélette à bord d'un canot avec un tonneau vide, ils obliquèrent vers un des promontoires encadrant la grève. Derrière, c'était la liberté. Sur l'autre versant, des colons japonais avaient édifié plusieurs villages, coquets, au creux de riantes vallées qui s'enfonçaient vers l'intérieur de l'île. S'ils atteignaient leur but, les deux matelots pourraient défier Larsen.

Mais sur le pont du *Fantôme*, deux chasseurs de phoques faisaient les cent pas, leur fusil à la saignée du bras. Je les avais remarqués et compris bientôt la raison de leur manège. Ils épaulèrent et ouvrirent le feu sur les deux déserteurs. Les deux tireurs se livraient à un concours d'adresse. Les premières balles ricochèrent à la surface de l'eau, encadrant le canot. Puis, comme celui-ci s'éloignait toujours, le tir se fit plus précis.

– Regardez bien, monsieur Van Weyden, me dit Smoke. Je vais déquiller l'aviron droit de Kelly.

La longue-vue du bord vissée à l'œil, je vis en effet le plat de l'aviron voler en éclats. Le canot fit une embardée. Successivement, les trois autres rames furent cassées net. Harrison et Kelly essayèrent de ramer avec les moignons qui restaient.

Mais une nouvelle grêle de coups de feu réduisit en miettes les manches des avirons. Kelly arracha alors une planche du fond du canot et essaya de pagayer. Il la lâcha bientôt, hurlant de douleur, des éclats de bois plein les mains.

La partie était perdue. Le canot allait à la dérive. Une autre embarcation, expédiée du rivage par Larsen, se porta à sa rencontre et le prit en remorque jusqu'au *Fantôme.*

Nous levâmes l'ancre tard dans l'après-midi. Nous en avions maintenant pour trois ou quatre mois de chasse dans la région des phoques. Triste programme. J'avais le cœur serré en reprenant mon travail.

Une atmosphère sinistre pesait sur le *Fantôme.* Loup Larsen, en proie à ses étranges migraines, s'était enfermé dans sa cabine. Harrison, indifférent en apparence, écrasé en fait sous le poids de son chagrin, se tenait appuyé à la barre du gouvernail.

Le reste de l'équipage ne pipait mot. Je découvris Kelly accroupi contre l'écoutille du poste avant, la tête sur les genoux, les bras par-dessus. Un peu plus loin, je découvris Johnson à plat ventre sur le bec extrême de la proue. Il regardait l'étrave baratter l'océan. Je me rappelai avec horreur la sinistre prédiction de Loup Larsen. Sa prophétie de malheur commençait-elle à se réaliser ? Pour rompre le charme maléfique, j'interpellai Johnson. Mais il se contenta de me sourire tristement, sans bouger.

En revenant vers l'arrière, je fus abordé par Leach.

– J'ai une faveur à vous demander, monsieur Van Weyden. Si vous avez la chance de revoir Frisco, je voudrais que vous alliez voir un certain Matt Mac Carthy.

« C'est mon vieux. Il vit sur la colline, derrière la boulangerie de Mayfair. Tout le monde connaît son échoppe de savetier là-bas. Vous n'aurez pas de peine à trouver.

« Vous lui direz que je regrette tous les ennuis que je lui ai causés, et toutes mes bêtises. Dites-lui aussi... et puis non. Que Dieu le bénisse !

– Nous reverrons tous Frisco, mon petit Leach. Tu

seras avec moi quand je rendrai visite à Mac Carthy.

– Je voudrais bien vous croire, me répliqua-t-il en étreignant mon bras. Mais c'est impossible. Loup Larsen va me régler mon compte. Mais qu'il se presse, Bon Dieu, qu'il se presse !

Je le souhaitais comme lui. Puisque ça devait arriver, autant que ce soit tout de suite ! L'angoisse générale m'engluait dans ses filets. Le pire allait se produire. En arpentant le pont, je me disais que le matérialisme de Loup Larsen commençait à me corrompre.

La vie était bien cette chose sordide qu'il avait décrite. J'assistais chaque jour à des scènes ignobles. Un Dieu intelligent et bon pouvait-il les permettre ?

Comme Leach, j'en étais arrivé à croire que plus vite cette vie de chien serait finie, mieux cela serait. Penché sur la lisse, je plongeai à mon tour le regard dans la mer.

Tôt ou tard, j'en étais sûr maintenant, j'irais moi aussi me perdre dans l'oubli vert et glacial des abîmes.

XVII

C'est étonnant ! Chacun s'attendait au pire ; et rien ne s'est produit à bord du *Fantôme*. Nous avons poursuivi notre route vers le nord-ouest jusqu'au large des côtes japonaises. C'est là que nous avons rencontré le grand troupeau de phoques.

Il voyageait vers le nord, pour sa migration annuelle dans l'infini du Pacifique.

Aussitôt la chasse commença, pour ne plus s'interrompre. Un carnage ! Les cadavres, dépouillés de leur peau, étaient jetés aux requins. Seules les fourrures justifient ce massacre insensé : la chair et l'huile de phoque sont en effet inutilisables. Nous salions donc les peaux pour qu'elles puissent un jour orner de belles épaules féminines, à la ville.

Au soir d'une journée de tuerie, le pont jonché d'animaux était glissant de graisse. Nous pataugions dans le sang qui s'écoulait par les dalots. Les hommes, tels des bouchers à l'abattoir, travaillaient sans relâche. Leurs torses dénudés, leurs bras et leurs jambes étaient rouges du sang qui éclaboussait tout sur le bateau : mâts et cordages, lisses, écoutilles et capots. Leurs couteaux éventraient, dépeçaient, fouaillaient les jolies créatures encore palpitantes.

J'avais pour tâche de comptabiliser les prises de chaque canot, puis de surveiller le dépeçage et, enfin, de faire nettoyer le pont et tout remettre en ordre sur le bateau. Besogne répugnante. Mon âme et mon estomac protestaient. J'apprenais par contre à manier mes hommes et à leur commander. La « chiffe molle » prenait du nerf et s'en trouvait bien.

Je ne serais plus jamais le même homme. Après les

moments de désespoir, je parvenais à me ressaisir. Je résistais aux théories négatives et déprimantes de Loup Larsen. Au fond, je pouvais le remercier de m'avoir ouvert les yeux sur des choses de la vie que je ne soupçonnais même pas jusqu'alors. J'avais échappé à ce royaume de l'esprit, où l'on se contente d'idées toutes faites. Je parlais maintenant du monde avec des mots concrets.

Par beau temps, tous les canots de chasse s'égaillaient sur la mer. Je restais seul à bord avec Loup Larsen. Ne parlons pas de Thomas Mugridge qui ne comptait pas.

Les six canots se déployaient en éventail. La poursuite du gibier s'effectuait à des distances de dix à vingt milles. Les hommes regagnaient le *Fantôme* dans la soirée, parfois plus tôt, si le temps se gâtait. Loup Larsen et moi devions alors maintenir la goélette sous le vent de la flottille et ne perdre de vue aucun canot. C'était une rude tâche pour deux hommes seuls. Que le vent s'élève ou tourne, il fallait tout à la fois tenir la barre, carguer la voile, haler sur les manœuvres. Tout cela était nouveau pour moi.

Je n'eus pas trop de peine à me familiariser avec la roue. Je souffris davantage quand il s'agit de courir sur les vergues, de saisir les cordages en voltige, de grimper au faîte ou de redescendre à la hâte sur le pont. Mon amour-propre et ma volonté d'en imposer à Loup Larsen étaient en jeu. Tant et si bien que je réussis plus vite que je ne l'aurais cru au départ.

Vint même le moment où ce fut un plaisir pour moi que de me hisser à la pointe du mât et de scruter la mer, dans mes jumelles, à la recherche des canots.

Un jour, les chasseurs s'étaient dispersés dès le matin, poussés par un léger vent d'ouest. Peu à peu, le bruit des détonations s'atténua et je vis disparaître un à un les petits points noirs à l'horizon.

Soudain, le vent tomba. Le *Fantôme* s'immobilisa sur une mer d'huile. Il était onze heures. Loup Larsen

n'aimait pas cela. Le baromètre avait chuté, et le ciel se chargeait, à l'est, de nuages menaçants.

– Si la tempête éclate, il y aura des couchettes vides ce soir sur le *Fantôme*, me dit-il.

Nous avions quitté la zone tropicale depuis longtemps. Pourtant, juste avant midi, l'air devint étouffant. Toute la fraîcheur disparut. On était comme écrasé. Une vieille expression californienne me revint alors à la mémoire où il était question de « temps à cataclysme ». Et, de fait, l'imminence d'une catastrophe s'imposait à l'esprit.

Venant de l'est, un amas de nuages envahit le ciel. Il pesait sur nos têtes comme l'ombre angoissante de promontoires infernaux. On y distinguait parfaitement les gorges vertigineuses, les ravins abrupts, les précipices sans fond sur lesquels s'étendaient de grands pans d'obscurité.

Notre esprit prévoyait un déchaînement de la mer en furie, précipitant ses flots d'écume dans ces cavernes. Ce n'était qu'une fantasmagorie. L'océan, tout autour, était lisse comme l'huile. Et toujours pas de vent.

– On ne s'en tirera pas avec un simple grain, déclara Larsen. Cette vieille marâtre de nature va se camper sur ses pattes et hurler à pleins poumons.

« Nous allons être sérieusement secoués avant d'avoir pu récupérer la moitié des canots. Monsieur Van Weyden, la première précaution à prendre est d'amener un peu de voile. Voulez-vous vous en occuper ?

– À deux ? C'est peu pour lutter contre la tempête.

– Nous ferons de notre mieux. Il faut tout tenter pour rallier les canots. La tempête, au début du moins, peut nous y aider. Quelques toiles vont sans doute être arrachées, mais les mâts sont solides. Ils tiendront... Après, on se débrouillera...

Je fis ce qu'il me demandait. Puis nous déjeunâmes en tête à tête. Repas expédié à la hâte. Loup Larsen voulait regagner son poste d'observation au plus vite et la pensée des dix-huit hommes dispersés sur la mer, la menace des nuages suspendue sur leur tête, me nouait l'estomac.

Dès que Loup Larsen fut remonté sur le pont, je remarquai chez lui un frémissement des narines, une clarté bleue qui brillait dans ses yeux clairs. Certes, ses traits s'étaient durcis ; mais on y lisait une joie évidente. Il partit soudain d'un grand rire, un éclat sonore et méprisant jeté à l'adresse de la tempête.

Je le vois encore : nain sorti d'un conte des *Mille et Une Nuits* défiant le génie malfaisant. Créature chétive, Loup Larsen bravait le destin. Aucune panique en lui.

Il fonça vers la cuisine et jeta quelques mots par la porte.

– Ho ! le cuistot ! Dès que tu en auras fini avec tes casseroles, viens nous rejoindre. On va avoir besoin de toi. Quitte tes marmites au premier appel.

« Sincèrement, Hump, la partie que nous allons jouer a plus de saveur qu'un verre de whisky, non ? Votre Omar Khayyam n'a jamais joui comme ça. D'une certaine manière, il a raté sa vie. »

Sur les deux heures, l'ouest s'est obscurci à son tour. Le soleil s'est voilé, puis éteint.

Crépuscule d'un autre monde : un halo pourpre, parcouru de lueurs fugitives, était descendu sur nous. Nos visages en étaient embrasés. Loup Larsen était ceint d'une sorte d'auréole sanglante.

La chaleur était intenable. La sueur perlait sur mon front, coulait en rigole le long de mon nez. Je crus que j'allais me trouver mal et dus m'appuyer le long de la lisse. C'est à ce moment que je sentis, nettement, un souffle ténu me frôler. Soupir qui s'évanouit de suite. Les voiles étaient restées flasques. J'avais pourtant senti ce mouvement de l'air, qui m'avait délicieusement rafraîchi.

– Rapplique, cuistot, grogna Loup Larsen.

La face apeurée et pitoyable de Thomas Mugridge apparut.

– Donne du mou à l'écoute de misaine. Tu laisses

doucement filer sur les poulies et tu amarres tout. Fais pas de gâchis ; sinon ton apprentissage de marin s'arrête tout de suite. Compris ?

Et, se tournant vers moi :

– Monsieur Van Weyden, voulez-vous surveiller le coq et lui prêter main-forte si nécessaire ? Vous exécuterez ensuite la même manœuvre avec les focs. Vite !... Si le coq n'obéit pas assez rapidement, cognez. Pas d'hésitation, frappez entre les deux yeux !

Là-dessus il alla reprendre la barre. Mugridge et moi exécutions ses ordres au plus vite. Un deuxième souffle de vent traversa l'air ; puis un troisième. Les voiles claquèrent mollement.

– Dieu merci, la bourrasque ne se précipite pas, remarqua Mugridge, acide.

J'avais bien compris que la tempête s'abattant d'un seul coup sur toute cette voilure déployée aurait provoqué une catastrophe. Grâce à Dieu, comme disait Mugridge, le vent grandit progressivement. Il soufflait en poupe. Les voiles peu à peu se tendaient. Le *Fantôme* bougeait. Bientôt il partirait à fond de train.

Je rejoignis Loup Larsen. Il approuva mon travail d'un signe de tête et me laissa la barre. Je la tins, une heure durant, sur une mer toujours plus forte. La violence du vent s'amplifiait.

Nous filions à toute allure.

– Notre vieille barcasse sait encore marcher ! Repassez-moi la roue, monsieur Van Weyden. C'est mon tour. Et grimpez au mât de misaine. Installez-vous bien et tâchez de repérer mes canots.

À plus de vingt mètres au-dessus du pont, je scrutais en vain la surface liquide. Pour dire le vrai, je n'espérais plus retrouver une seule barque à flot sur cette mer démontée qui nous secouait. Comment de fragiles esquifs pouvaient-ils résister à la furie conjuguée de l'eau et du vent ?

Seul dans mon perchoir, coupé du reste du navire, je voyais la silhouette de la goélette se dessiner sur la mer. Le *Fantôme* déchirait l'écume comme un monstre vivant. Parfois, le bâtiment se cabrait sur la lame, la fendait en deux. Puis son étrave disparaissait sous des bouillons d'écume qui submergeaient la lisse et déferlaient sur le pont, inondant les écoutilles qu'on avait heureusement obstruées avec soin.

J'étais alors balancé d'une façon vertigineuse, comme si j'avais été suspendu au balancier inversé d'une gigantesque pendule et je décrivais dans le ciel un arc fantastique. Une oscillation plus forte que les autres me donna le vertige. Étourdi et pris de panique, je me cramponnai des pieds et des mains. Au-dessous de moi je voyais la mer se ruer à l'assaut du *Fantôme*, menaçant de l'engloutir. Puis je réussis à me rétablir et songeai à nouveau aux hommes qui se débattaient dans la tempête. Je ne pensai plus qu'à eux, les cherchant avidement de tous mes yeux.

Une autre heure s'écoula. Rien n'apparut sur l'océan désolé. Enfin un faible rayon de soleil, perçant à travers les nuages, vint frapper la mer, y posant une sorte de nappe argentée. Je devinai un petit point noir, projeté vers le ciel. Il disparut aussitôt. Le petit point noir reparut, au bout de quelques instants d'attention patiente, à tribord. Il était inutile de crier à Larsen dans ce tintamarre. Je lui fis un signe qu'il comprit.

Il modifia la direction du navire. D'un nouveau geste du bras je lui indiquai que le point noir était maintenant droit devant. Il se mit à grandir rapidement, si rapidement que je pus alors évaluer à quelle vitesse effarante nous allions.

Loup Larsen me fit signe de descendre. Arrivé sur le pont, je reçus l'ordre de larguer la grand-voile afin de ralentir notre marche.

– L'enfer va se déchaîner, dit-il.

Le canot était tout près. Je pus vérifier qu'il était complètement désemparé. Vent et mer debout, les occupants avaient, à notre approche, jeté par-dessus bord le mât et la voilure qui leur servaient auparavant à se maintenir tant bien que mal face à la lame. Les trois hommes écopaient sans relâche. Mais chaque montagne liquide les submergeait. Et je craignais de ne pas les voir reparaître. Chaque vague lançait le canot vers le ciel. Puis celui-ci se tenait une seconde en équilibre à la crête, découvrant alors sa quille noire et luisante. On voyait, en un éclair, les silhouettes fébriles des trois hommes qui évacuaient l'eau embarquée. Et le canot replongeait dans le creux béant qui allait peut-être les engloutir.

D'un brusque coup de barre, Larsen fit virer la goélette sur elle-même. Je crus un instant, et me pris à frissonner, qu'il jugeait le sauvetage impossible et y renonçait. Puis je compris qu'il voulait au contraire mettre le navire en panne en soustrayant brusquement la voilure à l'action du vent. C'est à cet instant, comme l'avait prévu le capitaine, que l'ouragan se déchaîna. Une muraille verdâtre s'abattit sur nous. Notre immobilité nous fit encaisser le coup dans toute sa brutalité. Une masse translucide, couronnée d'écume laiteuse, balaya le pont de la goélette. Tout mon corps fut empoigné. Écrasé, étourdi, je fus tourné et retourné dans tous les sens. J'avalais à pleine gorge l'eau saumâtre. Enfin, je retrouvai mon souffle et tentai de me relever.

Le courant me fit retomber sur les genoux. Des pieds et des mains, j'essayais de me redresser. Je passai par-dessus le corps de Mugridge, qui gémissait, étendu sur le pont.

La fin du monde était arrivée. Le *Fantôme* gémissait, craquait ; le bois, l'acier, la toile se brisaient. Nous n'avions pas eu le temps d'amener la voile de misaine. Elle se déchira avec un bruit de tonnerre et fut bientôt réduite en lambeaux. Les cordages arrachés se tordaient et sifflaient comme des reptiles dans le vent. Une grêle d'éclats de bois s'abattit sur nous. Je faillis être assommé par une énorme vergue. Finalement, c'est toute la corne de misaine qui s'écrasa sur le pont. Au milieu du chaos, je cherchai Loup Larsen. Il avait abandonné le gouvernail et s'acharnait sur la grand-voile. De mon côté, j'essayai d'abattre le grand foc. C'était une rude besogne, d'autant que Mugridge, sûr de ne pas être vu ni entendu du capitaine, se contentait de geindre et de pleurnicher au lieu de me prêter main-forte. J'y parvins malgré tout et constatai avec satisfaction que le *Fantôme* tenait le coup et ne sombrait pas.

Que faisait le canot ? À vingt mètres de nous, il dansait sur les lames. Loup Larsen avait bien calculé sa manœuvre : la dérive à peine sensible que subissait la goélette nous amenait juste à sa portée.

Le capitaine s'affairait donc aux palans qui devaient, juste au bon moment, crocheter la barque et la hisser à bord. Opération plus facile à décrire qu'à exécuter. À l'avant du canot, se tenait Kerfoot. Oofty-Oofty à l'arrière. Kelly entre les deux. Un mouvement incessant soulevait la goélette et le canot au sommet des vagues puis les précipitait dans les creux. À ce jeu, nous risquions d'écraser la coquille d'œuf. Heureusement, je réussis à passer la corde d'un des palans au Canaque l'instant même où Larsen faisait de même avec Kerfoot. En un clin d'œil les crochets furent mis en place. Nous hissâmes le canot et les trois hommes sautèrent tous ensemble sur le pont du *Fantôme*, bientôt suivis par le canot, quille en l'air.

Le sang jaillissait de la main gauche de Kerfoot : son troisième doigt avait été écrasé. Pourtant, loin de se plaindre, il nous aida de sa main valide à amarrer le canot. Et Larsen donna ses ordres sans perdre une seconde.

– Oofty, à la drisse du grand foc. Kelly : à la grand-voile. Kerfoot, cherche un peu où est passé le coq. Van Weyden, grimpez dans la mâture et cisaillez tous les bouts de corde et de toile qui pendillent.

Quant à lui, en quelques sauts de félin, il regagna l'arrière et empoigna la barre. Le *Fantôme* redressa sa course. Le vent se remit dans les voiles.

Mais, avant la fin de cette manœuvre, nous eûmes droit à un violent coup de bourrasque par le travers. La goélette se coucha complètement, les mâts à toucher la mer. De mon poste, je voyais le pont, non plus au-dessus de moi, mais pratiquement à mon niveau. Puis, nous fûmes pris dans un formidable remous, et j'eus la vision d'une sorte de dos de baleine nageant entre deux eaux et brassant l'écume. Enfin, le *Fantôme* se redressa et reprit peu à peu son aplomb. Il se mit alors à filer sauvagement sur l'océan furieux.

J'étais suspendu en l'air, comme une mouche, et recherchais les autres canots. Au bout d'une demi-heure, j'en aperçus un second. Il avait chaviré et pointait sa quille en l'air. Jack Horner, le gros Louis et Johnson s'y accrochaient désespérément.

De nouveau, Larsen mit à la cape, et cette fois sans encombre. Et nous nous laissâmes dériver vers le canot. Palans bien disposés, les cordes furent lancées aux trois hommes. Ils y grimpèrent comme des singes. Pendant qu'on le hissait à bord, le canot heurta violemment le flanc de la goélette et se fendit. Mais l'épave était réparable et fut soigneusement amarrée, en attendant.

Et le *Fantôme* vira à nouveau. Et de nouveau, il fut submergé sous une lame, qui recouvrit entièrement la roue du gouvernail. Je me sentais alors étrangement seul avec Dieu. Au milieu des éléments déchaînés, ma pensée se reportait inconsciemment vers lui. Puis la roue réapparut, ainsi que les larges épaules de Loup Larsen, solidement agrippé aux rayons et secouant les paquets d'eau de mer ruisselant de son corps. Divinité terrestre, il dominait la tempête par la force de sa volonté et poursuivait implacablement son but.

Spectacle admirable, oh oui ! admirable, que l'humain chétif gouvernant un fragile assemblage de bois et de fer et le menant où il veut à travers la nature déchaînée !

Il était cinq heures et demie et les derniers feux du jour se mouraient dans le crépuscule funèbre. Le *Fantôme* bondissait sous le vent. Je découvris alors le troisième canot. Il était lui aussi retourné et l'on ne voyait aucune trace de son équipage. Nous nous laissâmes porter vers lui. Un mouvement de l'eau dégagea son étrave.

– Canot numéro quatre ! s'écria Oofty-Oofty, dont les yeux perçants avaient eu le temps de distinguer le numéro.

C'était le canot d'Henderson. Avec lui avaient embarqué Holyoak et Williams. Il n'y avait plus d'espoir pour ces trois vétérans.

Loup Larsen ne voulait pas pour autant se priver du canot. Une première tentative pour le récupérer échoua. Horner et Kerfoot protestèrent contre un nouvel et dangereux essai.

– Bon Dieu de Bon Dieu ! gueula Loup Larsen. Pas question que je perde un canot à cause de cette foutue tempête du diable.

Il était près de nous. Pourtant c'est tout juste si nous percevions sa voix, au milieu du vacarme de l'ouragan.

– Monsieur Van Weyden, repliez le foc ! Johnson et Oofty vont vous donner un coup de main. Les autres, tirez sur la grand-voile. Et vite. Mettez-y du nerf ou je vous expédie au royaume des cieux...

Un coup de barre nous fit virer de bord. Il fallait bien obéir. Une fois encore, le *Fantôme* fut submergé. Pour éviter la noyade je me cramponnai aux cabillots du mât de misaine. Mais une violente secousse me fit lâcher prise. Un reflux de la vague m'emporta pardessus la lisse. Je ne savais pas nager. Il ne me restait plus qu'à me laisser couler à pic au fond de la mer.

Mais la vague revint sur elle-même et me redéposa sur le pont. Une forte poigne me saisit. Quand le pont de la goélette revint à l'air libre, je me rendis compte que Johnson m'avait sauvé la vie. Il jetait autour de lui des regards inquiets. Kelly manquait. La même vague que moi l'avait emporté. Mais lui n'était pas revenu. Et on avait encore une fois loupé le canot.

Loup Larsen fila sous le vent et décrivit un grand cercle avant de revenir sur lui, au lieu de virer sur place. La manœuvre réussit parfaitement.

– Du tonnerre ! me cria Johnson dans l'oreille, entre deux averses.

Je crois qu'il adressait ce compliment, non pas à l'expérience de Loup Larsen, qui continuait de tenir tête, imperturbable, mais au *Fantôme* lui-même.

Il faisait maintenant très sombre et l'on pouvait à peine distinguer le canot. Nous réussîmes néanmoins à le crocheter. Pendant qu'on le hissait à bord, une grosse lame le plaqua contre la goélette et le brisa en mille morceaux.

Durant les deux heures qui suivirent, l'équipage restreint du *Fantôme*, deux chasseurs, trois matelots, Loup Larsen et moi-même, dut abattre un travail épuisant. Selon les caprices de la tempête il nous fallait retirer ou donner de la voile, nous évitions ainsi au pont de la goélette d'être totalement inondé.

J'avais le bout des doigts à vif. De douleur, je laissais de grosses larmes couler sur mes joues. À la fin, n'en pouvant plus, j'éclatai en sanglots comme une femme et m'écroulai, brisé par la fatigue.

Pendant ce temps, ce rat de Thomas Mugridge quittait précipitamment l'encoignure du poste d'avant où il s'était calfeutré. Sa cuisine, qui dépassait du pont, avait été balayée par la mer. Les vagues avaient fait place nette, emportant jusqu'au moindre débris.

Toute la voilure fut amenée. Puis, Larsen nous rassembla dans sa cabine. Mugridge aussi y fut traîné. Sur le petit poêle du capitaine on mit du café à chauffer. Il nous donna des biscuits de mer et du whisky. Jamais je n'appréciai comme ce jour-là de manger et de boire, et jamais un café chaud ne me parut aussi bon.

Le bâtiment roulait et tanguait sans arrêt. Il était impossible de bouger sans s'arc-bouter à quelque chose.

– Pas de veille de nuit, s'écria Loup Larsen, quand nous eûmes mangé et bu notre saoul. Si on doit sombrer avant le jour, personne n'y pourra rien. Allez tous dormir !

Les quatre matelots disposèrent à bâbord et à tribord les feux de position réglementaires et gagnèrent le poste d'avant. Les chasseurs et moi, nous avons passé la nuit dans la cabine de Loup Larsen.

Avec son aide, je coupai le doigt écrasé de Kerfoot et recousis le moignon.

Tout en préparant le café et en entretenant le feu, Thomas Mugridge ne cessait de se plaindre. Il jurait qu'il avait au moins deux côtes cassées.

En fait, il en avait trois. Mais on remit au lendemain de le soigner. Je ne connaissais rien aux fractures et j'avais besoin de mettre le nez dans les livres de médecine de Loup Larsen avant d'entreprendre cette chirurgie.

– Un homme perdu pour ne pas récupérer le canot. C'est payé cher ! dis-je à Loup Larsen en guise de conclusion.

– Bah ! Kelly ne valait pas grand-chose, me répondit-il en haussant les épaules, la perte est mince. Bonne nuit !

Les émotions, la perte de trois canots, la douleur de mes doigts, sans parler des cabrioles démentes du *Fantôme* auraient dû m'empêcher de dormir.

Mes yeux se fermèrent pourtant dès que j'eus posé la tête sur mon traversin. Je dormis cette nuit-là à poings fermés.

Et le *Fantôme*, livré à lui-même, sautait à la crête des vagues, comme un bouchon.

XVIII

Le lendemain, la nature s'apaisa. Loup Larsen et moi, nous avons pioché l'anatomie et la chirurgie et fait de notre mieux pour requinquer les côtes de Mugridge.

Enfin, le calme s'étant tout à fait rétabli, l'équipage s'occupa à réparer canots, mâts et voilures tandis que le *Fantôme* croisait en tous sens sur les lieux de la tempête. Loup Larsen poussa même un peu plus à l'ouest, pensant que tous les navires avaient tenté de fuir dans cette direction, vers les refuges offerts par la côte du Japon. Toutes les goélettes rencontrées reçurent notre visite. La plupart recherchaient, comme nous, des bateaux perdus. Elles recueillaient pêle-mêle tous ceux qui se présentaient, avec leurs équipages, et se les appropriaient sans vergogne, quand ils ne leur appartenaient pas.

Nous reprîmes de la sorte au *Cisco* deux embarcations avec leurs hommes sains et saufs. Et Loup Larsen fut tout heureux, moi beaucoup moins, de remettre la main sur Smoke, Nilson et Leach qui avaient trouvé refuge sur le *San Diego*. Les pauvres se seraient bien passés de ces retrouvailles !

Au bout de cinq jours, quatre hommes seulement nous manquaient : Henderson, Holyoak, Williams et Kelly. La chasse reprit donc. Le *Fantôme* se lança à nouveau à l'assaut des troupeaux de phoques.

Vers le nord, nous avons rencontré de redoutables bancs de brume. Quand, chaque matin, nous mettions les canots à la mer, ceux-ci étaient avalés par la poisse avant même d'avoir touché l'eau.

Il fallait ensuite corner dans la trompe de brume ou tirer le canon à intervalles réguliers.

Nous ne cessions de perdre et de retrouver nos propres canots, ou ceux des autres phoquiers, et vice versa.

Chaque canot étranger recueilli devait, par convention, chasser pour la goélette qui l'avait repêché jusqu'au moment où on avait retrouvé son propriétaire. On ne sera pas étonné que Loup Larsen, au mépris des usages, ait décidé de garder pour lui le premier esquif égaré, avec son équipage, en compensation de ses pertes durant la tempête.

La goélette à qui appartenaient ces malheureux nous croisa à un jet de biscuit. Et son capitaine nous héla pour savoir si nous n'avions rien trouvé. Je vois encore Larsen braquer son fusil sur les trois malheureux pour les contraindre au silence.

Thomas Mugridge s'accrochait à la vie avec entêtement. Il recommença bientôt à clopiner, partagé entre ses deux tâches de mousse et de cuisinier.

Les mauvais traitements redoublaient sur Leach et Johnson. Sans cesse brutalisés, ils ne doutaient pas qu'ils rendraient leur âme à Dieu avant la fin de la chasse. Chienne de vie aussi pour le reste de l'équipage. Par contre, mes relations avec Loup Larsen restaient cordiales, du moins en apparence.

J'étais néanmoins obsédé par l'idée de le tuer. Malgré la crainte qu'il m'imposait, ce projet s'inspirait à moi avec la force de la fascination. Mais comment imaginer un tel homme abattu et agonisant ? Il était l'image même de la vie : la mort, en ce qui le concerne, constituait un contresens et une anomalie. Indestructible, bouillonnant de sève, il se battait, détruisait, survivait à ses propres malheurs.

Lorsque la mer était trop mauvaise pour qu'on mît les canots à la mer, il considérait comme une distraction sans pareille de descendre malgré tout, au milieu des phoques, en compagnie de deux rameurs et d'un timonier. Il chassait lui-même et, tireur habile, ramenait toujours une bonne cargaison de bêtes. Les chasseurs qui avaient refusé d'embarquer n'en croyaient pas leurs yeux.

Lutter, même et surtout dans des conditions impossibles, était chez lui comme un besoin irrépressible, une nécessité vitale comme l'air qu'il respirait.

Mon éducation de marin avançait à grands pas. Il arrivait même que Larsen me laisse la conduite de la goélette une journée durant. Je devais, seul, tenir le gouvernail, commander la manœuvre, surveiller les canots, et, à la tombée de la nuit, les rallier, puis les hisser à bord.

La mer était mauvaise dans la région et nous eûmes droit à d'autres assauts de la tempête. Au milieu du mois de juin, un typhon se déchaîna. Il eut, dans mon existence, des conséquences importantes et imprévues.

Nous étions dans l'œil du cyclone, et Loup Larsen se hâta de fuir, voilure réduite au minimum. Je n'avais encore jamais vu de vagues aussi hautes. Celles que je connaissais jusqu'alors n'étaient en comparaison que de simples rides. Plusieurs d'entre elles atteignaient la hauteur du grand mât.

Loup Larsen en fut assez impressionné pour abandonner le troupeau de phoques et cingler vers le sud.

Nous sommes redescendus jusqu'à la zone où croisent les grands paquebots. Le typhon alors se calma. À la grande surprise de Larsen et des chasseurs, un second troupeau de phoques fit son apparition derrière nous. Il est extrêmement rare, en effet, qu'une arrière-garde s'attarde ainsi.

Un cri retentit :

– Les canots à la mer !

Et la fusillade crépita, impitoyable. Le massacre dura toute la journée. À la nuit tombée, je décomptais les prises du dernier canot. Leach s'approcha de moi dans l'obscurité et me demanda à voix basse :

– Monsieur Van Weyden, savez-vous à quelle distance nous sommes de la côte ? Quelle est notre position par rapport à Yokohama ?

Je tressaillis de joie, car je devinais sa pensée.

– Cinq cents milles en gros, vers l'ouest-nord-ouest.

– Grand merci !

Il disparut dans la nuit.

Au petit matin on constata que le canot numéro 3 avait disparu avec Leach et Johnson. La literie, les sacs des deux hommes aussi, et encore les caisses d'eau et les boîtes à vivres de tous les autres canots.

Loup Larsen était hors de lui. Il mit le cap au nord-ouest. Il arpentait le pont, comme un lion en cage. Deux chasseurs furent expédiés au sommet des mâts, munis de jumelles et de longues-vues, avec mission de fouiller la mer.

Il se garda de m'envoyer en vigie, connaissant trop bien ma sympathie pour les fugitifs.

Il avait le vent pour lui. Mais celui-ci était inégal, et retrouver un canot minuscule dans l'immensité bleue revenait à chercher une aiguille dans une meule de foin. Loup Larsen avait sa tactique. Il cherchait seulement à gagner les deux hommes de vitesse, de façon à leur couper la route en s'interposant entre la côte et eux.

Il était huit heures, au matin du troisième jour, et Smoke cria du haut du grand mât qu'il apercevait le canot. Tout l'équipage courut vers la lisse.

Une bise aigre, prémisse d'un vent plus violent, soufflait de l'ouest. Dans la direction indiquée par Smoke, une tache noire apparaissait en effet, par intermittence, sur l'océan tourmenté, qu'argentait le soleil levant.

On mit le cap dessus.

Mon cœur pesait comme du plomb. J'étais anéanti. L'éclair de joie mauvaise qui passait dans le regard de Loup Larsen décrivait à l'avance le traitement qu'il allait faire subir à Leach et Johnson. C'était plus fort que moi, j'allais me jeter sur cet homme et faire basculer son corps dans le néant.

J'étais comme fou. Je me souviens seulement de m'être glissé dans le poste des chasseurs, les yeux hagards, puis d'avoir commencé à gravir l'escalier, un fusil chargé à la main. Soudain il y eut un cri.

– Ils sont cinq hommes dans le canot.

Ce n'était donc pas celui des évadés.

Un brouhaha de voix me confirmait la nouvelle. Je m'adossai à la cloison. Mes genoux se dérobaient sous moi. Et je revins à la raison. À la pensée de ce que j'avais failli faire, j'eus comme un étourdissement. Je remerciai le ciel de m'avoir arrêté au moment où j'allais perpétrer un crime horrible.

Je replaçai le fusil au râtelier et revins sur le pont. Personne n'avait remarqué mon absence. Vue de plus près, l'embarcation nous apparaissait bien différente et beaucoup plus grande que les canots phoquiers. Quand nous fûmes à portée, elle replia sa voile et abattit son mât. Puis les occupants relevèrent les avirons et attendirent que nous les prenions à bord. Smoke était redescendu sur le pont. Il m'aborda en gloussant sournoisement :

– Ben ça alors ! Il ne manquait plus que ça !

Je l'interrogeai du regard.

Avec un nouveau ricanement il poursuivit :

– Voyez vous-même. Qui c'est qu'est là à la place d'honneur entre les rameurs et l'homme de barre ? Que je ne tue plus jamais un phoque si c'est pas une femme !

Les yeux écarquillés pour mieux voir, je doutais encore. Mais les exclamations des hommes, autour de moi, me confirmèrent ce qu'avait dit Smoke. Le canot nous amenait quatre marins et le cinquième occupant était bien une femme.

La curiosité nous dévorait tous, sauf Loup Larsen, visiblement déçu. Les deux hommes qu'il poursuivait échappaient à sa cruauté.

Après une brève manœuvre de notre part, le canot se trouva sous le vent et put nous aborder en quelques coups d'aviron. Je pouvais maintenant détailler la passagère. Un long manteau de voyage l'enveloppait, car la matinée était froide. Seuls apparaissaient son

visage et une mèche de cheveux châtains, s'échappant d'un béret de marin. Dans l'ovale du visage délicat, bien que couperosé par le vent de mer, j'admirais une jolie bouche et l'expression de deux grands yeux bruns. Elle m'arrivait d'un autre monde, irrésistible et séduisante comme un morceau de bon pain présenté à un homme affamé. Depuis combien de temps n'avais-je pas vu de femme ? Je l'observais avec stupeur. C'était donc cela qu'on appelait une femme ?

J'en oubliais mes fonctions. Je ne fis pas un pas en direction des nouveaux venus pour les aider à monter à bord. Un des matelots hissa donc la passagère et Loup Larsen tendit le bras pour la recevoir.

Enfin en sûreté, elle se détendit et, jetant les yeux sur nous, eut un sourire amusé. J'avais oublié jusqu'au souvenir d'un sourire de femme, à la fois doux et malicieux. La voix de Larsen me ramena brutalement sur terre.

– Monsieur Van Weyden... Il y a une cabine inoccupée à tribord ! Faites-la remettre en état par Mugridge. Conduisez-y madame. Elle a le visage violacé par le froid. Veillez à son confort. Je vous la confie.

Puis ils détourna brusquement et interpella les quatre hommes.

Leur embarcation était trop encombrante pour trouver place sur le *Fantôme*. Malgré leurs protestations, il refusa de la prendre en remorque jusqu'à Yokohama. Loup Larsen ne voulut rien entendre et décida de laisser la barque à la dérive.

Je me sentais gauche et intimidé. Je n'avais plus l'habitude de la fragile délicatesse des femmes. En aidant l'inconnue à descendre l'escalier raide et étroit qui menait au carré, je fus surpris par la minceur de son bras. N'allais-je pas, en serrant trop fort, briser l'apparition de rêve entre mes mains ?

– Vous vous donnez beaucoup de mal inutile, me dit-elle, tandis que je l'installais confortablement dans un fauteuil, récupéré en hâte dans la cabine de Larsen. Les hommes comptaient bien joindre Yokohama à la fin du jour. Vous allez nous y conduire tout droit, sans aucun doute.

Elle avait toute confiance dans la bonne volonté du capitaine. Tant de candeur me laissait bien embarrassé. Comment lui expliquer, sans ambages, la situation ? Comment lui faire comprendre l'être bizarre et effrayant qui nous commandait, comme il commandait à l'océan ? Je tentai une réponse :

– Avec un autre capitaine, je pourrais vous assurer que vous débarqueriez demain à Yokohama. Mais le nôtre est un peu spécial. Vous pouvez vous attendre à tout !

Elle eut un regard étonné, sans effroi cependant.

– Que voulez-vous dire ? Les naufragés ont toujours été l'objet de la considération de ceux qui les recueillaient, ce me semble. Est-ce une erreur ? Nous ne sommes pas loin de la côte. Ce n'est rien de nous y conduire.

– Enfin... Ça dépend... Je ne cherche pas à vous faire peur. Je veux seulement vous préparer au pire, au cas où le pire se produirait. Mon capitaine est une brute, le démon en personne. Personne ne peut prévoir son prochain caprice.

J'étais lancé et m'apprêtais à tout lui dire sur Loup Larsen. Elle m'interrompit d'un geste las de la main.

– Oui, oui... J'ai compris... C'est bon.

Elle était épuisée et la conversation la fatiguait. Elle s'assoupit dans le fauteuil. Je n'insistai pas.

Je me bornai à exécuter les ordres de Larsen. Je préparai une lotion calmante pour décongestionner le visage de ma naufragée. En fouillant dans la provision personnelle de Loup Larsen, je découvris une bouteille de porto et la rapportai. Enfin, je fis mettre des draps à la couchette par Thomas Mugridge.

Le vent avait fraîchi. Quand je remontai sur le pont, après avoir tout mis en ordre dans la cabine, je constatai que le *Fantôme* fendait l'eau à belle allure, et donnait de la bande. La voix tonitruante de Smoke, remonté à la vigie, me rappela l'existence de Leach et Johnson.

– Le canot !

Un coup d'œil sur l'inconnue m'assura qu'elle n'avait rien entendu. La tête en arrière, les yeux fermés, elle semblait dormir. C'était mieux ainsi. Il était inutile qu'elle assiste aux scènes de brutalité qui ne manqueraient pas de suivre la capture des deux déserteurs.

Les ordres se succédaient sur le pont. On entendait des piétinements. Les voiles claquaient. Loup Larsen avait évidemment changé de cap. Un violent coup de tangage faillit renverser le fauteuil où la dame était assise. Je m'élançai à temps pour lui éviter une chute sur le parquet.

Elle souleva imperceptiblement ses paupières bouffies, sans trop se rendre compte de ce qui se passait. Lui donnant le bras, je la fis lever et la conduisis à sa couchette, sous l'œil narquois de Mugridge que j'expédiai dare-dare à ses fourneaux.

Elle pesait lourdement sur ma main, et se soutenait avec peine. Une nouvelle embardée de la goélette la précipita sur le lit. Avec mon aide, elle s'y allongea, tout habillée. Elle m'adressa alors un pauvre sourire dans son sommeil, puis, laissant aller sa tête, s'endormit comme un enfant.

J'avais emprunté pour elle, à la cabine de Larsen, l'unique oreiller du bord. Je l'installai sous sa nuque. Puis j'étendis sur elle deux couvertures rugueuses de matelot.

De retour sur le pont, je retrouvai mon Thomas, pérorant au milieu des chasseurs de phoques. Grimaces à l'appui, il faisait force commentaires, plutôt équivoques, sur mes aptitudes de femme de chambre.

XIX

Le *Fantôme* piquait droit sur une petite voile que je connaissais bien et qui, elle aussi, filait rapidement, mais sans espoir de nous échapper.

À quatre heures, Gros Louis vint relayer le timonier. Il avait endossé son ciré : l'air était humide.

– Il y a un grain qui se prépare ?

– Oh oui ! Un bon coup de vent avec un petit crachin. Juste de quoi nous débarbouiller. Mais on va être secoués.

Une forte lame s'abattit alors sur l'avant de la goélette qui s'inclina légèrement à bâbord. Au-delà des focs de beaupré, j'aperçus le canot que nous avions pris en chasse.

– Dommage qu'on ait fini par dépister ces pauvres bougres, dis-je à Louis.

– Ils n'auraient jamais pu toucher terre, monsieur Van Weyden, me répondit-il en redressant le *Fantôme* d'un coup de barre.

– Tu crois ?

– Il se prépare une sacrée petite brise (il donna un autre tour de roue). Dans une heure, aucune coquille de noix ne tiendra plus sur la mer. Ils ont plutôt de la chance qu'on soit là pour les ramasser.

Loup Larsen vint vers nous à ce moment, à longues enjambées élastiques. Il venait de s'entretenir avec les rescapés et ses yeux brillaient.

– Trois graisseurs et un quatrième mécanicien ! Mais j'arriverai à en faire des rameurs ou des matelots, me dit-il. À propos, et la dame ?

Cette question, je ne sais pourquoi, me porta un coup. J'eus soudain le cœur serré par une angoisse insurmontable. Au lieu de répondre, je haussai les épaules. Un sifflement railleur sortit des lèvres pincées du capitaine.

– Mais enfin, comment s'appelle-t-elle ?

– Aucune idée. Je ne lui ai pas demandé. Elle doit dormir en ce moment. Elle était éreintée. Sur quel bateau voyageait-elle ?

– The *City of Tokyo*, un paquebot-courrier qui fait la ligne Frisco-Yokohama. Il a été pris par la tempête. Un rafiot hors d'usage qui faisait eau de partout, pire qu'une passoire. Ils ont dérivé pendant quatre jours.

« Alors vous ne savez rien d'elle ? Jeune fille, femme ou veuve ? Bon, bon, je n'insiste pas », conclut-il en secouant la tête d'un air moqueur.

J'avais une question sur le bout de la langue : avait-il l'intention de conduire les naufragés à Yokohama ? Mais je me retins de la poser.

– Êtes-vous...

– Suis-je quoi ? me dit-il.

– Êtes-vous fixé sur ce qu'il adviendra de Leach et Johnson ?

– Ma foi, non, Hump. Je n'en sais fichtre rien. Avec les quatre extras qui me tombent dans les bras, mon équipage est au complet. Je n'ai plus besoin d'eux. Qu'ils aillent au diable.

– Bon ! Vous avez votre compte ! Mais eux aussi ont leur compte de souffrances. Reprenez-les à bord et soyez compréhensif. Ils ont des torts... mais vous les avez poussés à bout.

– Moi ?

– Vous ! Je vous parle en ami, Larsen. Je n'aime pas détruire, mais il peut bien m'arriver à moi aussi d'avoir envie de vous supprimer. Si vous persécutez ces pauvres bougres, je ne réponds de rien.

Il s'exclama.

– Bravo, Hump ! C'est très bien. Je suis fier de vous. Bien d'aplomb sur vos jambes. Félicitations. La vie douillette que vous meniez vous avait amolli. Mais il y avait de l'étoffe en vous. Vous vous réveillez enfin. J'aime mieux ça.

Puis, cessant de se moquer, il continua sur le ton sérieux :

– Monsieur Van Weyden, croyez-vous qu'une promesse est une chose sacrée et doit être tenue ?

– Sûr, je le crois.

– Très bien ! Voilà donc ce que je propose. Si je promets de ne pas porter la main sur Leach et Johnson, puis-je compter en retour sur votre promesse de ne pas attenter à ma vie ? Oh, je n'ai pas peur de vous, remarquez. Pas peur du tout, pas du tout.

Je restai perplexe, un peu pris de court.

– Alors, c'est promis ? insista-t-il en bon comédien jouant l'impatience.

– Promis, lui répondis-je.

Il me tendit la main et je la serrai dans les miennes. Je crus voir alors dans ses yeux ricaner un diablotin malfaisant.

Le canot était maintenant tout proche. Nous l'avions gagné de vitesse.

C'était sans espoir pour Johnson et Leach. Johnson était au gouvernail et Leach écopait. Sur un signe de Larsen, le timonier donna un tour de roue. Nous fûmes bientôt à hauteur du canot. Johnson abattit alors la voile et Leach cessa d'écoper. Ils attendaient la vague propice qui nous permettrait de les cueillir.

Ils échangèrent un regard avec les hommes de la goélette. Aucune salutation, aucun cri de bienvenue ne fut lancé dans leur direction. Pour tous, ils étaient déjà condamnés à mort. Loup Larsen ne donna aucun ordre. La goélette poursuivit sa course.

L'instant d'après, ils étaient à notre poupe. De l'arrière où je me tenais auprès de Larsen, j'aperçus Johnson qui me regardait. Son visage était défait. Il avait les yeux hagards. Je lui fis un signe de la main. Il y répondit par un geste résigné. Quant à Leach, ses yeux n'exprimaient rien, sinon une froide et implacable haine, dardée sur son vieil ennemi : Loup Larsen.

Le *Fantôme* laissa derrière lui le canot. Louis, imperturbable, était à la barre. Surprenant l'équipage,

Loup Larsen ne donna pas l'ordre de mettre en panne.

Johnson avait redressé la voile de son canot et Leach s'était remis à écoper. Une lame se brisa sur eux, les ensevelissant sous l'écume mousseuse.

Le frêle esquif tentait par tous les moyens de nous rejoindre. Mais le *Fantôme* continua sa route. Loup Larsen aboya à mes oreilles. Puis il gagna la roue en deux ou trois larges enjambées.

Le canot disparut progressivement. Il devait maintenant se trouver à deux ou trois milles de nous, petit point imperceptible. C'est alors que Larsen hurla à nouveau :

– Abattez le foc et le clinfoc. Prenez des ris. Carguez les voiles.

Au canot, ils durent se rendre compte que la goélette ralentissait. Nous étions leur seul refuge au milieu de la mer en furie. Leach et Johnson mirent encore une fois tout en œuvre pour nous rejoindre. Mais ils avaient la violence des lames contre eux. Je crus cent fois que leur coquille avait sombré. Cent fois, elle reparut. Johnson était un magnifique marin et il luttait avec l'énergie du désespoir. Au bout d'une heure et demie, ils étaient de nouveau à portée de voix.

Loup Larsen grommelait entre ses dents.

– Vous avez changé d'avis, chenapans ! Vous ne voulez plus me brûler la politesse. Vous voulez réintégrer le bord ? À votre aise... Continuez, mes gaillards.

Puis il lança une série d'ordres. Les voiles du *Fantôme* se gonflèrent à nouveau. Loup Larsen cria :

– Barre au vent !

Oofty-Oofty avait relayé le gros Louis. Il obéit et la goélette s'enleva sur les vagues. Loup Larsen riait à gorge déployée.

Les deux occupants du canot offraient deux visages décomposés par la frayeur. Il leur fit un petit signe pour les inviter à le suivre.

« Il a décidé de leur donner une bonne leçon, pensai-je. C'est quand même mieux que de les battre à mort... Mais il va trop loin. D'un moment à l'autre, ils risquent de chavirer. »

Et le canot se remit dans notre sillage et recommença à nous courir après.

Louis était près de moi. Il me glissa à l'oreille :

– Ils ont peur de mourir. C'est au fond de leur cœur...

– Loup Larsen s'amuse à un jeu cruel, lui répondis-je. Mais ce n'est qu'un jeu. Le moment venu, il les repêchera.

– Vous en êtes si sûr, monsieur Van Weyden ? me demanda Gros Louis d'un air finaud.

– Aucun doute là-dessus... Et toi ?

– Moi, je pense à ma peau. Tous les jours je me demande ce que j'avais bu à Frisco, pour m'être fourré dans un guêpier pareil.

« Et puis, je vais vous dire. Cette dame, eh bien, c'est encore pire pour elle. Vous vous faites encore des illusions ? Attendez la suite. Vous n'avez pas tout vu avec le loup, oui, le “loup”. Il nous en réserve encore d'autres de son invention, croyez-moi.

– Tu as peut-être raison. Je m'inquiète aussi pour cette dame. Si elle a des difficultés, seras-tu de mon côté pour la défendre ?

– Quel côté ? Je serai du côté du vieux Louis. Et ça suffit comme ça.

– Toi, alors, tu es un beau trouillard.

Louis haussa les épaules de dédain.

– Et alors ? Je n'ai rien tenté tout à l'heure pour ces pauvres diables que Loup Larsen abandonne. Et vous me croyez assez bête pour risquer ma peau à cause d'une femme que je n'ai jamais vue avant aujourd'hui !

Je lui tournai le dos et revins à Larsen.

– Monsieur Van Weyden. Veuillez faire abattre les focs et carguer la grand-voile. Ouf !

Louis s'était trompé. Loup Larsen n'abandonnait pas le canot. À toute hâte, je transmis mes ordres aux matelots. Ils se précipitèrent sur les drisses. Le branle-bas général n'échappa pas à Loup Larsen, qui l'apprécia avec un sourire sarcastique. Le canot avait plusieurs milles de retard, mais il grignotait peu à peu son handicap. Tous à bord, y compris Loup Larsen, avaient les yeux braqués sur lui. Au même rythme inlassable, le minuscule canot bondissait sur les lames, plongeait dans les creux, piquait vers le fond ou pointait vers le ciel. Cela paraissait impossible. Mais cet impossible existait.

Un grain passa et un rideau de pluie nous voila le canot. Quand le vent l'eut dissipé, les deux hommes étaient à vingt mètres.

– Barre au vent, toute ! hurla Loup Larsen.

Et il se jeta lui-même sur la roue, écartant brutalement le Canaque.

Une fois de plus, les voiles se gonflèrent. Vent arrière, le *Fantôme* reprit du large. La poursuite sans espoir reprit elle aussi. Deux heures encore, ce fut le même manège. On ralentissait. On mettait en panne. Au dernier moment, on repartait. Et on ralentissait encore. Et on reprenait de la distance à nouveau.

Et le petit bout de voile obstiné pointait vers le ciel, plongeait dans les vagues. Enfin, une averse plus violente le cacha, alors qu'il n'était qu'à un quart de mille.

Il ne reparut jamais.

Quand le temps fut clair à nouveau, il n'y avait plus de toile visible sur la surface de la mer. Dans ma longue-vue, je crus apercevoir la quille noire du canot, ballotté par les vagues. Johnson et Leach avaient fini de souffrir.

Les matelots restaient sur le pont, tassés en groupes stupides. Leurs regards se fuyaient. Ils semblaient ne pas réaliser complètement l'horreur de la scène qu'ils venaient de vivre.

Loup Larsen ne leur laissa guère de temps pour méditer. À coups de gueule, il remit la goélette sur sa vraie route, qui ne menait pas à Yokohama, mais du côté des phoques.

Traînant la patte, ils se rendirent à leurs postes et hissèrent les voiles. Ici ou là, j'entendais des injures et des malédictions proférées à l'adresse de Loup Larsen.

Les chasseurs de phoques réagissaient d'une tout autre manière. Eux, trouvaient la farce à leur goût. Smoke, toujours lui, se taillait un franc succès en débitant des histoires drôles. À sa suite, ses camarades dégringolaient dans l'entrepont, pour rigoler tout à leur aise.

Un des mécaniciens que nous avions recueillis m'aborda. Il était pâle comme un linge et ses lèvres tremblaient.

– Mon Dieu ! Mais sur quel bateau sommes-nous tombés ?

J'avais le cœur pris dans un étau. Je lui répondis nerveusement, presque avec brutalité.

– Servez-vous de vos yeux. Vous avez vu, non ?

Et je rejoignis Loup Larsen à qui je lançai :

– C'est comme ça que vous tenez vos promesses ?

– Je l'ai tenue, mon cher. Notre marché stipulait que je ne porterais pas la main sur Leach et sur Johnson, une fois qu'ils seraient revenus à bord. Vous êtes bien d'accord que j'ai respecté les termes de notre accord ? Je ne me suis pas parjuré, voyez-vous. – Et il ajouta avec un gros rire : – Loin de là, mon bon ! Loin de là.

J'étais écœuré, sans voix.

Toutes mes pensées allaient vers la jeune inconnue qui dormait dans la cabine. Il était trop clair que j'avais à assumer de lourdes responsabilités à son sujet, et que je devais me montrer prudent, très prudent.

XX

Et la journée s'acheva, paisible. Quelques petites averses vinrent seulement nous rafraîchir.

Loup Larsen dut se disputer avec le quatrième graisseur et les trois mécaniciens pour qu'ils se décident à prendre au magasin d'habillement leurs équipements de matelot. Chacun d'eux eut droit à un emploi sur la goélette et dans les canots. Ils dépendaient des chasseurs et logeaient dans le poste avant.

Ils renâclaient. Mais les histoires terribles qu'on leur avait racontées sur Larsen et ce qu'ils avaient pu observer de son caractère épouvantable coupèrent chez eux toute envie de se révolter.

Le mécanicien nous révéla le nom de la passagère : Miss Brewster. Elle dormait toujours. Je demandai donc aux chasseurs de ne pas crier pendant le dîner afin de ne pas la réveiller. Elle fit son apparition à table, le lendemain matin.

J'aurais souhaité qu'elle fût servie à part. Loup Larsen ne voulut rien savoir et me demanda si c'était un personnage extraordinaire pour ne pas s'attabler avec tout le monde. Le moment où Miss Brewster s'assit en notre compagnie marqua le début d'une véritable comédie. Les chasseurs de phoques étaient inertes comme des moules. Seuls Jack Horner et Smoke parurent un peu moins gourdes. Ils osaient même lancer quelques clins d'œil timides à la jeune personne, se risquaient à placer quelques mots. Les quatre autres lapaient leurs gamelles, les yeux dans la soupe, l'oreille au guet comme des chiens en alerte. C'était donc à moi de mener la conversation.

À son accoutumée, Loup Larsen ne répondait, par monosyllabes, que si on lui avait d'abord adressé la parole. Lui, n'était pas timide. Il gardait la tête froide, toujours aussi calme et maître de lui-même.

Il examinait avec intérêt cet être d'une autre espèce, cet échantillon d'une autre race que la sienne, survenu chez lui. Son regard ne quittait pas la jeune femme, se promenant du visage aux mains et des mains aux épaules.

Miss Brewster lui planta le regard dans les yeux avant de lui demander :

– Quand arrivons-nous à Yokohama ?

Toutes les mâchoires cessèrent alors de fonctionner. Les yeux obstinément fixés sur son assiette, chacun attendait avidement la réponse.

– Dans quatre mois, Miss... Peut-être trois, si on doit écourter la saison de chasse.

Miss Brewster tenta de reprendre sa respiration, et balbutia :

– Je... Je pensais... On m'avait laissé entendre... Que Yokohama était à une journée tout au plus.

Dans le silence épais, ses yeux cherchaient un appui sur les visages toujours baissés vers la table.

Enfin, au prix d'un gros effort, elle affirma :

– Vous n'avez pas le droit de me garder !

– On peut discuter... répondit Larsen. Ces affaires de droit sont la spécialité de M. Van Weyden, ici présent. Voyez avec lui.

Et, me désignant du menton :

– Monsieur Van Weyden fait autorité comme juriste. Mais moi, je ne suis qu'un pauvre marin, et j'ai un autre point de vue.

Et, plus galant :

– Miss, c'est peut-être pour vous un grand malheur de rester en notre compagnie. Mais nous, nous ne pouvons que nous réjouir.

Il la couvrait d'un chaud sourire. Elle baissa les paupières, puis leva les yeux dans ma direction. Manifestement, elle attendait de ma part une réponse précise sur cette question de droit soulevée par Loup Larsen.

Je gardai un silence prudent.

– Enfin, quelle est votre opinion ? insista-t-elle

– Eh bien... Je pense... Je crois qu'il s'agit là d'un contretemps ennuyeux... comme vous l'avez dit tout à l'heure... Surtout si vous aviez des engagements pour les semaines ou les mois prochains.

« Mais, tout compte fait, dès lors que vous voyagez pour votre santé – c'est bien ce que vous m'avez dit, n'est-ce pas ? – vous ne trouverez pas mieux que le *Fantôme,* je vous l'assure, pour obtenir une amélioration. »

Ses yeux lancèrent des éclairs. Je me moquais d'elle, elle l'avait tout de suite compris. Gêné, je détournai le regard, tandis que s'empourprait mon visage. La peur, la peur seule m'avait dicté cette minable réponse. Mais que pouvais-je faire d'autre ?

– M. Van Weyden a parlé ! déclara Loup Larsen. Rangeons-nous à son avis. Ce n'est pas un homme d'une valeur considérable, non ; mais il a de l'expérience. Le *Fantôme* lui a réussi, à lui. Vous auriez dû le voir quand il est monté pour la première fois à notre bord... Quel avorton c'était ! N'est-ce pas, Kerfoot ?

Interpellé à brûle-pourpoint, le dénommé Kerfoot laissa tomber son couteau sur le plancher et se hâta d'acquiescer en grognant.

– Il est d'ailleurs en net progrès, j'en conviens, continua le capitaine. Les pluches et la vaisselle ont fait de lui un homme. Vrai, Kerfoot ?

Nouveau grognement affirmatif.

– Regardez-le aujourd'hui ! Ce n'est pas un athlète, certes non. Mais il a des muscles, et des jambes, et il sait se tenir. Il était bien différent le jour où on l'a repêché. Vous ne le croiriez pas, à le voir aujourd'hui. Il n'était pas capable de se tenir lui-même.

Les chasseurs riaient sous cape. Loup Larsen m'insultait devant cette femme. Il me ridiculisait, se moquait des jambes qu'il prétendait m'avoir données. J'étais furieux.

Mais l'inconnue, loin de m'accabler, m'observait avec une sympathie évidente. Elle avait sûrement deviné que j'étais moi aussi une victime. Du même coup, la supériorité dont j'avais cru faire montre à son égard tomba et je me sentis devenir son très humble et très dévoué serviteur. Relevant la tête, je répliquai à Loup Larsen :

– Vous m'avez peut-être appris à me tenir sur mes pieds. Du moins, ne m'en suis-je jamais servi pour marcher sur ceux des autres.

– Cela prouve que votre éducation est encore incomplète.

Sa voix était sèche et son regard méprisant.

– ... Nous pratiquons l'hospitalité sur le *Fantôme*, Miss, et M. Van Weyden a pu le constater, bien qu'il s'en défende. Et nous faisons de notre mieux pour rendre le séjour de nos hôtes agréable, n'est-ce pas, monsieur Van Weyden ?

– C'est évident ! Ils ont droit de peler les patates et de laver les marmites. Vous pouvez même leur tordre le cou en témoignage d'amitié.

– Oh là ! oh là ! Miss Brewster, gardez-vous de prendre tout ce qu'il dit pour parole d'évangile. Et remarquez bien ce détail, je vous prie : cet agneau si tendre porte un poignard à la ceinture. Curieux, pour un officier de la Marine marchande ! J'ai beaucoup d'estime pour M. Van Weyden. C'est un excellent garçon, mais il est, comment dire ?... Un peu violent. Alors je dois me défendre, brutalement même. En ce moment, il est très calme, et vous voyez qu'alors il n'y a pas homme plus affable. Hier pourtant, il doit en convenir – oui, pas plus tard qu'hier – il a menacé de me tuer !

J'étouffais de rage. Mon exaspération convulsait mes traits. Et Loup Larsen, poussant la perfidie jusqu'au bout, me désignait du doigt.

– Mais regardez, Miss, regardez donc. Il écume... vous êtes là et c'est à peine pourtant s'il peut se contenir. Méfiez-vous de lui, je vous le conseille.. Reconnaissez qu'il se tient très mal en présence d'une femme. Et moi, je ne peux marcher sur le pont de mon navire qu'à la condition d'être aimé. Vraiment, Miss, pleurnicha le capitaine en secouant tristement la tête, ce n'est pas une existence.

Les chasseurs de phoques s'esclaffaient sans retenue. Notre réduit résonnait de leur rire épais, des éclats rauques de leurs voix caverneuses. Toute la tablée était maintenant déchaînée.

Je réalisai alors, pour la première fois, comment j'étais peu à peu devenu semblable à mes frères de rencontre. Mon esprit fonctionnait comme le leur. Je n'étais plus rebuté par leur existence. Je ne remarquais même plus leurs nippes grossières, leurs faces de brutes, leurs ricanements de bêtes. Le balancement de la cabine et les lampes à roulis, je ne les remarquais même plus.

Tout en tartinant un quignon de pain avec du beurre de conserve, je remarquai l'état de mes mains : doigts déformés et gonflés, ongles en deuil, phalanges à vif ! Une barbe hirsute tapissait mon cou. Une manche de ma veste était en lambeaux. Un bouton manquait au col de ma chemise bleue. Et Loup Larsen avait raison quand il parlait de mon poignard. L'arme était là, dans son fourreau, à ma hanche.

Tous ces détails, quelle horreur ! me semblaient aujourd'hui tout à fait naturels. Une réaction se produisit alors en moi et j'eus honte de ce que j'étais devenu.

Pourtant, la jeune femme avait percé la moquerie dans les propos du capitaine. De nouveau, je pus lire de la compassion dans son regard. Mais elle était décontenancée. Manifestement la situation l'étonnait. Elle ne comprenait plus ; elle voulait comprendre, mais quoi, mais comment ?

Ramenant la conversation à son point de départ, elle fit une suggestion :

– Nous allons peut-être croiser un autre bateau qui me prendra à bord...

– Il n'y a pas d'autres bâtiments que des goélettes phoquières dans ces parages, coupa Loup Larsen.

– Mais je n'ai pas d'autres vêtements que ceux-ci ! Oubliez-vous que je suis une femme, une femme nullement préparée à votre vie errante et rude ?

– Il faudra vous habituer. Et le plus tôt sera le mieux. Nous vous fournirons du fil, des aiguilles, du tissu... Vous saurez, je l'espère, vous confectionner une ou deux robes de rechange.

Une jolie moue nous fit comprendre qu'elle ignorait tout de la couture. Son désarroi me fit pitié, d'autant plus pitié qu'elle tentait de n'en rien laisser paraître.

– Je vois, dit Larsen. Comme M. Van Weyden ici présent, vous aviez l'habitude de vous faire servir. Allons, allons, vous apprendrez à vous servir de vos mains et vos jointures n'en seront pas disjointes pour autant... À propos, comment gagniez-vous votre vie ?

Un regard stupéfait fut toute la réponse qu'obtint Larsen.

– Sauf votre respect, continua-t-il, tout le monde doit gagner ce qu'il mange. Les hommes que vous voyez ici sont chasseurs de phoques pour vivre. Et pour la même raison, je commande sur cette goélette et la fais naviguer. Et, pour l'instant, du moins, M. Van Weyden gagne sa croûte en me secondant. Quel est votre métier ?

Un haussement d'épaules répondit à la question.

– J'insiste. Vous nourrissez-vous vous-même, ou quelqu'un s'en charge-t-il à votre place ?

– La seconde hypothèse me paraît la meilleure, fit-elle en riant.

Elle bravait cette terreur de Loup Larsen en entrant dans le jeu de son persiflage.

– Bien sûr, c'est quelqu'un aussi qui faisait votre ménage ?

– Oh, il m'est arrivé de faire un lit.

– Souvent ?

Nouvelle moue. Nouveau mouvement de la tête pour dire non.

– Eh bien, savez-vous comment on traite les gens de votre espèce, aux États-Unis ? Oui, les gens qui comme vous errent et refusent de travailler pour gagner leur pain ?

– Excusez mon ignorance... J'ai encore beaucoup à apprendre. Que leur fait-on ?

– On les colle en taule, Miss. Leur cas relève de la police : c'est du vagabondage. Si j'étais M. Van Weyden, qui nous rebat les oreilles avec ses théories sur la justice, sur le droit et le devoir, sur le bien et le mal, je vous demanderais pourquoi vous ne faites rien pour mériter votre existence !

– D'accord. Mais vous n'êtes pas M. Van Weyden. Je ne suis donc pas obligée de vous répondre.

La malice pétillait dans ses prunelles. Effaré et mal à l'aise, je craignais pour la jeune femme, embarquée dans une discussion dangereuse, glissant vers une situation fausse. Je voulus intervenir, mais Loup Larsen revint à la charge, triomphant déjà de sa victoire prochaine.

– Dites-moi, Miss, avez-vous déjà gagné un dollar ?

– Oh mais certainement !

Elle parlait posément, en pesant ses mots. Le nez du capitaine s'allongeait, s'allongeait, et j'aurais éclaté de rire si la circonstance me l'avait permis.

– Je me rappelle fort bien qu'un jour mon père m'a donné un dollar parce que je m'étais tenue bien sage durant cinq minutes. J'étais alors une toute petite fille.

Loup Larsen apprécia d'un sourire condescendant.

– Il y a bien longtemps de cela, et ce fut par pure gentillesse. Personne, en effet, ne peut exiger d'une petite fille qu'elle gagne son pain.

« Maintenant c'est bien différent, reprit-elle après un moment de silence, je dois gagner, bon an, mal an, dans les mille huit cents dollars. »

Du coup, tous les yeux quittèrent les assiettes et se braquèrent sur l'inconnue. Une femme dont le revenu annuel se chiffrait à mille huit cents dollars méritait le coup d'œil. Loup Larsen, lui-même, ne put retenir un sifflement d'admiration.

– Salaire fixe ou travail à la pièce ? interrogea-t-il.

– Travail aux pièces, lança-t-elle avec à-propos.

– Mille huit cents dollars, l'année, ça fait cent cinquante dollars par mois, calcula Loup Larsen. Bien ! Pour que vous sachiez que sur le *Fantôme* nous ne sommes pas avares, considérez qu'aussi longtemps que vous resterez avec nous, vous serez salariée sur cette base.

La jeune femme resta sans voix. Elle n'était pas encore accoutumée aux sautes d'humeur de Loup Larsen, et l'effarement l'envahissait tout entière.

– J'ai oublié un détail, poursuivit-il avec douceur. Quelle est la nature de votre travail ? Que produisez-vous ? Quels sont vos outils ? Et vos matériaux ?

– Encre. Papier. Machine à écrire, répondit-elle en riant.

– Alors, prononçai-je sentencieusement, comme un juge dans un tribunal, vous êtes Maud Brewster.

– Comment le savez-vous ? me demanda-t-elle, en jetant sur moi un regard étonné.

– Me suis-je trompé ?

Un hochement de tête me fit comprendre que j'avais deviné sa véritable identité. Et ce fut au tour de Loup Larsen de ne plus rien comprendre. Ce nom lui était parfaitement inconnu ; il n'avait aucune signification pour lui. Mais pour moi, il représentait beaucoup. Et je poursuivis négligemment :

– Miss, je me souviens d'avoir écrit un petit article à propos d'un volume...

Elle s'écria, me coupant ma phrase.

– Mais vous êtes... vous...

Un signe de tête affirmatif l'encourageait à aller plus loin.

– ... Humphrey Van Weyden ! Vous êtes Humphrey Van Weyden ! Oh, que je suis heureuse ! Je n'ai rien oublié de cet article élogieux... Vous me flattiez !

– Mais non, pas du tout. Ce que j'ai écrit, je le pensais et je le pense encore. Faites confiance à ma perspicacité de critique littéraire... D'ailleurs tous mes confrères n'ont-ils pas été d'accord avec moi ? Lang lui-même a classé *Baiser toléré* parmi les quatre meilleurs sonnets écrits par une femme en langue anglaise.

– Vous êtes trop aimable.

En un instant, ma vie antérieure resurgit devant moi. Tout un monde disparu, riche de souvenirs, se réveillait douloureusement dans mon esprit. Je frissonnais, tandis que nous échangions, Miss Brewster et moi, ces propos élégants, mesurés et choisis. Les yeux dans les yeux, nous avons répété nos questions de façon à en avoir le cœur net.

– Vous êtes bien Maud Brewster, la poétesse de grande renommée.

– Vous êtes bien Humphrey Van Weyden, le célèbre critique ?

Cérémonieusement, comme lors d'une présentation dans un salon, nous nous inclinâmes l'un vers l'autre, pour nous saluer. Et nous avions oublié Loup Larsen et ses chasseurs de phoques qui restaient totalement silencieux.

– Cette rencontre était bien imprévue, poursuivit Maud Brewster. Je suis déjà sûre que nous allons bientôt voir paraître, sous votre signature, un roman de mer, au style dépouillé.

– Non. Je n'ai jamais été attiré par le roman. Et ce n'est pas pour enrichir ma documentation que je suis sur ce bateau.

– Encore une question ; pourquoi vous êtes-vous enterré en Californie ? Il ne vous manque pas d'admirateurs, dans l'Est, qui apprécieraient votre visite.

En saluant bien bas, j'écartai ce compliment flatteur.

– J'ai failli vous rencontrer, une fois, à Philadelphie. Vous deviez parler, à l'occasion d'une fête organisée en l'honneur d'Elisabeth Browning. Mon train est arrivé avec quatre heures de retard...

Les chasseurs de phoques avaient quitté la table et

étaient remontés sur le pont. Seul Larsen était demeuré avec nous tandis que nous continuions à discourir. Je réalisai soudain sa présence. Renversé sur sa chaise, il suivait avec une attention soutenue ces propos qui lui révélaient un monde tout à fait inconnu.

La situation présente, avec ses dangers et son angoisse, s'imposa alors de nouveau à moi et interrompit notre conversation. Miss Brewster dut avoir la même pensée que moi. Je vis son regard se poser sur Loup Larsen et se troubler, en même temps, d'une sorte d'angoisse.

Le capitaine se leva. Il partit d'un rire froid, tranchant comme un couperet.

– Je vous prie, je vous prie... Continuez, ne vous occupez pas de moi. Je ne compte pas, continuez.

Notre bel entrain était retombé. Envolée, l'éloquence.

A notre tour, nous avons quitté la table, avec un rire gêné.

XXI

Loup Larsen n'avait pas apprécié d'être relégué au second plan. Il lui fallait passer sa rancœur sur quelqu'un, et, une fois de plus, ce fut le pauvre Mugridge qui paya la casse. Mugridge avait réaménagé sa cuisine dans un nouveau réduit. Loup Larsen alla y passer l'inspection et put constater que le coq, malgré ses allusions fréquentes aux belles manières qu'on lui aurait apprises, était toujours aussi repoussant, au physique comme au moral.

Le poêle qui lui servait de fourneau, ses pots et ses casseroles étaient d'une saleté repoussante.

– Je t'avais pourtant prévenu, lui déclara le capitaine. Tu n'as pas voulu suivre mes conseils ; un petit tour de remorque te fera du bien.

Sous sa couche de crasse, le visage de Mugridge avait pâli. En entendant Larsen commander à deux matelots d'arriver avec un cordage, il s'enfuit à toutes jambes. Mais les deux hommes se lancèrent à la poursuite du pauvre bougre et bientôt tout l'équipage s'en donna à cœur joie de participer à la chasse.

Chaque homme voulait se venger de tant d'infâmes ratatouilles en expédiant le cuistot dans le grand bain, par-dessus la lisse. Les conditions étaient idéales : la mer était d'un calme admirable et le *Fantôme* glissait à une allure tranquille qui ne devait pas dépasser les trois milles.

Mugridge n'avait aucune envie de faire trempette. Il avait peut-être déjà assisté à d'autres « remorques ». De plus, il était frileux et l'eau était glacée.

Selon leur habitude, les chasseurs de phoques étaient montés sur le pont pour mieux jouir du spectacle.

Tout boiteux qu'il était, Thomas courait à une vitesse incroyable ; la frousse lui donnait des ailes. Acculé à l'arrière, il réussit à filer entre les jambes de ses poursuivants et se précipita vers l'avant de la goélette, avec Harrison à ses trousses.

Ce dernier gagnait du terrain. Mais au moment d'être rejoint, le coq agrippa l'emmanchure du mât de beaupré : suspendu par les bras, il replia ses jambes sous lui et les détendit brusquement. Harrison reçut la ruade en plein dans l'estomac. Il s'étala à la renverse en grognant. Les chasseurs de phoques applaudirent à l'exploit avec des bravos et des rugissements hilares. Mugridge, bousculant le troupeau de ses poursuivants à bout de souffle, se précipita en sens inverse, vers l'arrière. Il vint se jeter, comme un boulet, dans les jambes de l'homme de barre, Nilson. Les deux hommes roulèrent sur le pont. Mais seul Mugridge se releva. Sous le choc, la jambe du colosse Nilson s'était brisée comme un tuyau de pipe.

On ramassa le blessé ; Parsons le remplaça et la chasse reprit. Gibier et chiens courants firent plusieurs fois le tour du pont, encouragés par les rires et les beuglements des chasseurs de phoques, qui, pas chauvins pour un sou, encourageaient alternativement Mugridge et ses poursuivants. Thomas filait entre leurs mains comme une anguille.

La bouche en sang, la chemise en lambeaux, cette saleté de chemise d'où lui venait tout le mal, le coq sauta en désespoir de cause dans les haubans. Il escalada le grand mât, au-delà des échelons de corde, jusqu'à la pomme. À la seconde, une demi-douzaine de matelots se bousculaient dans les vergues, juste sous Mugridge. Finalement, Black et Oofty-Oofty se risquèrent à aller le cueillir.

Rude besogne ! Mugridge les dominait, et, tandis qu'ils se hissaient à la force du poignet, leur décochait des ruades furieuses qu'ils recevaient en pleine figure.

Finalement, Oofty-Oofty, se suspendant d'une seule main à son cordage, empoigna la cheville du coq. Black en fit autant avec l'autre pied. Ils tiraient à eux, de toutes leurs forces. Si bien que la grappe enchevêtrée des trois corps se détacha et tomba dans les vergues où les autres matelots la cueillirent. Le duel aérien était terminé. Thomas Mugridge, tout pleurnichant, bavant du sang, fut ramené sur le pont.

Loup Larsen avait préparé un nœud coulant. Il le passa sous les aisselles du cuisinier, qui fut aussitôt porté à la poupe et balancé à la baille. Quinze, vingt mètres de chanvre se déroulèrent et Loup Larsen cria : « Amarre ! »

Le Canaque enroula l'extrémité de la corde sur un plot. La corde se tendit, un mouvement de tangage amena le corps à la surface.

Spectacle lamentable ! Certes, le coq ne pouvait pas se noyer, mais il souffrait comme un noyé.

Chaque fois que la goélette s'enlevait sur une vague, la corde raidissait et ramenait Mugridge à la surface. Il pouvait alors respirer. Mais dès que le *Fantôme* plongeait dans un creux, l'amarre mollissait et Mugridge s'enfonçait à nouveau.

Maud Brewster qui n'était jamais montée sur le pont depuis qu'elle avait pris pied sur le *Fantôme*, apparut sur ces entrefaites. En la voyant s'avancer vers moi, de son pas léger, je frissonnai des pieds à la tête. Du même coup, cris et rires avaient cessé.

– Que se passe-t-il ? demanda-t-elle. Tout le monde est bien gai.

Je me retins de lui répondre. Pourtant mon sang bouillait à la pensée du spectacle qu'on allait lui offrir.

– Demandez donc au capitaine Larsen...

Sans doute allait-elle suivre mon conseil. Mais ses yeux se posèrent sur Oofty-Oofty qui, tout près d'elle, manœuvrait avec adresse le filin auquel le cuistot était suspendu.

– Vous pêchez ? lui demanda-t-elle.

Le Canaque omit de lui répondre. Les yeux écarquillés il fixait le sillage du navire.

– Requin, capitaine ! criait-il.

– Halez tous ! Vite, tout le monde sur la corde, gueula Loup Larsen, qui avait empoigné le filin avant tout le monde.

Le coq avait lui aussi entendu le cri tragique du Canaque et hurlait comme un damné. Une nageoire noire, bien visible, fendait la surface de la mer et se rapprochait à toute vitesse du cuisinier. Il s'en fallut d'un quart de seconde que le squale ne happe sa proie. Une vague fit piquer la goélette. Du bord, on aperçut alors la tache hideuse et blanche du ventre énorme du monstre.

Larsen ne fut pas aussi vif que le requin. Bandant ses muscles il donna une terrible secousse au filin et le corps de Mugridge fut arraché à la mer. Celui du requin sortit lui aussi tout entier. Le coq avait instinctivement replié ses jambes sous lui. Et l'on put croire que le mangeur d'hommes avait été berné, car il plongea et disparut dans un tourbillon d'écume.

Un cri affreux retentit. En même temps, Mugridge passait par dessus la lisse et roulait sur le pont comme un poisson fraîchement pêché. Il était sauvé.

Mais un flot de sang giclait de l'extrémité de sa jambe droite. Le pied avait disparu, sectionné net à la cheville.

Mon regard se détourna vers Maud Brewster. Les yeux dilatés par l'horreur, elle fixait intensément, non pas Mugridge, mais Loup Larsen.

Ce dernier s'en aperçut et eut un petit rire sec, comme pour s'excuser.

– C'est un jeu d'hommes, Miss Brewster. Je reconnais qu'il est un peu rude et que vous avez dû assister ou prendre part à des amusements plus aimables. Mais le requin n'était pas prévu.

Cependant, Thomas Mugridge avait réalisé que sa blessure était grave. Il s'était traîné sur le pont, jusqu'au capitaine, et, sans un mot, il lui enfonça ses dents dans le mollet. C'est à peine si Loup Larsen broncha. Se penchant un peu, il saisit la mâchoire du cuisinier entre le pouce et l'index et, d'une pression soutenue, l'obligea à lâcher prise.

Puis, s'écartant d'un pas, il reprit sa conversation comme si de rien n'était.

– Je vous disais donc, Miss, que le requin n'était pas de la partie. Son entrée en scène est due au hasard... Ou si vous préférez, à la Providence.

Maud fit celle qui n'avait rien entendu. Un dégoût inexprimable se lisait sur ses traits. Elle tituba et je crus qu'elle allait se trouver mal. Je saisis la main qu'elle me tendait et elle revint à elle.

Loup Larsen m'interpella.

– Veuillez donc, monsieur Van Weyden, aller chercher un tourniquet. Il faut maintenant s'occuper du blessé.

J'hésitais à abandonner la jeune femme dont je sentais la main se crisper dans la mienne. Mais je vis qu'elle remuait les lèvres, et bien qu'aucun son ne s'en échappât, je compris qu'elle m'invitait à aller quérir

cet instrument qui me permettrait de comprimer les artères et d'arrêter l'hémorragie du cuisinier.

– Je vous en prie, finit-elle par murmurer...

Et j'obéis.

Loup Larsen me laissa quelques matelots pour m'assister. Quant à lui, il entreprit de tirer vengeance du requin.

Un morceau de lard salé fut accroché comme appât à un lourd crochet à émerillon. Puis cet hameçon fut jeté par-dessus bord. Le monstre était resté dans les parages et mordit aussitôt. Et, tandis que je m'affairais à comprimer du mieux possible les veines et les artères sectionnées du moignon de Mugridge, j'entendais les cris rythmés de l'équipage.

– Oh hisse ! Oh hisse !

Mes aides m'abandonnèrent pour rejoindre leurs camarades et leur donner un coup de main.

Enfin le requin fut halé sur le pont. Il mesurait plus de cinq mètres et avait des soubresauts formidables. Les hommes réussirent pourtant à lui ouvrir la gueule toute grande en la forçant avec des leviers.

Loup Larsen fit apporter un énorme pieu, effilé aux deux bouts. Le pieu fut encastré entre les deux mâchoires pour les maintenir écartées.

Après quoi, l'hameçon fut extirpé de la gorge du requin. On rejeta le monstre à la mer. Il était désormais impuissant et condamné à une mort lente affreuse.

Il ne méritait sûrement pas, autant que l'homme qui l'avait inventé, un châtiment si cruel.

XXII

Je voyais venir à moi Miss Brewster et savais d'avance ce qu'elle allait me dire. Elle sortait d'une longue conversation avec le mécanicien rescapé. Ses traits étaient pâles et tendus. J'étais sûr qu'elle s'apprêtait à fouiller l'âme d'Humphrey Van Weyden. Et je ne me sentais guère rassuré.

Nous marchâmes en silence, côte à côte, jusqu'à la poupe, à la recherche d'un endroit tranquille, à l'abri des oreilles indiscrètes. Je me fis aimable pour commencer.

– Eh bien, qu'y a-t-il ?

La sévérité de son visage ne se détendit pas pour autant.

– J'ai compris, dit-elle, que l'affaire de ce matin n'est pas un fait isolé. Je sais notamment que le matin même où nous avons été recueillis par le *Fantôme*, alors que je dormais encore, deux hommes d'équipage ont été noyés, délibérément noyés. C'est un assassinat !

Sa voix était dure et tranchante. Elle me fixait dans les yeux comme si j'avais été complice de ce forfait.

– C'est tout à fait exact, dis-je. Ces deux hommes ont été assassinés.

– Et vous avez permis...

– Dites plutôt que je n'ai rien pu empêcher.

– Mais avez-vous tenté de l'empêcher ? (Elle insistait sur le mot « tenté ».) Non, évidemment. Pourquoi n'êtes-vous pas intervenu ?

Je voulais rester calme, et je lui répondis avec beaucoup de douceur :

– Miss Brewster, vous êtes une nouvelle venue dans notre monde clos. Vous comprenez mal encore les lois qui le gouvernent. Il faut pourtant en tenir compte pour juger sainement de ce qui se passe ici.

« Vous avez apporté avec vous certains idéaux, une conception morale qui n'ont plus cours sur ce bateau. On les tient même pour idées fausses. J'ai mis comme vous beaucoup de temps à l'admettre. Aujourd'hui je suis tout à fait convaincu. »

Elle paraissait incrédule et secouait la tête.

– Donnez-moi un conseil, alors, continuai-je. Faut-il prendre un couteau, une hache, un fusil et tuer Loup Larsen ?

– Oh non ! pas ça.

– Et quoi alors ? Me supprimer est peut-être préférable.

– Pourquoi des solutions extrêmes ? Le courage, cela existe. Et il reste rarement sans effet.

– Vous me refusez le droit de supprimer notre bourreau. Je ne dois pas non plus mettre fin à mes jours. Sans doute trouvez-vous préférable que je me laisse tuer comme Leach et Johnson. Eux, ils avaient tenté de réagir...

« C'est épouvantable, j'en conviens, mais c'est un fait. Mettez-vous cela dans la tête, une fois pour toutes : l'homme qui commande à bord de ce bateau est un monstre.

« Rien n'est sacré pour lui. Son audace n'a pas de limites. C'est par pur caprice qu'il m'a recueilli à bord. Encore un caprice si je suis vivant aujourd'hui. Je dois subir, parce que je suis un esclave. Subir, parce que je tiens à la vie. Vous aussi, vous voulez vivre. Je suis incapable de me battre avec lui. Vous de même. Il est donc le plus fort.

– Continuez... Continuez...

– Parce que je suis faible, mon rôle est de ne rien dire et de tout supporter... Il en sera de même pour vous.

« Nous aurons à dissimuler, si nous voulons gagner

la partie. Notre chance de salut est à ce prix. Ma situation est critique sur ce bateau. La vôtre, dois-je le dire ? est pire encore. Faisons alliance, mais sans le montrer.

– Que me conseillez-vous ? me demanda-t-elle, en passant la main sur son front.

– Subissez, sans révolte. Ne prenez jamais ma défense ouvertement. De même, je me garderai de prendre la vôtre. Il nous faut éviter à tout prix de provoquer la colère du bonhomme. Gardons-nous de prendre le contre-pied de ses lubies.

« Il nous répugne. Faisons-lui, malgré tout, bonne figure ; témoignons-lui de l'amitié. Je reconnais que cela vous sera pénible. Mais il le faut.

« Donnez-lui le change en parlant de littérature... Il adore. Il vous écoutera d'ailleurs, car il est loin d'être bête. Le jour où une scène de brutalité se déroulera sous vos yeux, ne protestez pas. Fermez les yeux et enfermez-vous dans votre cabine. »

Maud Brewster ne s'avouait pas vaincue.

– Si je vous comprends bien, je dois mentir, mentir en actes et en paroles.

– S'il vous plaît, Miss Brewster. Je vous en conjure.

Mon regard croisa alors celui de Loup Larsen. Il faisait les cent pas sur le pont, en compagnie de Latimer, et il nous observait. Il quitta Latimer pour venir vers nous.

– Je vous en supplie, Miss Brewster, ajoutai-je à voix basse. Comprenez-moi et faites ce que je vous dis. Vous connaissez la vie ; mais avec un pareil individu, ce que vous savez ne sert à rien.

Loup Larsen était maintenant près de nous. Je poursuivis à haute voix :

– Parfaitement, Miss. Les revues comme les éditeurs lui refusaient tous ses manuscrits, et les lui retournaient. Il n'y avait que moi pour reconnaître son talent. Quand *La Forge* a été enfin publiée, le succès est venu, un succès foudroyant. Lui et moi avons, ce jour-là, été bien vengés.

– Le poème a d'abord été publié dans un journal ?

– Exact ! Toutes les revues littéraires auxquelles il avait été présenté l'ont d'abord refusé.

Loup Larsen nous avait rejoints.

– Nous parlions d'Harris, lui dis-je.

– Je me souviens d'Harris et de *La Forge*, me dit-il. On y trouve beaucoup de sentiments et une grande foi dans les illusions humaines.

« A propos, monsieur Van Weyden, allez donc rendre une visite au cuistot. Il se plaint et s'agite beaucoup. »

On se débarrassait de moi le plus poliment du monde.

Je trouvai Mugridge, à qui j'avais administré une bonne dose de morphine, plongé dans un profond sommeil, et calme comme un bébé.

Revenu en hâte sur le pont, je pus voir Miss Brewster et Loup Larsen en conversation animée. Cela me plut ; mon amie avait suivi mes conseils. J'eus même tendance à croire qu'elle les suivait au pied de la lettre tant elle témoignait de cordialité à cette brute de capitaine.

XXIII

Un vent favorable nous poussait vers le nord et nous fit rencontrer à nouveau le grand troupeau de phoques. La rencontre eut lieu vers le 40ᵉ parallèle, par une mer dure et remuante sur laquelle la brise poussait d'incessants paquets de brume. Il nous fut impossible, durant plusieurs jours, de voir le soleil ni de faire le point sur les étoiles.

Puis, un grand vent nettoya l'océan. Les vagues clapotantes étincelèrent et nous pûmes faire le point.

Mais, après quelques jours de temps clair, le brouillard s'appesantit sur nous, plus dense que jamais.

La chasse était dangereuse dans ces conditions. Les canots, à peine mis à flot, étaient avalés par la purée de pois humide. On ne les ralliait qu'à la tombée de la nuit, quand ce n'était pas le lendemain matin. Obéissant à nos appels sonores, ils sortaient l'un après l'autre du linceul grisâtre, fantômes blêmes, pareils aux génies des ondes.

Le chasseur que Loup Larsen avait volé avec son équipage et son canot, lors de la précédente tempête, en profita pour s'échapper. Wainwright, c'était son nom, disparut un matin dans l'opacité qui enveloppait toutes choses. Nous ne le revîmes plus. Une semaine plus tard, seulement, nous avons appris qu'il était passé de goélette en goélette, avec ses deux rameurs, et qu'ils avaient finalement réussi à rallier leur navire.

J'aurais bien fait comme eux. Mais ma fonction m'interdisait d'embarquer sur les canots. Il m'aurait fallu une autorisation spéciale du capitaine. Évidemment, il ne me la donnerait pas. D'ailleurs, comment m'enfuir en laissant Miss Brewster derrière moi ?

Nous allions vers une crise. Je la sentais venir avec appréhension. Je l'envisageais avec effroi. L'écrivain dont j'appréciais les œuvres était une femme pour laquelle j'étais pris d'une affection grandissante. Issue fatale qu'imposait la situation où nous nous trouvions. Mais cela eût été trop beau si j'avais été seul. À des indices indiscutables, je constatai que Loup Larsen, lui aussi, s'intéressait à notre compagne de voyage.

Maud Brewster étonnait dans ce milieu rude et brutal. Petite, mais gracieuse et fine, elle avait la délicatesse fragile d'un biscuit de Saxe. Je ne manquais jamais de la retenir par le bras quand elle descendait à sa cabine. Il me semblait qu'une chute l'aurait brisée en morceaux.

Elle ne marchait pas, elle voletait comme un oiseau aux mouvements souples et légers. L'air la portait.

En fait, elle ressemblait à ses vers, immatérielle et

spirituelle comme eux. Son enveloppe charnelle était pétrie de bien peu d'argile en vérité. Juste ce qu'il faut pour donner consistance à un subtil idéalisme.

Loup Larsen et elle faisaient un contraste saisissant. Ils se situaient l'un et l'autre aux deux extrémités de l'échelle humaine : je me suis souvent fait cette remarque en les voyant déambuler de compagnie, sur le pont.

Non pas que Loup Larsen eût été dénué d'intelligence. La vigueur de son esprit était grande et, au physique, il montrait une souplesse spéciale qui l'apparentait aux félins.

Malheureusement, les dons qu'avait reçus Larsen en partage, il ne les appliquait qu'à satisfaire ses instincts de bête sauvage. Miss Brewster, au contraire, était le produit exquis d'une civilisation raffinée.

Ce jour-là, ils se promenaient en causant sur le pont de la goélette. Et je les suivais du regard. Elle interrompit soudain cette promenade et se dirigea vers sa cabine. Loup Larsen lui emboîta le pas.

J'étais à l'entrée de l'escalier et je pus constater son trouble. Elle se dominait pour ne rien laisser voir de son émotion. Mais ses yeux avaient rencontré les miens et je pus y lire, comme dans un livre, les soubresauts qui agitaient son âme.

Les yeux de Loup Larsen étaient encore plus révélateurs. C'est en eux qu'il fallait chercher la cause des émois de Maud Brewster. Ces yeux, habituellement gris, froids et durs, se coloraient en cet instant d'une chaude tendresse. Des petites lueurs dorées y dansaient, s'allumant, s'éteignant, animant ses prunelles d'un éclat particulier.

Dans ces yeux d'or, exprimant une séduction possessive, il y avait un désir fou, une ardeur qui ne pouvait tromper personne, Maud Brewster moins que quiconque. Elle semblait en proie à l'épouvante. J'en fus, moi aussi, choqué, au sens le plus fort du terme. Et c'est alors que je compris quelle attirance, bien plus qu'amicale, me poussait vers elle. La révélation de mon amour me remplit de terreur.

Un sang de glace courait dans mes veines tandis que je la dévorais du regard.

Un réflexe me fit revenir à Loup Larsen. D'une seconde à l'autre, il s'était repris. Dans ses prunelles froides et grises, la lueur dorée s'était éteinte. Il s'éloigna sur un brusque salut. Maud s'empara de ma main.

– J'ai peur. J'ai très peur.

Sa terreur rejoignait la mienne. Je réussis néanmoins à calmer le tumulte de mes pensées et entrepris de la rassurer.

– Ne prenons rien au tragique, Miss Brewster. Nous allons nous en tirer, je vous le promets.

Un sourire reconnaissant me remercia de ces bonnes paroles.

Elle parut rassérénée et disparut dans sa cabine.

Une fois seul, je m'abîmai dans une longue réflexion. Un bouleversement venait de s'opérer en moi. Il était clair que j'étais tombé amoureux. Mais je n'aurais jamais cru que ce sentiment puisse m'envahir en de telles circonstances. Je savais qu'un jour ou l'autre je répondrais aux sollicitations de l'amour. Mais je n'avais guère été préparé à cette éventualité par mes longues années de retraite studieuse.

Le premier volume, reçu en tant que critique littéraire, de Miss Brewster, me revint en mémoire. Il était là, posé sur mon bureau. Je le revoyais comme si ç'avait été hier.

Je me souvins avec quel enthousiasme je l'avais lu, puis défendu envers et contre tous.

D'autres ouvrages avaient suivi. Ils étaient alignés, au complet, sur un rayon de ma bibliothèque. D'un livre à l'autre, mon admiration avait grandi pour celle qui les avait écrits.

Nous étions depuis longtemps, cette femme et moi, devenus frère et sœur par l'esprit. Aujourd'hui, nos cœurs fraternisaient.

Eh oui, cet Humphrey Van Weyden dont Charley Furuseth stigmatisait la sécheresse de cœur en l'épinglant de sobriquets tels que l'« anti-émotif », le « démon sceptique », voire même le « lombric au sang froid » brûlait des feux de l'amour. Mon cerveau galopait. Il se reportait sur un gros volume rouge : le *Who's Who* de l'année, où l'on pouvait lire une brève notice biographique : « Miss Maud Brewster, née à Cambridge (Massachusetts), vingt-sept ans. Poétesse. »

Vingt-sept ans, et le cœur libre ! Je n'y avais pas pris garde. Et aujourd'hui je me sentais torturé par le poignard de la jalousie. J'étais le héros d'un roman. Ce n'était qu'un roman, ce ne pouvait être la réalité ! Je ne pouvais y croire tellement tout s'était déroulé à une vitesse stupéfiante. Les vers de Symons s'imposèrent à ma mémoire :

Au milieu des autres femmes
Sans savoir, je la cherchais...

J'avais enfin trouvé.

Elisabeth Browning venait elle aussi à mon secours :

Quelle musique nouvelle
Suave, belle
Chante aujourd'hui dans mon cœur
Rêveur...

Une mélodie inconnue charmait mes oreilles. J'en étais ensorcelé. J'avais oublié où j'étais, au milieu de quels êtres je me trouvais.

La voix rogue de Loup Larsen m'arracha à ma rêverie :

– Nom de Dieu ! Que foutez-vous là, monsieur Van Weyden ?

Je m'étais aventuré, sans m'en rendre compte, au beau milieu d'un groupe de matelots occupés à goudronner une partie du pont. Un pas de plus et j'allais culbuter le pot noir où ils trempaient leurs pinceaux.

– Vous êtes somnambule, ou le soleil vous a-t-il frappé sur la tête ?

– N'ayez crainte, lui répliquai-je. Je souffre tout juste un peu de l'estomac.

Et je lui tournai les talons pour marcher à mon aise sur la portion de pont restée libre.

XXIV

Nous étions réunis pour déjeuner. Loup Larsen informa les chasseurs de phoques qu'ils auraient désormais à prendre leurs repas dans le poste d'arrière.

On n'avait jamais vu ça sur les goélettes phoquières où il est d'usage d'accorder aux chasseurs le rang d'officiers. Loup Larsen ne donna aucune explication à cette décision subite, mais il était facile d'en comprendre le motif. Horner et Smoke s'étaient permis quelques plaisanteries galantes, sans malice, à l'égard de Miss Brewster. Le fait avait déplu au capitaine. L'ordre tomba dans un silence de mort. Les quatre autres chasseurs lancèrent un coup d'œil significatif à leurs deux camarades, responsables de cette brimade. Jack Horner, qui ne se départait jamais de son calme, n'eut pas un mouvement. Il n'en fut pas de même pour Smoke. Le sang à la tête, le chasseur entrouvrit la bouche pour parler.

Une lueur d'acier dans les yeux, Loup Larsen le fixait, dans l'attente de ce qu'il allait dire. Mais Smoke pinça les lèvres et se tut.

– Quelque chose qui ne va pas ? demanda Loup Larsen, agressif.

Smoke refusa de relever ce défi évident.

– Vous disiez, capitaine ? répondit-il, l'air si candide que Larsen lui-même en fut surpris et qu'un sourire courut autour de la table.

– Bon... Bon... reprit le capitaine. J'avais cru que tu cherchais à encaisser un coup de pied.

– Mais pourquoi, capitaine ?

Les trognes devenaient hilares et Loup Larsen aurait écrasé sans aucun doute l'insolent qui le narguait. Le sang aurait coulé si Maud Brewster n'avait été là. C'est bien d'ailleurs ce qu'avait prévu Smoke. En temps ordinaire, le chasseur était trop prudent pour courir un tel risque. Je craignais malgré tout qu'éclate la bagarre, quand un cri du timonier vint à point nommé dénouer la situation.

– Une fumée !

Loup Larsen avait bondi à l'entrée de la cabine.

– Où ça ?

– Droit derrière, capitaine !

– C'est peut-être un Russe, suggéra Latimer.

Tous les visages s'assombrirent. Un « Russe », ce ne pouvait être qu'un croiseur russe. Les chasseurs ne connaissaient qu'approximativement la position du *Fantôme*. Mais les habitudes de braconnage de Loup Larsen étaient notoires et tous songeaient qu'on ne devait pas être loin de la zone interdite.

– Rien à craindre de ce côté, affirma Larsen. Sois tranquille, Smoke, tu ne retourneras pas encore cette fois-ci aux mines de sel. Je suis plutôt prêt à parier, cinq contre un, que cette fumée vient du *Macédonia*. Qui tient le pari ?

Pas de réponse.

– Si je devine juste, poursuivit le capitaine, je parie à dix contre un qu'il y aura de la casse avant peu.

– Merci pour moi, capitaine, déclara Latimer. Ce n'est pas tellement pour l'argent perdu, mais j'aimerais mieux qu'on aille un peu plus loin.

« À toutes les fois que vous avez rencontré votre frère, il y a eu du grabuge. Et moi je parie, je parie à vingt contre cent que ça va encore être la même chanson. »

Le repas s'acheva sans autre affaire. Loup Larsen me choisit alors comme tête de Turc. Il déroula sur mon compte un chapelet de railleries, toutes plus blessantes les unes que les autres. Il voulait me faire sortir de mes gonds et provoquer la bagarre.

Pour l'amour de Maud, je m'efforçais de rester calme. Une seconde nos yeux se croisèrent. Son regard m'encourageait ardemment : « Tenez bon, tenez bon », me disait-il.

Le déjeuner achevé, nous sommes tous montés sur le pont. L'apparition du vapeur apportait une note de distraction dans la monotonie quotidienne. L'idée qu'il pouvait s'agir du *Macédonia* et de Larsen-la-Mort ajoutait encore à l'émoi.

Après une nuit de gros temps, la mer s'était calmée, c'était le moment favorable pour mettre les canots à l'eau. Cet après-midi de chasse promettait un butin exceptionnel. En effet, nous étions seuls, au beau milieu du troupeau de phoques, et aucune autre goélette ne s'était manifestée au cours de la matinée.

La fumée était encore à plusieurs milles à l'arrière, mais elle se rapprochait rapidement. Les canots s'égaillèrent vers le nord. De temps à autre, on voyait une voile s'abaisser. Les fusils crépitaient, puis la voile se relevait.

La surface de l'océan était littéralement recouverte de phoques endormis. Ils nous entouraient par petits groupes. On aurait dit de gros chiens paresseux.

La fumée s'approchait. En même temps, la coque et la superstructure grandirent à l'horizon. C'était bien le *Macédonia.* Loup Larsen l'observait d'un œil noir.

Miss Brewster était dévorée de curiosité.

Mais le vapeur ne semblait pas nous prêter attention. Il dévia sa course quand il ne fut plus qu'à un mille du *Fantôme.*

– Eh bien, capitaine Larsen, ironisa Miss Brewster. Nous n'aurons pas droit à la bataille prévue ?

Les traits durs du capitaine s'éclairèrent d'un sourire amusé.

– Qu'attendiez-vous donc, petite dame ? Vous pensiez qu'ils allaient nous foncer dessus, se lancer à l'abordage et nous couper la gorge ?

– À peu de chose près, oui.. J'ignore beaucoup de choses des usages en vigueur chez les pêcheurs de phoques. On peut s'attendre à tout.

– Très juste. Tout à fait juste. Et vous n'avez pas pensé au pire...

– Qu'y a-t-il donc de pire que d'avoir la gorge tranchée ? demanda-t-elle avec une naïveté charmante.

– D'avoir la bourse coupée ! Notre espérance de vie dépend de la capacité de notre bourse, Miss Brewster. Voilà l'homme.

– Si on me prenait ma bourse, ce ne serait pas un si grand malheur.

– Mon avis est tout autre. Mon argent, c'est mon droit à l'existence. Et ceux qui disent le contraire sont des crétins. Celui qui me prend mon argent vole mon pain, ma viande et mon lit. Ma vie est en danger. Dans notre monde actuel, il n'y a pas assez de soupes populaires pour rassasier tous les ventres affamés.

« Si votre porte-monnaie est vide, attendez-vous à crever de misère. Ou alors, remplissez-le rapidement.

– Mais je ne vois pas pourquoi les gens de ce navire en veulent à notre argent.

– Un peu de patience, vous allez comprendre.

Nous n'eûmes pas longtemps à attendre. Dès qu'il eut dépassé la ligne de nos canots, le *Macédonia* entreprit, lui aussi, de mettre les siens à la mer.

Il en avait quatorze. Nous n'en avions plus que cinq. Ce fut donc un jeu, pour les gens du *Macédonia*, de déployer leur flottille de telle manière que toute la mer fût balayée devant elle. Pas un phoque ne demeura à portée de nos canots. Il ne restait plus à nos chasseurs qu'à abandonner la partie. Ils rallièrent le *Fantôme* avec leurs rameurs et leurs timoniers, dans un état de fureur indescriptible.

On ne pouvait pourtant imaginer de meilleures conditions de pêche. Mer calme, troupeau abondant : pareille occasion ne se représenterait plus d'ici la fin de la saison.

Tous s'estimaient volés. Les canots furent hissés à

bord dans un concert de malédictions. Si ces jurons avaient été des balles, le compte de Larsen-la-Mort aurait été réglé pour une bonne douzaine d'éternités. Même les bons yeux placides du gros Louis fulguraient de colère.

– Qu'il crève, le salaud ! me déclara-t-il.

– Vous les entendez ? me dit Loup Larsen, sinistre. Où est votre justice, où sont le bien, la grandeur et l'idéal ? Monsieur Van Weyden, voulez-vous me le dire ?

– Il est évident que ce bateau a mal agi. La justice a été violée, je le reconnais, ajouta Miss Brewster en guise de commentaire.

La main posée sur les haubans, elle se tenait au pied du grand mât, laissant le roulis la bercer en souplesse. Bien qu'elle fût à trois ou quatre mètres de nous, sa voix nous parvenait claire et distincte. Délicieuse musique que ce timbre argentin résonnant à mes oreilles.

Ses abondants cheveux châtains, légèrement ébouriffés, débordaient d'un béret de marin. Ils accrochaient le soleil et ceignaient d'une gracieuse auréole l'ovale délicat de son visage. J'étais, à la lettre, ensorcelé par cette charmante incarnation. Sous mes yeux extasiés, elle opposait un démenti flagrant aux théories brutales de Loup Larsen.

Comme s'il avait deviné mes pensées, ce dernier répliqua :

– La justice ne tourmente guère mes hommes. La justice n'est qu'un mot... S'ils sont en colère, c'est qu'ils ont perdu de l'argent. Leur bourse souffre, et non leur âme. Une fois à terre, ils ne désirent pas autre chose que ceci : avoir assez d'argent pour se payer de la bouffe, de l'alcool et des femmes. Voilà leur idéal...

« Je peux vous chiffrer la perte de cet après-midi. Au cours actuel des peaux sur le marché de Londres, et en me basant sur une estimation moyenne de ce qu'aurait pu nous rapporter la chasse par ce temps splendide, je compte que le *Macédonia* nous a raflé quinze cents dollars !

– Si le manque à gagner est si important, fit remarquer Maud Brewster, j'admire la patience avec laquelle vous encaissez le coup.

– Patient ? Je ne le suis sans doute pas autant que vous le croyez. En fait, je pourrais bien aller tuer l'homme qui m'a causé un tort aussi considérable, et cet homme est mon propre frère. Vous autres, les sentimentaux, vous devez vous sentir heureux puisque vous vous croyez pétris de justice et de bonté. Et moi, à votre avis, est-ce que je suis bon ?

– Sûrement oui, affirmai-je. En tout cas, pas aussi mauvais que vous le dites.

Et Maud Brewster insista :

– Mais oui, capitaine, au fond vous êtes un brave homme.

Il s'emporta.

– Nous y voilà revenus ! Sentimentalité, idéalisme... Apprenez que pour moi, vos paroles sonnent le creux ; elles sont vides de sens. Elles fabriquent de l'illusion, mais l'esprit, dès qu'il raisonne, leur apporte un démenti.

« Par moments, j'aimerais, comme vous, rêver ma vie. Les chimères sont un plaisir et donnent de la joie à ceux qui s'en bercent. Et la joie est le sel de la vie.

« Mais la réalité est là, crue, sans voiles. Je ne veux connaître qu'elle. C'est la seule monnaie valable. »

Il s'enferma dans son silence, laissant errer son regard sur l'infini de la mer. La vieille, ancestrale mélancolie étendait sur lui son emprise. Il était repris, une fois encore, par un accès de sombre pessimisme.

Et je songeais à ce que me répétait souvent Charley Furuseth dans sa sagesse :

– L'homme qui ne veut connaître ici-bas que la matière, c'est dans son matérialisme même qu'il trouvera son châtiment.

XXV

Au petit déjeuner du lendemain, Loup Larsen me demanda si tout allait bien là-haut. Je lui répondis :

– Tout va bien, du moins pour le moment. Une belle brise vient de l'ouest. Mais Gros Louis pense que cela va fraîchir.

Les rayons du soleil levant fusaient jusqu'à nous par la porte de l'escalier qui était restée entrouverte. Loup Larsen était heureux et hochait la tête de contentement. Il voulut savoir s'il n'y avait pas de brouillard.

– Si. De gros bancs, qui se traînent au nord et au nord-ouest.

– Et le *Macédonia* ?

– Pas encore vu.

Curieusement, cette information lui fit faire la moue.

Mais, au même moment, des voix venant du pont criaient : « De la fumée ! De la fumée ! » Et du même coup, le visage de Loup Larsen s'éclaircit.

– Parfait ! dit-il.

Et il quitta la table pour rejoindre le poste d'arrière, où il avait exilé les chasseurs de phoques. Je restai donc seul avec Maud Brewster. À travers les cloisons qui séparaient la cabine du poste où mangeaient les chasseurs, nous parvenait un brouhaha dans lequel nous ne percevions rien d'explicite. Loup Larsen pérorait, s'excitait et son discours fut applaudi à tout rompre. Un concert joyeux d'exclamations et de beuglements salua ses derniers mots. Maud et moi, nous grignotâmes quelques miettes à la hâte, et regagnâmes le pont. Une joyeuse animation s'était emparée de l'équipage tout entier.

Chacun s'affairait à mettre les canots à la mer. L'enthousiasme des chasseurs avait gagné les matelots qui travaillaient avec ardeur.

Et les chasseurs de phoques firent bientôt leur apparition avec leurs fusils de chasse et leurs boîtes de cartouches. Ils s'étaient aussi munis de leurs carabines, armes qu'ils utilisaient rarement. En effet, un phoque tué à longue distance coulait immanquablement avant l'arrivée du canot. La joie générale croissait au fur et à mesure que grossissaient la silhouette du *Macédonia* et sa fumée.

Rapidement mis à la mer, les cinq canots se déployèrent en direction du nord. C'était la manœuvre habituelle. Et, toujours selon l'habitude, le *Fantôme* les suivit à distance. De loin, je pouvais les voir qui abaissaient leur voile, avant de tirer les phoques, puis rehisser la voile et poursuivre la chasse. Il n'y avait rien d'anormal dans tout cela.

Et, comme la veille, le *Macédonia* répéta sa manœuvre, larguant ses canots et nous coupant la route. Pourtant, bien que privés une fois encore de tout leur gibier, nos chasseurs ne revinrent pas vers la goélette. Je ne saisissais pas pourquoi et demandai à Loup Larsen ce qui se tramait.

– Soyez sans inquiétude, monsieur Van Weyden, me répondit-il. Priez seulement le ciel qu'on ait avant longtemps une bonne brise.

Et avec un gros rire il ajouta :

– Autant vous le dire tout de suite. Je prépare à mon brave homme de frère une médecine dont il me dira des nouvelles. Moi aussi, j'ai plus d'un tour dans mon sac. Si la chance me sourit, ce n'est pas une journée de pêche, mais tout le reste de sa saison que je vais lui saboter.

– Et si la chance est pour lui ?

– N'en parlons pas ! Elle doit être avec nous, sinon, nous sommes foutus.

Loup Larsen prit la barre. J'en profitai pour aller

inspecter mon hôpital et visiter mes deux estropiés : Nilson et Thomas Mugridge.

Nilson avait le moral au beau fixe. Sa jambe le faisait moins souffrir et il était sûr de guérir. Le cuistot par contre était tout à fait à plat. Il me fit une fois encore pitié : comment la lamentable épave qu'il était devenu s'obstinait-elle à vivre ? Dans ses yeux chassieux, une étincelle brillait malgré tout. Je tentai de le remonter :

– Tu sais, Mugridge, on fabrique aujourd'hui de magnifiques pieds artificiels. Je te promets que tu pourras bientôt recommencer à courir et à te démener, pour le restant de tes jours, dans les cuisines de bateau.

Il prit un ton solennel pour me répondre.

– Je ne suis pas du tout convaincu par ce que vous venez de me dire, monsieur Van Weyden. Par contre, je suis sûr d'une chose : c'est que je ne connaîtrai jamais le repos, tant que je n'aurai pas vu crever le chien maudit qui commande sur ce bâtiment. Il va mourir avant moi. C'est sûr. Pourquoi donc qu'il vivrait ?

Revenu sur le pont, je retrouvai Loup Larsen à la barre. Il gouvernait d'une seule main, tenant dans l'autre une jumelle marine avec laquelle il observait les positions des canots et du *Macédonia*.

Larsen-la-Mort avait baissé ses feux. Aucune fumée ne sortait de la cheminée de son bateau. À l'évidence, il s'était tranquillement posté hors des limites de la zone de chasse, si loin qu'on le voyait à peine. Il attendait sa flottille, qui le rejoindrait comme la veille, à la tombée du jour, après nous avoir raflé tout le gibier.

Les canots du *Macédonia* et ceux du *Fantôme* se trouvèrent un moment, droit sous le vent. Loup Larsen donna alors l'ordre de mettre toute la voilure, et d'un seul coup la goélette fila à vive allure. Elle fonçait, non pas comme j'aurais pu le croire sur la ligne de nos canots, mais sur les chaloupes du *Macédonia*.

Le premier qui fut à notre portée était réglementairement monté par trois hommes : un timonier, un rameur et un chasseur. Celui-ci, un Scandinave colossal, était assis à l'avant du canot, sa carabine près de lui. Normalement, cette arme aurait dû rester pendue au râtelier. Il était facile de comprendre que les mêmes idées de bagarre régnaient chez eux, comme chez nous. Et chacun s'était armé en conséquence.

Loup Larsen me commanda alors d'abattre le foc, le clinfoc et la grand-voile. Nous continuâmes sur notre erre jusqu'à toucher le canot. Les trois occupants, qui devaient savoir à quoi s'en tenir avec Loup Larsen, levaient vers nous un regard soupçonneux. Pourtant, c'est avec beaucoup de jovialité que le capitaine les salua et les invita à monter à notre bord.

Après tout, l'invitation pouvait être sincère. Ces visites rompent la monotonie de la rude saison de pêche et se pratiquent couramment entre les équipages des goélettes. Aussi, après un court moment d'hésitation, les trois hommes du *Macédonia* abattirent leurs voiles et se décidèrent à nous aborder.

– Miss Brewster et vous aussi, monsieur Van Weyden, voulez-vous rester à mes côtés et m'aider à faire les honneurs de la goélette à nos hôtes ?

Là-dessus, le grand Scandinave, barbu comme le roi de la mer, enjamba la lisse et prit pied sur le pont.

En dépit de sa stature de colosse, il ne semblait pas tout à fait rassuré. Son visage, d'un rose poupin sous la toison blonde hirsute, reflétait le doute et la méfiance. Pourtant, avec son mètre quatre-vingt-quinze au moins, et ses cent vingt kilos, il dominait le capitaine d'une bonne tête, Goliath impressionnant de chair, d'os et de muscles.

En constatant que Loup Larsen était seul avec moi et une femme, il parut se rassurer quelque peu. Mais il fronça à nouveau le sourcil en s'entendant inviter à descendre à la cabine du capitaine pour trinquer.

Il finit pourtant par se décider.

Trois minutes ne s'étaient pas écoulées qu'un beuglement terrible et rauque monta de l'intérieur du navire, en même temps que le fracas d'une bagarre.

C'était la bataille du lion et du léopard. Loup Larsen était le léopard. Et l'autre rugissait.

– Constatez par vous-même, dis-je à Maud Brewster, qu'à bord du *Fantôme* l'hospitalité est une chose sacrée.

D'un signe de tête silencieux elle me fit comprendre le dégoût qu'elle ressentait. J'avais éprouvé le même, quand j'avais été témoin des premières scènes de violence à bord du *Fantôme*. Je lui conseillai de retourner au poste d'arrière. Mais elle secoua la tête pour dire qu'elle ne le ferait pas. Le spectacle de cette bestialité humaine ne la terrorisait pas. Elle en était plutôt atterrée.

– Comprenez-vous maintenant, lui dis-je, pourquoi je dois faire le chien couchant devant Loup Larsen ? Êtes-vous maintenant persuadée que vous devrez faire de même si nous voulons sortir vivants de cet enfer ?

– Oui. Oh oui ! Je comprends... murmura-t-elle.

Puis le vacarme cessa dans l'entrepont. Et Loup Larsen réapparut seul, à l'air libre. Son teint bronzé s'était légèrement empourpré ; mais à part cela, il aurait été difficile de deviner qu'il venait de s'empoigner avec quelqu'un. Il s'accouda au bastingage et interpella les deux hommes restés dans le canot.

– Montez donc à bord, vous aussi. Votre chasseur a décidé de rester. Il vous demande de venir le rejoindre pour boire un coup.

Les deux hommes obtempérèrent. Quand ils furent sur le pont, il leur demanda de hisser le canot. Comme ils hésitaient, il leur parla plus rudement. Ils tirèrent donc sur les cordages sans y mettre trop de bonne volonté. Loup Larsen leur parla alors en prenant son inquiétant ton doucereux.

– Qui sait ? Vous allez peut-être finir votre saison de pêche avec moi. Alors, il vaut mieux être bons amis dès le début. Du nerf, bon sang ! À ce que je crois, Larsen-la-Mort s'y entend pour faire valser les hommes. Si vous voulez que j'en fasse autant...

Aussitôt, les deux matelots accélérèrent la manœuvre. En un tour de main, le canot fut hissé sur le pont.

Loup Larsen me renvoya pour que je redonne la toile. Puis il reprit la barre et dirigea son bateau vers la deuxième chaloupe du *Macédonia*. Les deux matelots furent expédiés à l'avant, tenir compagnie à Nilson et Mugridge. Ils ne comprenaient rien à la situation et boudaient. Mais ils jugeaient plus prudent de se soumettre.

Je pouvais, pendant ce temps, constater que nos canots s'étaient portés à l'attaque de la flottille du *Macédonia*. On échangeait des coups de feu à distance et la fusillade crépitait sans discontinuer. Mais la mer, soulevée par le vent, était méchante et son agitation gênait la précision du tir. En approchant du lieu du combat, nous pûmes voir plusieurs balles égratigner les vagues.

Loup Larsen pria Maud de redescendre au carré. Elle eut un mouvement de recul.

– Vous ne trouverez rien qui puisse vous effrayer, lui dit-il. Tout juste un solide gaillard, bien vivant, que j'ai pris soin de ligoter.

« Allons, descendez. D'une minute à l'autre, la mitraille va pleuvoir sur nous. Je ne veux pas que vous risquiez votre peau. »

Il n'avait pas fini de parler qu'un projectile vint heurter la garniture de cuivre de la roue, entre ses mains. Il ricocha en sifflant.

– Qu'est-ce que je vous disais ? Monsieur Van Weyden, prenez la barre, voulez-vous ?

Maud descendit les premières marches de l'escalier. Son corps était à l'abri, mais sa tête restait exposée. Loup Larsen s'était emparé d'une carabine et introduisait une cartouche dans la culasse. Mon regard suppliait la jeune femme de se protéger.

– Nous sommes peut-être de faibles créatures aériennes, privées de jambes, prononça-t-elle tout haut, comme pour me répondre. Au moins le capitaine Lar-

sen pourra-t-il constater qu'une femme sait à l'occasion se montrer aussi brave que lui.

– Bravo, acquiesça Loup Larsen. Voilà qui me plaît. Un talent d'écrivain, de l'intelligence et de la bravoure : bon équilibre. « Bas-bleu » et digne d'être la femme d'un chef de forbans...

Une deuxième balle vint s'enfoncer dans le bois de l'auvent qui protégeait l'escalier.

– Hum !... Nous reviendrons sur ce sujet une autre fois.

La petite lumière dorée brûlait dans ses yeux. Mais je vis que malgré son air crâne, le regard de Maud était assombri par la peur.

Le *Fantôme* avait fait une embardée. Je le rétablis dans la bonne route, de deux ou trois tours de roue, tout en criant à l'adresse de mon amie :

– À dire vrai, Miss Brewster, nous sommes mille fois plus courageux que le capitaine. La peur nous fait trembler. Notre chair se révulse, mais nous dominons ses mouvements par volonté. Il a des nerfs plus solides, une plus grande habitude du danger que nous ; donc, moins de mérite à garder son sang-froid.

– Ce n'est pas complètement idiot, ce que vous dites, approuva le capitaine. On peut envisager la question sous cet angle...

Mettant un genou à terre, il épaula sa carabine.

Les premières balles qui s'étaient échouées sur notre pont avaient été tirées par le second canot du *Macédonia*, à près d'un mille. La distance était réduite de moitié quand Loup Larsen envoya sa première série de coups, trois d'affilée, soigneusement visés.

La première balle se perdit dans l'eau, à quinze mètres du canot. La seconde serra la cible d'un peu plus près. Au troisième coup, le timonier lâcha le gouvernail et s'abattit dans le canot.

– On va être tranquilles un moment, dit Loup Larsen en se relevant. Je n'ai pas eu le chasseur. Mais comme il va être obligé de prendre la barre, il ne pourra en même temps diriger et tirer.

Loup Larsen avait deviné juste. Le chasseur abandonna son arme et vint s'asseoir à l'arrière du canot pour remplacer le timonier. La fusillade continuait à faire rage entre les autres embarcations. Loup Larsen, lui, cessa le feu.

Le canot essayait de fuir. Nous n'eûmes aucun mal à le rejoindre, car notre vitesse était pratiquement double de la sienne. Bientôt, au milieu des vagues furieusement brassées, nous étions bord à bord. Le rameur avait passé sa carabine au chasseur. Celui-ci la prit d'une seule main, sans pour autant lâcher la barre ; en effet, une fausse manœuvre l'aurait précipité contre les flancs du *Fantôme*. Il n'ignorait pas en outre que s'il faisait mine de tirer, Loup Larsen serait plus rapide et le fusillerait. L'arme entre les genoux, il ne savait plus quoi faire.

L'initiative était à Larsen. Celui-ci décrocha d'un coup de pied un rouleau de corde du grand mât. Il cria, à l'adresse du rameur :

– Ho ! toi, amarre !

Le rouleau, s'affalant dans le canot, faillit faire basculer l'homme par-dessus bord. Ayant repris son équilibre, il hésitait encore à obéir à Loup Larsen, attendant un ordre de son chasseur. Celui-ci gardait le silence, puis finit par lui dire :

– Vas-y, vieux, amarre !

Fixée à une cheville, la corde se raidit. Le canot, entravé, se mit à danser le long de la goélette.

– Voile en bas ! Accostez, ordonna Loup Larsen.

Les deux hommes se résignèrent à monter à notre bord. Au moment où le chasseur allait se saisir de sa carabine, Loup Larsen hurla : « Pas touche ! » L'autre lâcha son arme comme si ç'avait été une barre de fer chauffée à blanc.

Les deux prisonniers hissèrent le canot où gisait leur camarade blessé. Ils emmenèrent celui-ci à l'infirmerie de l'avant comme le leur ordonnait le capitaine.

– Et de deux ! Si nos cinq canots font comme nous, j'aurai ce soir un bel équipage au complet.

– Le blessé... demanda Miss Brewster... la voix tremblante... J'espère...

– Bah ! Rien de grave. Il a pris mon pruneau dans l'épaule. M. Van Weyden va vous arranger ça en moins d'un mois. Il aura plus de mal avec ces bougres-là, ajouta le capitaine.

Son doigt désignait le troisième canot du *Macédonia* que nous venions de rejoindre.

– ... Ça c'est du travail de Smoke et Horner. Je leur avais pourtant bien dit qu'il me fallait des hommes vivants et non des carcasses ! Ils n'ont pas résisté au plaisir de faire mouche.

« Ça ne vous est jamais arrivé, monsieur Van Weyden ? »

Je secouai la tête, tout en contemplant la boucherie opérée par Horner et Smoke. Ces derniers, leur besogne faite, s'étaient portés en renfort, aux côtés de leurs camarades qui attaquaient les derniers canots du *Macédonia*.

La chaloupe, désemparée, sa voile folle claquant dans le vent, roulait d'une vague à l'autre, comme un homme saoul. Le chasseur et le rameur, tués net, avaient basculé l'un sur l'autre dans le fond du canot. Le timonier gisait en travers, affalé sur le plat-bord ; sa tête ballottait de droite et de gauche et ses deux bras plongeaient dans l'eau.

– Ne regardez pas, Miss Brewster. Surtout, ne regardez pas.

Elle voulut bien m'obéir et détourna les yeux de l'horrible spectacle.

– Allons-y, monsieur Van Weyden. Foncez dans le tas, me cria le capitaine.

Je mis la barre sur les derniers canots. Mais quand nous arrivâmes à leur portée, la bataille avait cessé.

La troisième et la quatrième chaloupe du *Macédonia* avaient essayé de fuir. Nos cinq canots avaient réussi à les encercler et leurs occupants avaient dû rendre leurs armes. Les autres avaient pu s'échapper.

– Capitaine, regardez là-bas, au nord-est.

Je venais d'apercevoir un flocon de fumée dans le ciel. Le *Macédonia* refaisait son apparition.

– Je l'avais déjà vu, monsieur Van Weyden. Mon petit frère s'est douté qu'il y aurait du grabuge et il nous court après. Tenez, regardez !

La tache noire s'était considérablement épaissie.

– Si tu crois que je vais t'attendre, frangin, ricana Loup Larsen. Au revoir et merci... et je te souhaite de faire péter ta vieille ferraille en mille morceaux.

Un banc de brouillard, très dense, murait l'horizon, droit devant nous.

– C'est notre refuge, monsieur Van Weyden, nous le gagnerons à temps.

La goélette avait mis en panne. Ce fut un branle-bas général pour hisser à bord du *Fantôme*, sans perdre une minute, nos canots et ceux que nous avions capturés, avec leurs équipages.

La dernière embarcation se balançait encore aux palans que la goélette filait déjà, toutes voiles au vent.

Il n'y avait en effet pas de temps à perdre. Le *Macédonia*, vomissant un torrent de fumée noire, fonçait sur nous, sans même s'inquiéter de recueillir ses propres canots qui avaient échappé à nos hommes.

Larsen-la-Mort comprit que nous courions nous réfugier dans le banc de brume. Il modifia alors son cap et gouverna pour venir se placer entre le brouillard et nous. Loup Larsen avait repris le gouvernail. Ses yeux, brillant d'une ardeur sauvage, suivaient toutes les phases de la manœuvre. Tantôt il observait la mer et le paquet de brume, tantôt il étudiait les sautes du vent. Tantôt il épiait le *Macédonia*.

Ses ordres se succédaient, précis et rapides, et il faisait donner le maximum au *Fantôme*.

Toutes les hargnes, toutes les rancunes s'étaient envolées du même coup. À ma profonde stupéfaction, les hommes qui avaient tout subi de cette brute de Loup Larsen lui obéissaient avec un empressement joyeux.

Sur la crête des vagues, nous filions, filions... Le souvenir me revint de ce pauvre Johnson. Il l'aimait bien, sa goélette : les qualités du *Fantôme* l'enthousiasmaient plus que quiconque.

– Feriez bien de ramasser vos carabines ! cria Loup Larsen aux chasseurs.

Les cinq hommes s'alignèrent, derrière la lisse, et attendirent tout en épaulant.

La fumée noire du *Macédonia* n'était pas à plus d'un mille.

Larsen-la-Mort gagnait sur nous. Heureusement, le banc de brume n'était pas loin non plus.

Soudain, un jet de fumée blanche jaillit des flancs du navire ennemi. Presque aussitôt une forte détonation ébranla l'air et un trou bien rond se dessina dans la voile du grand mât.

On racontait que le *Macédonia* était muni de plusieurs petits canons. Nous avions aujourd'hui la preuve que la rumeur avait dit vrai.

Groupés au milieu du pont, nos hommes saluèrent cet « exploit » avec des railleries et en agitant leurs bérets.

Encore une fois la fumée ; nouvelle détonation, plus sèche. L'obus avait frappé l'eau à cinq ou six mètres derrière le *Fantôme*. Nous le vîmes ricocher sur les vagues et couler. Mais aucun coup de carabine ne partait du *Macédonia*, pour la bonne raison que tous les tireurs, ou bien étaient restés en mer ou bien avaient été faits prisonniers.

Les deux navires ne se trouvaient plus qu'à un demi-mille l'un de l'autre quand un troisième projectile vint déchirer, encore une fois, la brigantine. Heureusement, une minute plus tard, nous pénétrions dans la nappe de brouillard qui nous dissimula dans les épais replis de son ouate humide.

Ce fut un brusque changement.

L'instant d'avant, la lumière du soleil brillait dans le ciel clair, au-dessus de nos têtes, et nous bondissions au milieu des vagues écumantes pour échapper à l'autre navire, lancé à nos trousses, qui crachait sa fumée et ses obus.

Puis, en un clin d'œil, le soleil fut gommé. Plus de ciel ! La pointe des mâts disparut. L'horizon se limita à quelques encablures. C'est comme si on avait regardé à travers un rideau de larmes. Les gouttes de brouillard gris ruisselaient sur nous.

Chaque brin de laine de nos vêtements, chaque cheveu, accrochait une petite perle de cristal. Les haubans, la voilure et les mâts baignaient dans l'eau. De longs chapelets humides dégoulinaient et, à chaque mouvement du navire, tombaient sur nous en petite pluie.

Nous étions oppressés ; je croyais étouffer dans cette gangue humide. Le clapotis des vagues, le bruit de l'étrave fendant l'onde avec précaution nous parvenaient très assourdis. Mes pensées, elles aussi, étaient troubles. Il semblait que l'univers eût resserré ses limites. La vision butait sur un mur de grisaille. On se sentait écrasé. Pour un peu, j'aurais écarté les bras pour tenter de briser le cercle et de retrouver au-delà un monde plus normal. C'était une impression étrange, une espèce de cauchemar lugubre... Je regardai Maud, qui éprouvait les mêmes sensations que moi.

Puis je reportai mes yeux sur Loup Larsen.

Ces impressions fantasmagoriques ne le touchaient guère. Ce qui n'était pas réel et objectif n'avait aucune prise sur lui. Il se cramponnait à la roue du gouvernail et, je le compris, s'appliquait à calculer mentalement le temps écoulé, en comptant les coups de roulis et de tangage.

D'un signe, il m'appela près de lui :

– Je vais virer de bord. Faites amener le hunier. Que tous les hommes se mettent à la manœuvre des voiles. Pas de bruit surtout ! Évitez de faire grincer les poulies. Pas de bruit, vous avez compris ?

Je fis prendre toutes les dispositions qu'il m'avait commandées.

– Lofez !

L'ordre fut transmis de bouche à oreille. Nous avons « lofé », autrement dit le *Fantôme* naviguait au plus près du vent, qui venait frapper le navire par le côté. Notre direction avait été subtilement modifiée. Le linceul épais de brume dans lequel nous nous mouvions avait étouffé les bruits inévitables : claquement de voiles ou grincement de poulie.

Une demi-heure plus tard, nous émergions du brouillard aussi soudainement que nous y avions plongé. Le soleil nous faisait fête à nouveau, et, sous nos yeux, la mer dansait à l'infini.

Du *Macédonia*, il n'était plus question. On ne le voyait plus cracher rageusement ses bouffées de fumée noire vers le ciel.

Notre course longeait le mur de brume. Loup Larsen voulait en effet y pénétrer à nouveau, mais à plusieurs milles de l'endroit où nous avions échappé au *Macédonia*.

Larsen-la-Mort ne saurait plus où nous chercher. Sa tâche, déjà ardue dans le brouillard, devenait pratiquement impossible.

Alors que l'arrière du *Fantôme* disparaissait dans le coton, je pus voir en sortir l'étrave du *Macédonia*. Il avait donc éventé notre astuce. Il s'en était fallu de quelques secondes.

– Il ne pourra pas s'amuser à ce petit jeu-là trop longtemps, me dit Loup Larsen. Il faut bien qu'il récupère ses canots.

« Quant à nous, nous n'allons pas traîner par ici. Dès que la nuit sera tombée, nous allons déguerpir.

« Je donnerais pourtant un paquet de dollars pour être transporté cinq minutes à bord du *Macédonia*. Mon brave frère doit lâcher une belle série de jurons...

« ... Monsieur Van Weyden, continua-t-il, faites-moi remplacer à la barre. J'ai à m'occuper des nouveaux venus.

« Je vais procéder à une distribution générale de whisky. Les prisonniers, eux aussi, auront droit à quelques bouteilles.

« Vous verrez que ces braves garçons vont retourner leur veste sans tarder. Ils vont chasser pour Loup Larsen, avec le même plaisir qu'ils le faisaient pour Larsen-la-Mort.

– Vous ne pensez pas plutôt qu'ils vont s'échapper à la première occasion, comme Wainwright ?

– Que non ! monsieur Van Weyden. Oh ! Oh ! Que non ! Du moins tant que nos propres chasseurs les auront à l'œil. D'ailleurs, pour stimuler leur ardeur, je vais promettre à nos chasseurs une prime d'un dollar pour chaque peau de phoque tué par leurs "collègues".

« Dans ces conditions, ils ne les laisseront pas prendre la poudre d'escampette.

« Quant à vous, Van Weyden, occupez-vous de vos devoirs de chirurgien. Beaucoup d'éclopés vous réclament. »

XXVI

Le capitaine procéda en personne à la distribution des bouteilles de whisky, ce qui déchaîna l'enthousiasme.

Jusqu'alors je n'avais jamais vu consommer de l'alcool qu'à des habitués de clubs, modérés et raisonnables. Ce jour-là, j'assistai à des orgies homériques. Le whisky descendait dans les gosiers à pleins verres, par gobelets entiers. Les hommes du poste d'arrière écumaient bouteille sur bouteille. La beuverie n'avait plus de limites.

À l'avant, même spectacle. C'était à moi d'officier à ce poste aidé par Oofty-Oofty, qui ne laissait d'ailleurs sa part à personne. On se saoulait avec allégresse. Seul, le gros Louis se contentait de tremper ses lèvres, histoire de faire comme tout le monde.

Le chahut était énorme. Les matelots discutaient à grands coups de gueule des péripéties de la journée. Ils s'empoignaient sur un détail, puis redevenus sentimentaux et fraternels, faisaient la paix avec leurs adversaires récents. Il n'y avait plus ni vainqueurs ni vaincus, ni gardes ni captifs. Tout le monde embrassait tout le monde, en hoquetant des serments solennels d'estime et d'amitié.

Puis, tous à l'unisson, ils s'apitoyaient sur leur triste sort, décrivant leurs misères passées ou à venir, maudissant la loi d'airain de Loup Larsen et décrivant avec force détails ses brutalités.

Entassés dans cet espace étroit, que bordaient les couchettes, les hommes, les bêtes devrais-je dire, composaient un tableau digne de l'enfer. Leurs ombres étranges dansaient à la lueur confuse des lampes, se déformaient, raccourcies de façon grotesque ou au contraire démesurément étirées à chaque mouvement du navire. L'atmosphère épaissie par la tabagie véhiculait des odeurs puissantes de corps et d'iode. Leurs visages écarlates s'estompaient dans la pénombre.

À mes côtés, Oofty-Oofty, tout en tenant l'extrémité d'un pansement, buvait la scène de ses grands yeux de biche, doux, noirs et veloutés. Je savais d'ailleurs quel démon sauvage se cachait sous cet aspect candide, embusqué dans sa poitrine musclée.

La bonne figure poupine d'Harrison se congestionnait de fureur démoniaque, tandis qu'il décrivait aux nouveaux venus l'existence à bord de ce bateau d'enfer, semant son discours d'injures bien senties à l'adresse du capitaine.

Loup Larsen ! on revenait toujours à lui. Il n'y avait pas d'autres sujets de conversation que ce bourreau de Loup Larsen. Circé mâle, acharné à martyriser ses matelots-gorets, trop abrutis d'ailleurs pour se révolter devant lui. En sa présence ils auraient rampé ; mais parce qu'il n'était pas là et ne pouvait les entendre, l'ivresse leur donnait de l'audace.

Je faisais partie moi aussi de ces pourceaux. Cette

pensée me fit frémir. Je grinçai des dents. Un tremblement me parcourut des pieds à la tête, si violent que le matelot à qui je prodiguais mes soins sursauta.

Oofty-Oofty me regardait l'air étonné.

C'était décidé. Je briserais le charme diabolique. Coûte que coûte, j'y parviendrais. L'amour qui venait de naître en moi m'avait donné des ailes.

Je remontai sur le pont. Les voiles lugubres du brouillard se tordaient dans la nuit, enveloppant toutes choses. L'air était doux, rafraîchi par une brise douce et pure. Nous naviguions sans feux de position.

Je me rendis auprès des deux chasseurs blessés, allongés sur leurs lits, et refis leurs pansements. Après quoi je descendis au carré, où m'attendaient Maud et Loup Larsen. Le dîner y était déjà servi. Au milieu de la saoulerie générale, Loup Larsen restait sobre. Sa victoire sur son frère l'avait mis de bonne humeur. Il avait engagé avec Maud Brewster une discussion sérieuse sur les tentations et les degrés du mérite qu'ont les hommes à leur résister.

Maud affirmait que lorsque le choix existait entre le bien et le mal, c'était à l'âme de décider de quel côté pencherait la balance. Loup Larsen, lui, ne croyait qu'à la force du désir. On résistait à un désir médiocre. On basculait du côté où l'on devait tomber si la poussée était forte.

Je pris une part discrète à cette discussion, qui se prolongea quelques instants encore. Loup Larsen parlait d'abondance. Je ne l'avais jamais vu si volubile.

Il amena la conversation sur l'amour. Son point de vue, exposé avec fougue, était bien sûr tout matérialiste en ce domaine.

Il exaltait l'empire des sens. Maud lui opposait la souveraineté du cœur. Elle aussi s'enflammait. Son visage, pâle habituellement, s'animait d'un incarnat vif et intense. Dans cette joute oratoire, elle multipliait les reparties et les traits d'esprit, au plus grand plaisir du capitaine d'ailleurs, dont la mélancolie sombre s'était entièrement dissipée.

Mes yeux s'attachèrent à contempler une mèche folle, retombant sur le front de la jeune femme.

Loup Larsen avait ouvert un volume des poèmes de Swinburne. Il lut à haute voix ces vers d'Yseult à Tintagel :

Sainte entre toutes mes sœurs, je suis.
Si mon amour est un crime,
Alors, ce crime est sublime.

Il terminait ce dernier vers quand le gros Louis passa la tête dans l'ouverture de l'escalier et chuchota :

– Capitaine, capitaine, faudrait faire gaffe. Le brouillard commence à se lever. Et je crois bien que je viens d'apercevoir les feux d'un vapeur briller dans le noir.

Loup Larsen bondit sur le pont. Maud et moi, nous le suivîmes.

Il se rendit d'abord au poste arrière, d'où s'échappait la clameur des ivrognes, et tira sur eux le toit à coulisse. Il courut ensuite au poste avant pour fermer l'écoutille.

Le brouillard s'enlevait vers le ciel. Toutes les étoiles avaient disparu et la nuit était noire comme de l'encre. Mais, droit devant nous, j'aperçus un feu rouge et un feu blanc qui se déplaçaient dans notre direction. On entendait les trépidations d'un moteur. Il ne pouvait s'agir d'autre chose que du *Macédonia.*

– Heureusement, murmura Loup Larsen, il n'a pas de projecteurs.

Larsen-la-Mort se rapprochait rapidement. Je demandai à Loup Larsen :

– Et si je me mettais à crier ?

– Ce serait ma perte. Mais vous avez réfléchi à ce qui vous arriverait, à vous ?

Et sans attendre que j'aie pu lui répondre, il avait saisi ma gorge entre ses doigts puissants. Une légère, toute légère pression de sa poigne de gorille : je compris aussitôt qu'il n'hésiterait pas à me tordre le cou. La pression se relâcha.

– Et si c'était moi qui criais ? demanda Maud.

– Je vous aime trop pour vous faire du mal, belle enfant.

Sa voix était douce et chaude comme une caresse.

« Mais vous ne crierez pas. De toute façon, c'est à M. Van Weyden que je tordrais le cou.

– Qu'à cela ne tienne. Je lui donne la permission.

– Oh, me répliqua le capitaine, je me refuse à croire que Miss Brewster se résigne à sacrifier un éminent critique de littérature américaine.

Et nous sommes restés sans parler, tandis que passaient devant nous les feux rouge et blanc. Quand ils eurent disparu, nous redescendîmes au carré pour continuer notre dîner.

Loup Larsen revint au sujet de l'amour et des poètes qui l'ont chanté. Maud récita avec une perfection admirable l'*Impenitentia Ultima* de Dowson. Ce n'était pas elle pourtant que j'observais alors, mais Loup Larsen. Il ne s'appartenait plus, Maud le fascinait. D'un mouvement inconscient, il remuait les lèvres en même temps que la jeune femme. Au moment où elle déclamait ces vers :

Quand se couchera le soleil
Ses beaux yeux me seront la clarté qui console,
Sa voix bercera mon sommeil,
Sa voix où chante une viole.

il l'interrompit : « Il y a aussi des sons de viole dans votre voix. » Et ses prunelles bleues étincelèrent d'un éclat doré. La jalousie me pinçait le cœur. Je suffoquais. Pourtant Maud n'avait pas pris garde au compliment. Sans s'émouvoir, elle débita la dernière strophe et détourna l'entretien vers des sujets moins périlleux.

Le dîner était terminé. Mais personne n'était venu desservir la table. Évidemment, le matelot qui remplaçait Mugridge avait préféré rejoindre ses camarades du poste d'avant pour boire en leur compagnie. J'étais assis dans mon coin, abasourdi. À travers la cloison, me parvenaient les clameurs du poste d'arrière. J'entendais vaguement Loup Larsen, de plus en plus excité, qui se lançait dans l'apologie du *Lucifer* de Milton. Il exaltait sa révolte contre l'Être suprême.

– Sa cause était perdue d'avance, nous expliquait-il. Pourtant il n'a pas eu peur de s'exposer aux foudres divines. Il a été précipité dans l'Enfer, mais il a entraîné le tiers des anges dans sa chute.

« Après quoi, il a incité l'homme à se révolter à son tour contre le Créateur. Les trois quarts des générations futures ont été acquises à son royaume de malédiction.

« Savez-vous pourquoi il a été jeté hors du ciel, exclu de ce paradis où il aurait pu vivre heureux, à peine en dessous du trône divin ? Je vais vous le dire : c'était un esprit libre ; il connaissait sa valeur. Il ne voulait pas de supérieur au-dessus de lui. Il refusait d'avoir un maître.

« Par sa noblesse et sa bravoure, il était l'égal de Dieu. Alors Dieu s'est emparé du tonnerre pour le rendre à sa merci. Il a donc préféré une éternité de souffrances à un esclavage doré. Dans l'Enfer, il est le premier !

– Mettons que Lucifer fut le premier anarchiste, dit Maud pour conclure.

Et elle se leva pour se retirer. Loup Larsen s'était levé lui aussi. Il s'interposa entre elle et l'escalier et poursuivit :

– L'anarchie a du bon. Écoutez donc Lucifer :

Ici du moins, je régnerai sans entrave,
Loin du Tout-Puissant détesté.
L'Enfer m'est moins rude
Que l'esclavage céleste...

Sa voix ample et sonore sonnait comme un défi, dans la pièce étroite. Sa tête haute, son beau visage bronzé dominaient Maud. Il lançait sur elle le regard de ses yeux dorés, traversés d'éclairs à la fois mâles et enjôleurs.

Dans les yeux de Maud, je vis apparaître à nouveau l'indicible effroi :

– Vous êtes Lucifer ! s'écria-t-elle.

Et, contournant prestement Loup Larsen, elle disparut par l'escalier.

Loup Larsen demeura sur place une bonne minute, perdu dans ses pensées. Enfin, il reporta son attention sur moi et me parla d'une voix brève.

– Je vais aller relever Louis à la barre. Vous me remplacerez à minuit, quand je viendrai vous chercher. En attendant, allez donc vous allonger et essayez de dormir.

Il coiffa sa casquette, enfila une paire de moufles et gagna le pont. Suivant son conseil, je m'étendis sur ma couchette. Je ne sais pour quelle raison innocente je me couchai tout habillé. J'écoutai, un moment encore, le chahut des chasseurs de phoques, tout en me laissant aller aux délices du bel amour qui venait d'éclore en moi. Peu à peu, chants et cris s'évanouirent. Mes yeux se fermèrent. Et je glissai dans cette demi-mort qu'on appelle le sommeil.

Une appréhension secrète me jeta hors du lit. Éveillé en sursaut, au bout d'un laps de temps que je ne saurais évaluer, je me trouvai debout, le cœur étreint par la menace d'un danger inconnu. Un appel de clairon ne m'aurait pas fait vibrer davantage. Une force inconsciente me poussait vers la cabine de Miss Brewster. Je poussai la porte qui s'ouvrit d'elle-même.

La lampe avait été baissée. À sa faible lueur, je vis Maud, ma bien-aimée, qui se débattait de toutes ses forces, entre les bras de Loup Larsen. Lutte sans espoir. La terrible étreinte pressait son délicat visage contre le torse musculeux. Elle essayait par tous les moyens de repousser son assaillant.

J'avais compris. En une seconde, je bondis sur eux. Loup Larsen avait relevé la tête, qu'il tenait penchée sur Maud. Je lui décochai un coup de poing en pleine figure. Le coup ne lui fit aucun effet. Avec un rugissement de fauve, Loup Larsen me rejeta sur le côté d'un revers de main. Ce ne fut pas plus dur qu'une caresse, mais je fus catapulté contre la porte de la cabine que j'avais refermée derrière moi. Sous le choc, les panneaux volèrent en éclats. J'avais mal partout. Je me dégageai tant bien que mal des débris de bois et me remis sur pied. Une rage folle s'était emparée de moi. Et j'en étais bien conscient. Maud criait à perdre haleine, me demandant de venir à son secours. Je dégainai le poignard qui pendait à ma ceinture et repartis à l'attaque de Loup Larsen. C'est là que se produisit un coup de théâtre, étrange et imprévisible. Je restai, la lame en l'air, sans frapper. Loup Larsen avait lâché la jeune femme. Elle s'était reculée vivement et s'adossait à la cloison.

Le gorille titubait. De la main gauche il se tenait le front, et couvrait ses yeux. L'autre main se déplaçait à tâtons, comme s'il avait été ébloui. Sa main rencontra enfin la cloison, et Loup Larsen, retrouvant son aplomb, parut un peu soulagé. Mais moi, je voyais rouge. Tant de souffrances, tant de brutalités et d'humiliations, tout ce que le monstre avait fait subir, à moi et aux autres membres de l'équipage, prit corps dans mon esprit. C'était comme un rayon de lumière perçant les ténèbres. Je sautai sur lui comme un fou et mon couteau s'enfonça dans son épaule. Je sentis l'acier pénétrer la chair et glisser sur l'omoplate. Je ne lui avais fait qu'une blessure superficielle. Alors je levai le bras à nouveau et me disposai à lui porter un coup mortel. Un cri de Maud me retint.

– Non ! Non ! Je vous en supplie.

Je baissai les bras une seconde. Puis je brandis l'arme à nouveau et j'aurais transformé Larsen en cadavre si Maud ne s'était placée entre nous. Ses bras m'entouraient. Sa chevelure frôlait mon visage. Mon sang ne fit qu'un tour. Sous la double influence de

mon amour et de ma rage, mon pouls battait à coups précipités.

– Pour l'amour de moi... Je vous en prie, suppliait Maud.

– Pour l'amour de moi-même, je le tuerai !

J'essayai de me dégager, sans la brutaliser, de son étreinte.

– Taisez-vous... me dit-elle.

Et ses doigts légers se posèrent sur mes lèvres. Malgré l'état de fureur où je me trouvais, je les aurais baisés, ces doigts, tellement leur contact m'était doux, très doux... Je fis un pas en arrière. Elle insista :

– Je vous en prie. Je vous en supplie.

Je fus désarmé par ses paroles. Elles me désarmeraient toujours, je le comprenais maintenant. Je m'écartai donc de Loup Larsen et remis mon poignard au fourreau.

Je considérais Loup Larsen. La tête basse, le corps affalé comme celui d'un estropié, les épaules contractées et voûtées, il ressemblait à un vieillard. De sa main gauche, il protégeait ses yeux. Sa voix rauque et effrayée m'appelait à l'aide.

– Van Weyden ! Van Weyden ! Où êtes-vous ?

Du regard je consultai Maud. Elle ne dit rien ; mais ses hochements de tête exprimaient la pitié.

– Je suis là, que voulez-vous ? lui répondis-je en faisant un pas dans sa direction.

– Aidez-moi à m'asseoir... Je suis mal en point, Hump, vraiment très malade.

S'appuyant sur mon bras, il gagna un siège et s'affala. Il se prit la tête à deux mains. Elle dodelinait, d'arrière en avant, butant sur la table. On voyait bien que ses souffrances étaient atroces. Au moment où il se redressait, je vis de grosses gouttes de sueur perler à la racine de ses cheveux.

– Malade ! Je suis malade...

Je lui posai la main sur l'épaule avant de lui demander :

– De quoi souffrez-vous ? Puis-je vous être utile ?

Mais il repoussa brutalement ma main. Je restai ainsi près de lui, silencieux et immobile, durant de longues minutes. Maud nous regardait, son regard était rempli d'horreur et d'effroi.

– Hump, finit-il par dire. Je crois que je devrais regagner ma couchette. Oui, c'est mieux. Aidez-moi ! Ces maudits maux de tête reviennent encore une fois... Par moments on dirait que je... Non, je ne sais plus ce que je dis... Aidez-moi donc à m'allonger.

Je le conduisis à sa couchette et le fis s'allonger. Il enfouit son visage dans ses mains en gémissant : « Je suis malade.. Je suis très malade... »

Sorti de la cabine, j'allai rejoindre Maud qui m'interrogea du regard.

– Je ne sais pas à quoi correspondent ces migraines, lui dis-je en levant les bras dans un geste évasif. Elles le réduisent à l'impuissance. Pour la première fois je le vois en proie à la frayeur. De toute façon ce n'est pas mon coup de couteau qui l'a mis dans cet état. La blessure est superficielle.

– En effet ! Il m'avait lâchée brusquement avant ce coup de poignard. Et il s'est écarté en chancelant. Qu'allons-nous faire ?

– Je vous le dirai sans tarder. Attendez-moi un instant, je vous prie.

Remonté sur le pont, j'allais au gros Louis qui était toujours à la barre.

– Va dormir. Je vais te relayer.

Il ne se le fit pas dire deux fois et rejoignit le poste d'avant où le reste de l'équipage ronflait, abattu par l'ivresse. J'étais seul sur le pont du *Fantôme*. Je repliai tout ce que je pus de toile afin de ralentir l'allure. Puis je revins à Loup Larsen, toujours dans le même état. La tête ballottait de droite et de gauche et son corps se tordait de souffrance.

– Vous n'avez besoin de rien ?

Pas de réponse. Je répétai ma question. Il me répondit par quelques mots, péniblement articulés.

– Non. C'est bon, laissez-moi... à demain matin.

Je sortis en prenant la précaution de fermer la porte derrière moi. Maud Brewster m'attendait. Son port de tête majestueux, le regard serein de ses yeux magnifiques me firent trembler de plaisir.

– Un voyage en ma compagnie, même long et semé d'imprévu, vous ferait-il peur ? lui demandai-je.

Bien qu'elle eût certainement compris de quoi je parlais, elle me demanda de préciser ma pensée.

– Je veux dire exactement ceci : une fuite à bord d'un canot ouvert et sans abri est notre seule chance de salut. Sinon, nous sommes voués au pire. Alors, acceptez-vous ?

Un signe de tête me fit comprendre qu'elle acceptait. Je poursuivis :

– Dans ce cas, allez vite passer les vêtements les plus chauds possible. Faites un paquet de tous les objets que vous jugerez utiles. Et ne perdez pas de temps.

Une bougie à la main, je m'introduisis dans le magasin du navire. Je fis main basse sur la provision de boîtes de conserve. Penché au-dessus de la trappe, Maud saisissait dans ses mains tout ce que j'avais mis de côté. Nous travaillions vite et sans bruit.

Je pris aussi des couvertures, des moufles, des cirés, des suroîts, d'autres vêtements. Nous allions en effet embarquer sur une mer difficile et agitée, à bord d'une embarcation fragile. Aucune précaution n'était donc superflue pour nous prémunir contre le froid et l'humidité.

Avec une hâte fébrile, nous transportâmes notre équipement sur le pont. Si fébrile, qu'un moment, Maud, tout en nerfs, parut défaillir. Épuisée elle s'arrêta pour s'asseoir, puis, vaincue, s'allongea sur le dos, les bras en croix et perdit connaissance. Je ne m'inquiétai pas outre mesure de ce malaise. Une de mes sœurs était sujette à cette sorte de défaillance. En attendant que la jeune femme revienne à elle, je retournai encore une fois à la cabine de Loup Larsen et m'emparai de sa carabine et de son fusil de chasse. Il avait les yeux grands ouverts. Pourtant, il ne me vit pas ; ou, du moins, fit celui qui ne me voyait pas. Je m'éloignais de lui à jamais. Je lui adressai un murmure d'adieu.

– Adieu, Lucifer !

Je pris aussi avec moi deux caisses de munitions et des boîtes d'eau douce qui se trouvaient dans chacun des canots.

Maud s'était ranimée. Elle m'aida à charger l'un des canots, déjà paré et gréé et suspendu à ses portemanteaux.

Nous n'avions pas encore terminé lorsqu'un matelot qui voulait sans doute prendre l'air et se rafraîchir les idées monta sur le pont. Il se promena, bâilla, s'étira, puis vint s'accouder à la lisse. Il s'attardait à contempler la mer. Je m'étais accroupi dans le fond du canot et Maud se dissimulait autant qu'elle le pouvait derrière les caisses qui n'avaient pas encore été chargées. Heureusement le matelot avait la vue aussi trouble que les idées. Il ne nous vit ni l'un ni l'autre et s'en retourna comme il était venu.

Tout était prêt. Aidé de Maud, je fis jouer les palans, et le canot descendit doucement vers la mer. Puis j'aidai Maud à enjamber la lisse et la descendis dans l'embarcation. Comme le poids de son corps était doux sur le mien ! Je tressaillais des pieds à la tête et eus de la peine à contenir un aveu d'amour. Profitant de ce qu'une lame soulevait le canot, permettant à Maud de prendre pied sur le fond, je lui lâchai les mains. Il ne me restait plus qu'à décrocher les palans et à sauter près d'elle en vitesse.

Je n'avais jamais touché à une rame de ma vie. Je fis donc de mon mieux pour placer les avirons sur les tolets pour écarter le canot du *Fantôme*. Il me fallut ensuite hisser la voile et l'orienter. Enfin, nous prîmes le vent. Je m'étais saisi du gouvernail.

– Le Japon est là, droit devant nous.

– Vous êtes un homme brave, Humphrey Van Weyden.

– Pensez-vous !... S'il y a quelqu'un de brave, c'est une femme, et c'est vous.

Une même inspiration nous fit jeter un dernier regard au *Fantôme* qui s'éloignait. Sa coque sombre, soulevée en cadence, roulait sur les lames. L'obscurité de la nuit absorbait la silhouette de ses mâts. Bientôt, la masse de la goélette disparut.

J'avais fixé la barre à l'aide d'une corde ; elle couinait chaque fois qu'une vague venait frapper le gouvernail.

Maud et moi, nous étions seuls, au milieu du silence, sur le sombre infini de l'océan.

XXVII

Le jour se leva sur une mer grise et froide. Un vent frais nous poussait. La boussole me confirma que nous étions dans la bonne route. Malgré mes moufles, j'avais les doigts gourds et glacés. Manier les avirons me faisait très mal. Je ressentais aux pieds la morsure du froid ; et j'avais grand-hâte de sentir la chaleur du soleil.

Maud était étendue au fond du canot, devant moi. Elle s'était enveloppée dans de grosses couvertures qui la tenaient bien au chaud. J'avais même rabattu sur son visage la couverture du dessus. Il n'en sortait qu'une mèche de cheveux châtains, dans laquelle les gouttes de brouillard scintillaient comme autant de pierreries. Je contemplais cette forme vague enveloppée de laine grossière ; mon regard fixait la mèche de cheveux avec une intensité telle que Maud dut s'en rendre compte et commença à remuer. Son visage émergea des couvertures. Les yeux encore embués de sommeil, elle m'adressa un sourire.

– Bonjour, monsieur Van Weyden... Avez-vous aperçu la côte ?

– Pas encore, Miss Brewster. Pas encore ! Vous savez que nous ne marchons qu'à six milles à l'heure.

Devant sa moue déçue, je m'empressai d'ajouter :

– Ce qui veut dire que nous couvrons quand même cent quarante-quatre milles par vingt-quatre heures.

Et son visage s'illumina.

– Quelle distance devons-nous parcourir ?

Du doigt, je lui désignai l'ouest : c'était la Sibérie. Au sud-ouest, le Japon, plus proche, se trouvait à six cents milles environ. C'était notre but. Nous devions normalement l'atteindre en cinq ou six jours.

– Et si la tempête se levait, croyez-vous notre barque capable d'y résister ?

Il était inutile d'éluder la question. Son regard, qui se plantait droit dans le vôtre, exigeait la vérité. Je tentai néanmoins de biaiser :

– Il faudrait que ce fût une terrible tempête...

– Et si justement c'était le cas ?

– Vous savez que nous pouvons d'un moment à l'autre croiser une des nombreuses goélettes qui pêchent dans les parages. Il y a de fortes chances qu'elle nous recueillera.

Le vent me fit frissonner.

– Mais vous êtes gelé ! s'écria Maud. Ne niez pas, je vous vois grelotter. Et moi, pendant ce temps, j'étais blottie comme une caille, bien au chaud sous mes couvertures.

– À quoi cela aurait-il servi que vous vous geliez de froid vous aussi ? lui répliquai-je en riant.

– Je sais ce qu'il me reste à faire. Je vais apprendre à gouverner. Quand j'aurai la barre, ce sera à votre tour d'avoir chaud.

Assise sur les couvertures, elle entreprit une toilette sommaire. Sa chevelure dénouée se répandit autour d'elle en un nuage vaporeux qui couvrait son visage et ses épaules. Splendides cheveux, tant aimés. J'aurais voulu les embrasser, les faire glisser entre mes doigts, y enfouir mon visage. De les contempler, j'en oubliais de guider le canot. Un claquement de la voile me rappela à la réalité. D'un coup de barre, je me remis dans la bonne direction, et interrogeai Maud.

– Dites-moi, Miss Brewster. Pourquoi donc les femmes ne laissent-elles pas flotter leurs cheveux ? Ce serait tellement plus joli comme ça.

– Je vous crois aisément, monsieur Van Weyden. Encore faudrait-il qu'ils ne s'emmêlent pas. Allons bon ! J'ai perdu une épingle.

Abandonnant la barre et la voile, qui se mit à claquer, j'aidai ma compagne à chercher la précieuse épingle à cheveux dans l'amas de couvertures. De temps en temps je m'arrêtais pour admirer ses jolis mouvements de tête, lorsqu'elle voulait dégager ses yeux, aveuglés par le voile léger de sa chevelure. Femme, elle était délicieusement femme.

L'épingle retrouvée lui arracha un petit cri adorable. Et je me remis au gouvernail. Finalement j'attachai la barre à la bonne position et décidai qu'il était l'heure du petit déjeuner.

– Auparavant, Miss Brewster, lui déclarai-je, vous allez me faire le plaisir de vous couvrir davantage. Prenez donc cette grosse chemise de laine que j'ai empruntée au magasin du *Fantôme*. Son tissu est si épais et serré qu'il est pratiquement imperméable.

Maud enfila donc la chemise. Je lui fis ensuite troquer son bonnet contre une casquette de matelot, avec des rabats. Je l'ajustai sur sa tête. Plus rien n'apparaissait de son joli visage qu'un ovale pur avec des sourcils finement arqués, un nez fin et deux grands yeux bruns, au regard vif et profond. C'est alors qu'un coup de vent s'abattit sur le canot qui embarqua un bon seau d'eau de mer. Je lâchai aussitôt la boîte de langue en conserve que j'étais en train d'ouvrir et me précipitai pour régler la barre et la voile. Le canot se redressa et reprit sa course.

– Il semble que vous vous en tiriez très bien, dit Maud.

– Je fais de mon mieux. Mais, comme vous avez pu le constater, je ne peux quitter le gouvernail sans risque.

– C'est bien pour cela que je veux dès aujourd'hui prendre ma première leçon de barre. Je pourrai ainsi vous relayer chaque fois que cela sera nécessaire.

– Je n'y connais pas grand-chose moi-même. Vous apprendre sera bien difficile : c'est la première fois que je navigue sur une petite embarcation.

– Nous allons donc apprendre ensemble ! En attendant, cette petite brise m'a aiguisé l'appétit. J'ai une faim de loup.

Nous partageâmes des biscuits de mer, tartinés avec du beurre et une tranche de langue. J'aurais aimé lui offrir une tasse de café chaud. Il n'y en avait pas. Il n'y avait pas de thé non plus. Nous ne prendrions rien de chaud avant d'avoir touché terre. Notre frugal déjeuner fut arrosé d'une simple tasse d'eau froide.

Et Maud exigea que je lui apprenne à barrer. Elle se montra attentive et volontaire. Tant et si bien qu'en peu de temps elle apprit à faire filer droit, à lofer, et, si c'était nécessaire, à rendre de la toile ou à en reprendre.

– Au lit, maintenant, monsieur Van Weyden. Il est l'heure de vous glisser sous ces chaudes couvertures. Vous dormirez jusqu'à l'heure du déjeuner.

Je ne résistai guère. J'étais éreinté. C'est avec volupté que je me glissai dans la couche que la jeune femme avait préparée de ses mains. C'est là qu'elle avait dormi. Quelque chose d'elle y subsistait encore. Je me laissai glisser à une douce rêverie.

À mon réveil, je découvris un charmant visage ovale, emmitouflé dans une casquette à rabats, qui se détachait au gré de la houle sur le fond gris du ciel ou sur celui plus proche des flots. Un regard à ma montre indiqua que sept heures avaient passé. Avais-je dormi si longtemps ?

Maud avait barré sept heures d'affilée. J'allai vers elle et vis qu'elle était complètement ankylosée. Il me fallut ouvrir sa main, crispée à la barre. Elle était à bout de forces, incapable de bouger de la place où elle était assise. Je frictionnai vigoureusement ses mains et ses bras. Puis je l'aidai à regagner le nid des couvertures. Sa tête tombait de fatigue :

– Je n'en peux plus, murmura-t-elle.

La voyant exténuée à ce point, je fronçai le sourcil.

– Ne me grondez pas ! Ne soyez pas fâché, je vous en prie.

– J'ai donc l'air si méchant ?

– Je, je vois le reproche sur votre visage. C'est promis, je ne recommencerai plus.

– Bon. Mais il faudra me promettre encore autre chose.

– Quoi donc ?

– De ne pas dire à tout bout de champ : « Je vous en prie. » Cela m'enlève vis-à-vis de vous toute autorité et tout pouvoir.

Elle eut un léger sourire. Elle n'avait pas été sans se rendre compte que cette petite phrase avait une grande puissance. Puis, d'un coup, elle laissa aller sa tête. Je la bordai, lui enveloppai chaudement les pieds, recouvris son front, jusqu'aux yeux.

Revenu à mon poste, j'examinai le ciel. Il se chargeait au sud-ouest. Nous avions encore six cents milles à parcourir et j'avais conscience que bien des dangers nous menaçaient. Une tempête pouvait se lever et nous faire chavirer.

Pourtant je n'avais pas peur. L'avenir était redoutable. Mais je devais réussir. Il le fallait... Je ne cessais de me le redire.

À la fin de la journée, le vent souffla plus fort. La mer se creusa, devint très forte et nous fit souffrir, le canot et moi-même. Heureusement, nous étions bien lestés par le poids des provisions et des neuf caisses à eau. Je ne fus pas obligé d'amener de la toile tout de suite. À la fin, malgré tout, il me fallut ralentir.

Au loin j'aperçus la fumée d'un vapeur sur la ligne d'horizon. Un croiseur russe peut-être. Plus vraisemblablement le *Macédonia* acharné à retrouver le *Fantôme*. Le soleil n'avait pas paru de la journée. Le froid était cruel. À l'approche de la nuit, les nuages s'épaissirent et le vent souffla avec violence. Maud et moi nous prîmes notre repas sans quitter nos moufles. Pour ma part, je ne pus abandonner le gouvernail. J'avalais mes bouchées entre deux rafales.

Quand la nuit fut tout à fait noire, la tempête était telle que je fus contraint d'amener la voile. À mon vif regret, j'établis une ancre flottante pour stabiliser notre embarcation. J'avais entendu les chasseurs de phoques décrire cette opération : elle consistait à replier la voile autour du mât et à la ficeler solidement. Puis on jetait tout le paquet à la mer, après l'avoir amarré au canot par une corde. Pour faire bonne mesure, j'ajoutai deux avirons de rechange. En traînant ce poids mort derrière lui, le canot acquérait un point d'appui et risquait moins d'être submergé par le déferlement des vagues. Je remettais mes moufles, ayant terminé ce travail, quand Maud me demanda à quelle vitesse nous allions. J'estimai que nous ne faisions pas plus de deux milles à l'heure, mais dans la direction du sud-est. Autrement dit nous tournions le dos au Japon.

– Bah ! dit-elle gaiement. Nous n'aurons jamais perdu que vingt-quatre milles si le mauvais temps dure jusqu'au matin.

– Ou cent quarante-quatre s'il s'obstine durant trois jours.

– Je n'y crois pas, pas du tout. Nous aurons bientôt du beau temps et un vent favorable.

– Comment savoir ? La mer est une grande traîtresse. Aujourd'hui je me reproche de ne pas avoir emporté le sextant de Loup Larsen avec moi. Nous filons dans une direction, nous dérivons dans une autre ; il faut compter avec l'action des courants. Comment calculer les résultantes au jugé ? J'ai bien peur que d'ici peu nous ne sachions plus du tout où nous sommes.

J'étais triste et abattu. Maud me gronda à ce sujet. Je m'excusai donc de cet accès de découragement et réussis à reprendre le dessus. Il était alors huit heures. Sur sa demande instante je lui laissai prendre le quart jusqu'à minuit. Par précaution je lui mis un ciré sur les épaules et l'enveloppai dans une couverture. Je lui fis enfiler des bottes de caoutchouc.

Enfin, je m'étendis dans le fond du canot pour prendre un peu de repos. Je n'arrivais pas à dormir. La crête des vagues venait se briser contre le canot qui bondissait sans trêve ni repos. J'étais constamment aspergé par les embruns.

Et je réfléchissais qu'entre nous et les abîmes, il n'y avait qu'une planche de quelques centimètres !

J'avais certes passé des nuits plus pénibles sur le *Fantôme*. Et peut-être y en aurait-il encore de plus dures. Je ne ressentais plus pourtant cette appréhension de la mort qui m'avait tant de fois tourmenté lorsque je me trouvais en compagnie de Loup Larsen ou de Mugridge. Maud Brewster était entrée dans ma vie. Et j'en étais transformé.

Chose étrange, c'était à ce moment de hasard que je m'accrochais le plus à l'existence, et cette existence, j'étais prêt à la sacrifier pour l'amour d'une femme.

Jusqu'au moment où je fus complètement assoupi, je retournai ces raisons dans ma tête : à travers le voile de ténèbres, je m'efforçais de discerner la silhouette sombre de Maud. Elle était là, assise à l'arrière du canot, observant les mouvements de la mer, prête à m'appeler dès que ce serait nécessaire.

XXVIII

Les jours qui suivirent, notre étroit canot vogua au petit bonheur, de-ci, de-là, à la dérive. Il est inutile de décrire par le détail ce que nous avons alors enduré. Pendant vingt-quatre heures, le vent souffla au nord-ouest. Il tomba, pour resurgir ensuite du sud-ouest. Je remontai alors mon ancre flottante, remis en place le mât et la voile et cinglai au sud-sud-est en tirant des bordées. J'aurais pu tout aussi bien me diriger vers l'ouest-nord-ouest. Mais j'aspirais à trouver, vers le sud, des eaux moins froides.

C'est juste à minuit, je m'en souviens fort bien, que le vent redevint furieux, au cours de la seconde nuit. J'utilisai à nouveau mon ancre flottante. À l'aube, mes yeux vitreux découvrirent l'océan recouvert à perte de vue d'écume blanchâtre. Le canot se dressait, presque à la verticale, sur son ancre de fortune. À chaque minute nous risquions de couler. Les embruns envahissaient le canot et je devais écoper sans arrêt. Les couvertures étaient trempées. Heureusement, sous son suroît et son ciré, et avec ses grandes bottes de caoutchouc, Maud était sèche, bien qu'à l'extérieur elle ruisselât de gouttes d'eau salée. Son visage, ses mains et sa mèche de cheveux dégoulinaient de pluie. De temps à autre, elle me prenait l'écope des mains et affrontait bravement la tempête, évacuant de toutes ses forces l'eau que nous avions embarquée.

Parler de tempête est peut-être exagéré. En fait, un véritable ouragan nous aurait engloutis. Il s'agissait tout au plus d'un très méchant grain. Mais il mettait nos deux vies en danger.

Les vagues rugissaient autour de nous. Et nous dûmes nous battre toute la journée, dans le vent glacial et méchant. Quand la troisième nuit vint s'étendre sur nous, ni Maud ni moi-même ne réussîmes à dormir.

La quatrième nuit, elle s'écroula, vaincue par le sommeil. Je la protégeai à l'aide d'une bâche goudronnée. Au petit jour, quand la même lumière fraîche perça les nuages, éclairant les vagues que soulevait le vent mordant, je crus qu'elle était morte. Elle était seulement engourdie par le froid.

Je n'avais pas fermé l'œil depuis quarante-huit heures. J'étais trempé jusqu'à la moelle. Le froid m'avait tué plus qu'à moitié. Mes membres raides, jamais au repos, jouaient mal. Chaque mouvement était une torture.

Pour comble de malheur, nous dérivions droit vers le nord-ouest, c'est-à-dire vers la mer désolée de Béring. Nous tournions le dos au Japon. Nous vivions malgré tout. Malgré tout, notre canot flottait. Et le vent soufflait sans relâche. Au cinquième soir, se leva une nouvelle bourrasque. Le canot plongea dans une lame. Quand il se redressa, nous avions tellement embarqué d'eau que plus d'un quart de l'embarcation était noyé. Je me mis à écoper avec frénésie. Quand j'en eus fini, j'étendis la bâche goudronnée sur l'avant du canot. Cette protection se révéla très efficace contre le déferlement des lames qui venaient face à nous. Maud faisait peine à voir. Elle gisait au fond du canot. Sur son visage cireux, sur ses lèvres bleues, je lisais toutes les souffrances qu'elle endurait. Pourtant ses yeux brillaient toujours de la même énergie. Elle avait encore le courage de me dire des paroles de réconfort.

L'ouragan atteignit son paroxysme au cours de cette nuit-là. Mais, écrasé de sommeil, je ne m'en rendis même pas compte. Et, le lendemain matin, le vent s'apaisa. La mer retrouva progressivement son calme. Et le soleil brilla sur nos têtes. Oh, le bon, le chaud soleil ! Il faisait à nouveau circuler la vie dans nos pauvres corps, comme après l'orage on voit les insectes courir dans les herbes.

Maud et moi, nous recommençâmes à sourire, à échanger des plaisanteries. Notre espoir renaissait alors que jamais notre situation n'avait été si tragique. Nous ne savions plus du tout où nous nous trouvions. Du Japon, il n'était même plus question. Je n'avais aucune base solide pour faire le moindre calcul.

Nous ne savions qu'une seule chose : nous étions à nouveau au milieu des phoques. Il n'était donc pas exclu qu'apparaisse à l'horizon une goélette. J'en aperçus une, effectivement, dans le courant de l'après-midi ; mais sa silhouette disparut presque aussitôt. Nous étions seuls sur le cercle immense de la mer.

Les jours succédaient aux jours. Jours de brume pendant lesquels l'humeur de Maud s'assombrissait. Jours de calme où nous nous taisions, impressionnés par la majesté écrasante de cette étendue sur laquelle nous flottions. Jours de tourments, de grésil et de neige, pendant lesquels nous tentions en vain de nous réchauffer et de rétablir la circulation du sang dans nos veines. Jours de pluie dense, qui nous permettaient de remplir nos caisses à eau en faisant égoutter au-dessus d'elles la voile détrempée.

Mon amour pour Maud grandissait. Je fus cent fois sur le point de lui en faire l'aveu. Chaque fois, j'imposai le silence à mes lèvres. Les circonstances ne se prêtaient pas à une semblable déclaration. Quand on se bat avec acharnement pour sauver la vie d'une femme, on doit attendre pour obtenir d'elle une réponse à son amour.

Nous vivions l'un près de l'autre, en camarades. Aucun geste ne trahissait mes sentiments profonds. Mais une affection solide nous réunissait désormais. Nouveau Protée, Maud me livrait chaque jour un aspect différent de son personnage : tantôt flamme et tantôt rosée ; parfois timide, le lendemain soulevée par une énergie à toute épreuve. Elle supportait sans protester l'inconfort de ce canot, le mal de mer et la tempête, la solitude effroyable. Sa force morale domptait la chair ; un regard serein illuminait ses yeux. L'univers se transformait sans répit autour de nous. Elle restait égale et identique à elle-même.

Et nous étions chaque jour relégués un peu plus loin du monde civilisé, poussés vers le nord-est.

L'événement survint un après-midi, alors que la tempête titanesque déchaînait ses trompettes. Je n'en pouvais plus de lutter sans répit contre les éléments en furie. Mes yeux se levèrent machinalement vers le ciel, dans une ultime prière, une muette supplication adressée aux Puissances d'en Haut.

Puis je baissai les yeux.

Était-ce un mirage, une illusion due à tant et tant d'insomnies ? J'interrogeai Maud du regard. Je voulais m'assurer en vérifiant qu'elle était encore là, ébouriffée, ruisselante, en admirant l'éclat hardi et tendre de ses yeux admirables, que je ne rêvais pas.

Reportant, bien consciemment cette fois, mon regard vers l'horizon, j'aperçus en avant un promontoire dénudé, escarpé, noir. Le vent nous poussait droit dessus. Je pus bientôt voir la ligne blanche du ressac qui se brisait sur les rochers et toute une ligne de rivage, bordée d'une frange d'écume.

– Maud ! Maud !

Ma main désignait la fantastique apparition.

– Ce ne peut être l'Alaska, me dit-elle.

– Non, hélas. L'Alaska est encore beaucoup plus loin. Savez-vous nager ?

Elle ne savait pas plus que moi. Il nous faudrait donc, au moment d'accoster, pousser notre canot dans une cassure du rocher et nous y accrocher si le canot se brisait. Je m'efforçais au calme. En fait, j'étais profondément troublé. En m'entendant lui dire que nous devions faire vite, sans perdre notre sang-froid, face à la minute de vérité qui se préparait, Maud comprit l'effort surhumain que je m'imposais.

– Je ne vous ai pas encore remercié de tout ce que vous avez fait pour moi. Je dois le faire maintenant.

– Et pourquoi maintenant ?

– Parce que... Parce que... Aidez-moi, voulez-vous ?

– Parce que nous allons mourir ! C'est ça que vous

voulez dire ? Eh bien, pas du tout. Nous ne mourrons pas. Nous allons débarquer sur cette île et trouver un abri avant la nuit.

Je ne pensais pas un mot de ce que je disais. La mort me semblait inévitable. Nous nous précipitions sur ce chaos de récifs. Il était trop tard pour hisser la voile et virer de bord. Ma propre perte ne m'effrayait pas. Mais j'étais épouvanté par la mort prochaine de Maud. Je l'imaginais projetée sur ces rochers et déchiquetée par les remous. Je décidai d'attendre passivement la minute fatale. Alors je saisirais le corps de la jeune femme dans mes bras. Je mourrais avec elle en lui criant mon amour. Nous nous étions rapprochés l'un de l'autre. Sa main se serrait dans la mienne. Muets, nous attendions.

– Nom de Dieu ! On en réchappe !... Oh, excusez-moi !

Un courant violent qui ceinturait l'île nous déportait vers la droite du promontoire. Nous dérivions maintenant le long d'une grève sablonneuse en arc de cercle. Un beuglement continu, dominant le vacarme des vagues, parvenait jusqu'à nous.

– Une colonie de phoques ! Si ça se trouve, les hommes ne sont pas loin. Il y a peut-être des bateaux ou même un poste de gardes à terre. Nous sommes sauvés.

Mais le courant nous entraînait toujours. Nous avons fait un demi-cercle, jusqu'au rivage opposé de l'île, qui était à l'abri du vent. La mer était d'un calme irréel. Une petite baie s'ouvrait entre deux pointes de terre et s'enfonçait profondément vers l'intérieur.

Je pris les rames. Poussé par la marée montante, je conduisis le canot vers une petite crique. L'eau y était aussi calme que celle d'un étang. La quille du canot racla un fond de galets. Je sautai dans l'eau. Puis, je tendis la main à Maud. L'instant d'après elle prenait pied avec moi sur la grève.

Mes mains lâchèrent ses mains. Aussitôt, elle s'agrippa à moi, comme si elle allait tomber. Je me sentais moi aussi tout chancelant. Effet bizarre, mais tout à fait compréhensible. Depuis des jours et des nuits, nous étions ballottés sur l'élément mouvant de la mer. Notre contact avec la terre ferme déconcertait complètement notre organisme.

Je voyais la grève se soulever à droite puis à gauche. Les deux petits promontoires qui bornaient notre horizon dansaient comme autant de navires.

Maud et moi n'arrivions pas à retrouver notre équilibre.

– Il faut absolument que je m'assoie, dit-elle, saisie d'un rire nerveux. La tête me tourne.

Et elle se laissa glisser sur le sol caillouteux. Je tirai le canot sur la grève et revins la rejoindre.

Nous venions de débarquer sur l'île de « Bonne-Volonté ». C'est le nom dont nous l'avions baptisée. Et, trop longtemps en proie au mal de mer, nous eûmes un sérieux « mal de terre ».

XXIX

– Triple buse !

Je me serais battu d'avoir été aussi bête. Avec la cargaison du canot, transportée en arrière de la plage, j'avais commencé l'installation de notre campement. Quelques morceaux de bois échoués sur le sable auraient pu faire un bon feu et me permettre de préparer une bouilloire du café que j'avais pris au magasin du *Fantôme*.

– Je suis le roi des imbéciles ! repris-je avec la plus grande conviction.

– Qu'est-ce qui vous prend ? me demanda Maud, surprise de cette bruyante autocritique.

– Il y a que j'ai oublié les allumettes. Il y a que nous ne pouvons nous faire ni café, ni soupe, ni thé, rien de chaud !

– Vous rappelez-vous un certain Robinson Crusoé ? C'est lui, je crois, qui frottait deux bois l'un contre l'autre pour les embraser.

– Tous les naufragés qui ont essayé le procédé n'ont jamais réussi.

« Je peux vous parler d'un certain Winters. Il s'était rendu célèbre en visitant l'Alaska et la Sibérie et je l'ai rencontré une fois au Club du Bibelot. Il nous a raconté ses efforts pour allumer un feu avec deux bouts de bois. Il était comique. C'était à se tordre de rire de le voir mimer ses essais et sa déconvenue. "Messieurs, a-t-il conclu, c'est un jeu pour l'indigène des Iles du Sud et pour le Malais, d'accord ! Mais ce jeu, vous pouvez me croire sur parole, dépasse les capacités de l'homme blanc". »

Maud retrouva sa gaieté.

– Nous nous en sommes bien passés jusqu'aujourd'hui. Eh bien, nous continuerons.

Je ne l'entendais pas de cette oreille.

– Du si bon café ! Je l'ai pris dans la réserve personnelle de Loup Larsen ! Et nous avons le bois sous la main.

Épuisés et transis comme nous l'étions, n'importe quelle boisson chaude nous aurait fait le plus grand bien. Enfin ! Toutes les lamentations du monde ne changeraient rien à l'histoire.

J'entrepris de monter une tente pour Maud, en me servant de notre voile. J'étais novice dans cet art. Et j'eus beaucoup de peine à utiliser la voile, le mât et ses vergues, les avirons.

Bref, le soir tomba avant que ma tente fût achevée. Une pluie torrentielle s'abattit sur nous et Maud, trempée comme une soupe, dut une fois encore se réfugier dans le canot, sous la bâche.

Je me remis à l'ouvrage dès le lendemain. La tente fut enfin dressée. Je n'oubliai pas de l'entourer d'un petit fossé pour recueillir l'eau du ciel. C'est alors qu'une violente rafale, débordant la falaise qui nous protégeait, se rabattit sur notre campement et emporta mon chef-d'œuvre qui se fracassa trente mètres plus loin. Ma mine déconfite fit éclater de rire ma compagne. Je décidai donc d'explorer l'île, dès que le temps le permettrait, avec le canot.

– Nous ne pouvons pas moisir dans cette crique, fermée de toutes parts par des falaises. Je suis sûr que l'île reçoit la visite de quelques bateaux. Ces phoques que nous avons vus sont protégés. Le gouvernement doit envoyer des missions à intervalles plus ou moins rapprochés. Ce qui m'ennuie c'est de vous laisser seule.

– Emmenez-moi avec vous.

– Non ! Il vaut mieux que vous restiez. Vous avez tellement souffert à bord du canot et vous avez besoin de repos. Restez. Je vous le demande.

Elle détourna vivement la tête. J'avais pourtant eu le temps de voir que ses yeux s'embuaient de larmes. Sa voix basse et insinuante insistait.

– Et moi je veux vous suivre ; je peux vous être utile. Si... (sa voix parut se briser) s'il vous arrivait quelque chose, que deviendrais-je, livrée à moi-même ? Y avez-vous songé ?

– Je vous promets d'être prudent. Je serai de retour avant la nuit.

Elle s'était plantée face à moi, les yeux dans les yeux.

– Je vous en prie... Oh ! je vous en prie.

Je fis appel à toutes les ressources de ma volonté, secouai la tête. Elle attendait toujours ma réponse. Incapable de lui dire « Non », je restai silencieux. Il ne lui en fallut pas davantage pour comprendre qu'elle avait gagné.

Le temps s'améliora dans l'après-midi. Nous pourrions donc nous mettre en route aux premières heures du lendemain.

Quand le jour se leva, gris et terne, je m'éveillai afin de remettre le canot en état.

– Andouille ! Fou à lier ! Abruti !

Je dansais une gigue grotesque sur la grève. Maud

se frottait les yeux et crus que j'avais perdu la tête.

– Que vous arrive-t-il ?

– Que diriez-vous d'une bonne tasse de café ? Oui, une bonne tasse, avec du café bien chaud ? Du café bouillant ?

– Ne soyez pas cruel ! J'avais oublié l'idée du café. Je n'y pensais plus. C'est mal de raviver mon désir.

– Bon ! Bon... regardez bien.

Dans un creux du rocher, je trouvai des morceaux de bois qui n'avaient pas été trempés par la pluie. Avec mon couteau de poche, je fabriquai un tas de minces copeaux. Puis je déchirai une page de mon calepin. Ensuite, je pris une cartouche dans la boîte à munitions. Après avoir fait sauter la bourre avec la pointe de mon couteau, je vidai la poudre sur un rocher plat, bien étalée, la capsule au milieu. Je tenais le papier dans la main gauche. Ma main droite se serrait sur une grosse pierre avec laquelle je percutai la capsule, de toutes mes forces.

Il y eut une bouffée de fumée blanche. La flamme jaillit. Le papier fut enflammé. Maud ne se contenait plus et sautait de joie comme une petite fille.

– Prométhée ! Vous avez inventé le feu... mon Prométhée !

J'étais trop absorbé pour lui répondre. Il me fallait maintenant protéger cette flamme fragile, l'alimenter copeau par copeau, brindille par brindille. Enfin, la flamme crépita et mordit les plus grosses bûches.

Le café de Maud fut un délice. Pour ma part, je me chargeai de faire frire du bœuf en conserve, pané avec des biscuits de mer émiettés. Ce déjeuner fut un succès. Nous le dégustâmes, assis devant le feu, tels d'authentiques explorateurs, et sans interrompre notre discussion.

Je revins sur mon idée de chercher un poste dans une autre partie de l'île. J'étais persuadé que la réserve de phoques était protégée. J'avais lu que c'était l'usage dans la mer de Béring. Maud, elle, était sceptique. Ce qui ne l'empêchait pas de garder une humeur enjouée.

Elle supposait même que nous nous étions échoués sur une phoquerie non encore repérée.

– Dans ce cas, lui répondis-je, nous allons être obligés d'hiverner. Nos provisions ne sont pas inépuisables... Heureusement, il y a les phoques.

« Mais ces grosses bêtes émigrent à la fin de l'automne. Je devrai donc penser déjà à constituer une réserve de viande. Avec les boîtes de conserve vides, je fabriquerai des lampes à graisse. Il nous faudra aussi construire une hutte plus solide. Nous pourrons ainsi tenir sur cette île inhabitée. En fait, je persiste à croire qu'elle ne l'est pas. »

C'est pourtant Maud qui avait raison.

Un vent favorable nous poussa le long de la côte. En ramant, nous pûmes faire le tour complet de l'île. Toutes les baies furent scrutées à la longue-vue. Nous sommes même descendus plusieurs fois à terre. Aucune trace de vie humaine !

Si ! Des hommes nous avaient précédés dans l'île de Bonne-Volonté. Assez loin sur la plage de la seconde baie, proche de la nôtre, nous avons rencontré l'épave d'un canot. Il s'agissait d'un phoquier, bien reconnaissable à ses couples et à l'inscription en lettres blanches qu'il portait : *Gazette n° 2.*

Il devait être là depuis longtemps. Le sable l'avait envahi à moitié et la carcasse, toute déglinguée, avait souffert des intempéries. À l'arrière, je découvris un vieux fusil de chasse rongé par la rouille et un couteau de matelot, complètement mangé par le sel.

– Eh bien, ils sont repartis !

La plaisanterie avait un goût amer.

Mais, comme j'explorais la grève, je fis une macabre découverte. Des ossements blanchis témoignaient que les occupants du canot n'avaient pas repris la mer. Je voulus épargner à Maud ce spectacle morbide et l'invitai à reprendre place au plus vite dans le canot. Nous avions encore la face nord-ouest de l'île, la moins abrupte, à découvrir. Un peu avant la tombée de la nuit, notre périple était bouclé.

Une première estimation me faisait dire que Bonne-Volonté mesurait environ trente-cinq kilomètres de circonférence, que sa largeur variait entre trois et huit kilomètres.

À partir de criques qui découpaient la côte, on s'élevait vers l'intérieur par des pentes rocheuses, entrecoupées de paliers marécageux, de toundras où poussaient des roseaux chétifs.

Les phoques pullulaient. Il y en avait bien deux cent mille. Voilà ce qu'était notre univers : un morceau de caillou, coupé de marécages boueux, fouetté par le ressac, assailli par les tempêtes, résonnant du beuglement interminable des phoques. Au total, un séjour triste et désolé.

Maud s'était montrée vive et enjouée tout le temps que dura notre exploration. Mais au retour, elle s'écroula.

Malgré tous ses efforts pour n'en rien laisser paraître, elle cédait au découragement. Tandis que j'allumais un second feu, je l'entendais sangloter, blottie sous les couvertures. Je fis tout ce qui était en mon pouvoir pour lui remonter le moral et réussis à rallumer un peu de gaieté dans ses yeux tristes.

Elle fit honneur à notre dîner et, et pour me prouver sa vaillance, se mit à chanter.

Sa voix manquait de force mais elle était harmonieuse. Maud en tirait, avec le sens inné de l'art qui était en elle, des modulations captivantes. C'était la première fois que je l'entendais chanter.

Longtemps éveillé, je contemplai les étoiles qui scintillaient dans le ciel.

Plus je réfléchissais, moins la situation m'apparaissait réjouissante. Et je songeais à l'être fragile qui était confié à mes soins.

Je n'avais jamais été placé devant une telle responsabilité.

Loup Larsen n'avait pas tort : sans mon père, je n'étais rien. J'avais laissé les hommes d'affaires s'occuper de mon argent. Puis, j'avais fait mes premiers pas d'homme à bord du *Fantôme*. Et, pour la première fois de mon existence, je devais assumer de nouveaux devoirs, prendre en charge une femme, unique au monde et que j'aimais.

XXX

L'île de Bonne-Volonté méritait bien son nom. Pendant plus de quinze jours, nous mîmes tout en œuvre pour construire notre cabane. Maud voulait à tout prix m'aider. J'en aurais pleuré de voir ses jolies mains s'écorcher et saigner en maniant les pierres avec lesquelles j'édifiais les murs. Elle ne voulut jamais m'écouter quand je lui demandai de renoncer à m'apporter son aide.

Malgré son éducation raffinée et ses faibles forces, elle accomplissait une besogne de femme du peuple. Il y avait en elle une sorte d'héroïsme qui lui permettait d'endurer les privations les plus dures. Nous en arrivâmes enfin à un compromis. Désormais, les tâches seraient réparties : à elle, la cuisine et les soins du ménage, le ramassage du bois, les provisions de mousse pour l'hiver.

À moi, les travaux de force. Une fois édifiés les quatre murs, il fallut s'attaquer au problème du toit. Les avirons de rechange pouvaient servir de chevrons, mais avec quoi les couvrir ? Il fallait garder la toile pour le canot, et la bâche commençait à s'user. Un toit de mousse, c'était bien précaire. Je me rappelai que Winters nous avait parlé d'un toit de peaux de phoques.

— Mais nous avons sous la main autant de phoques qu'il est nécessaire, me dit-elle.

Dès le lendemain, accompagné de Maud, je me mis

en chasse. Las ! Il me fallut trente cartouches pour abattre trois bêtes. À ce rythme, j'aurais épuisé toutes mes munitions avant d'être devenu un tireur acceptable. Et j'avais commis d'autres gaspillages : huit autres cartouches avaient déjà été employées à rallumer le feu, alors qu'il aurait suffi de recouvrir les braises avec de la cendre et de la mousse, comme je le découvris plus tard... Dans le fond de la caisse, il ne me restait plus qu'une centaine de cartouches.

— Je sais que les chasseurs de phoques à terre assomment les bêtes. Je vais faire comme eux.

— Oh ! Mais c'est un procédé révoltant, brutal. De si jolies petites bêtes ! Les tuer par balles est moins répugnant.

— C'est eux ou nous, Maud. L'hiver approche à grands pas. Nos munitions s'épuisent. Et quelque chose me dit qu'un phoque ne souffre pas plus d'un coup bien appliqué sur le crâne que d'une blessure par balle.

« Et c'est à moi de faire ce travail.

— Non, Humphrey, vous ne pouvez aller seul. C'est trop dangereux, me répliqua-t-elle en secouant la tête. Je sais ce que je dis. Je suis peut-être une femme, mais je peux vous être utile. Et je détournerai la tête quand...

— ... Quand le danger deviendra trop sérieux, continuai-je en riant.

Le lendemain, au point du jour, nous prîmes pied dans une crique remplie de phoques. Quelques-uns s'ébrouaient dans les flots. D'autres jouaient sur le sable en poussant des beuglements si puissants que nous devions crier pour nous faire comprendre l'un de l'autre. Le troupeau innombrable nous enserrait de tous côtés, pas du tout impressionné par notre présence. Par contre, toutes ces gueules canines ouvertes sur des dents blanches avaient de quoi faire peur. Il y avait en particulier un gros mâle, dressé sur ses nageoires de devant, à dix mètres de nous, et qui nous fixait avec une insistance tout à fait inamicale.

— Partons d'ici, dit Maud. Nous couvririons notre hutte avec des roseaux.

Et elle me confia que son père lui racontait naguère l'histoire effroyable d'un homme qui avait été massacré sur une île par des oies sauvages qui y avaient établi leurs nids.

— Oui, m'écriai-je, mais quand je foncerai sur eux, je veux bien parier que les phoques seront les premiers à prendre la fuite.

Je m'étais armé d'un casse-tête. Il s'en trouvait dans tous les canots des chasseurs de phoques. Les matelots s'en servaient pour achever en mer les bêtes que les chasseurs avaient blessées par balles. Mon casse-tête ne mesurait pas plus de cinquante centimètres. Dans ma candeur sublime, j'étais loin d'imaginer que les casse-tête utilisés à terre devaient au préalable être emmanchés à un bâton d'un mètre vingt au moins.

Je m'avançai vers le gros mâle. Nous n'étions plus qu'à quatre mètres l'un de l'autre. Il se dressa sur ses nageoires, manifestement en colère. Je croyais malgré tout qu'il allait me tourner le dos et prendre la poudre d'escampette.

Funeste erreur ! Quand je fus à deux mètres, la panique s'empara de moi. Que se passerait-il si le phoque refusait de céder le terrain ? Je l'assommerais, voilà tout ! Mais, au même instant, le mâle montra les dents et se précipita vers moi en poussant de terribles grognements. Ses yeux lançaient des éclairs. Sa gueule s'ouvrait, menaçante, sur une rangée de dents luisantes.

Sans fierté aucune, c'est moi qui fis demi-tour et déguerpis à toutes jambes. Le phoque se lança à ma poursuite. Il rampait gauchement mais se déplaçait très vite. Il était sur mes talons quand je sautai dans le canot. Je donnai une violente poussée sur l'aviron pour repousser la barque. Le phoque y planta les dents et le bois, tout dur qu'il était, se brisa net comme une coquille de noix.

Maud et moi, nous restions interloqués. Mais le

phoque ne se tenait pas pour battu. Il avait plongé sous le canot, avait saisi la quille entre ses dents et nous secouait avec violence.

— Partons, dit Maud. Partons vite.

Le phoque avait lâché prise. Je commençais à reprendre courage.

— J'y arriverai, me dis-je. Il n'y a pas de raison pour que je n'y arrive pas. Seulement, à l'avenir, j'éviterai les mâles.

— Je vous en prie... Je vous en prie...

Par un froncement de sourcils, je lui fis comprendre qu'elle avait prononcé la formule interdite.

— Je veux dire : « Soyez prudent ! »

Je hochai la tête en souriant. En ramant, je longeai la côte sur environ six cents mètres. Un groupe de femelles s'ébattait sur la plage. Je débarquai de nouveau. J'abordai le troupeau par le côté. Mon casse-tête s'abattit sur la première bête qui se présenta. Ratée ! Elle grogna et voulut s'enfuir. Mon deuxième coup l'atteignit à la nageoire.

— Gare ! Gare ! cria Maud.

Tout à ma chasse, je n'avais pas pris garde à un énorme mâle, le sultan du harem, qui chargeait, très en colère. Le phoque aux trousses je courus vers le canot, suivi d'un concert indigné de beuglements et d'aboiements.

— Vous devriez, me dit Maud, laisser les femelles tranquilles. Prenez-vous-en aux jeunes phoques célibataires, ceux qu'on appelle, je crois, les « holluschikies ».

Sa science me fit ouvrir des yeux tout ronds ! Elle était très au courant. Ses lectures lui avaient appris que les jeunes mâles, en attendant le moment où ils seront devenus assez forts pour réunir autour d'eux quelques femelles, vivent en groupe à l'écart du troupeau.

— Ils font bande à part, à l'intérieur des terres, et ne sont pas si terribles. Si nous pénétrons un peu dans l'île, nous aurons peut-être la chance de débusquer une tribu. Vous pourrez alors l'attaquer, avec de moindres risques, et sans doute plus de succès.

— Ah ! Ah ! Miss Brewster ! Vous voilà vous aussi saisie par l'appétit du meurtre. Vous ne pleurez plus sur les « jolies bêtes ».

— Il faut bien, soupira-t-elle.

— Vous y venez vous aussi. La femme primitive surgit à son tour, en vous.

La tête d'un jeune phoque émergeait de l'eau, près de nous. Il nageait vers la grève. Je décidai d'aborder derrière lui. En le suivant, nous allions peut-être faire une découverte intéressante. De fait, le jeune phoque, après avoir traversé les premiers mètres de plage, se faufila discrètement entre deux assemblées de femelles. Quand il passa près d'elles, les seigneurs le menacèrent de leurs grognements, mais sans attaquer. Maud paraissait très décidée :

— Amarrons le canot, dit-elle, je pars avec vous !

Le jeune phoque nous montrait la route. J'avais abandonné mon casse-tête, trop court, pour un aviron. Je donnai à Maud le manche de celui qui avait été brisé par le gros mâle. Un tremblement nerveux nous saisit au moment où nous nous faufilions au milieu du monstrueux troupeau. Une femelle tendit le museau vers le pied de Maud et la renifla au moment où elle la frôlait. Ma compagne ne put retenir un petit cri d'effroi. Pourtant, mis à part quelques grognements inamicaux, ici ou là, les bêtes ne se montraient pas hostiles. Elles n'avaient jamais été attaquées et se montraient plutôt confiantes.

Mais, alors que nous nous trouvions au beau milieu du paquet, une des femelles se mit à aboyer furieusement, sans raison apparente. Le harem tout entier se mit à l'unisson. Quel tumulte !

Maud se serra contre moi. Elle tremblait de tous ses membres et claquait des dents.

— C'est physique, me dit-elle. J'ai peur et je n'ai pas peur. Excusez-moi.

Et j'entourai sa taille de mon bras. Comme je me

sentais fort et viril à cet instant ! Je protégeais le faible, prêt à me battre pour défendre la femme que j'aimais. Ma jeune race revivait dans ma poitrine. Je renouais avec l'existence de mes lointains ancêtres.

— Calmez-vous, lui dis-je. Il n'y a pas de danger.

Elle me remercia d'un regard reconnaissant. Elle allait mieux et se sentait prête à continuer. Toujours à la suite du jeune phoque, nous dépassâmes le lourd et turbulent troupeau. La tribu des holluschikies au poil lisse se trouvait à environ quatre cents mètres. Ils vivaient là, en solitaires, attendant le jour où leur vigueur toute neuve leur permettrait d'affronter les vieux mâles jaloux et de mettre un terme à leur célibat.

Frappant à droite et à gauche, j'effectuai une battue qui me permit de séparer une vingtaine de jeunes mâles du gros de la troupe. Maud maniait son aviron avec énergie ; ses yeux brillaient d'excitation. Elle s'en donnait, si je puis dire, à cœur joie.

— Mon Dieu, que c'est excitant ! criait-elle.

Je réussis à acculer mon gibier dans un repli de terrain. Sept ou huit phoques réussirent à s'échapper vers le rivage. Je n'eus aucune peine à massacrer les autres. À bout de forces, Maud s'était assise à terre, un peu à l'écart.

J'avais déjà commencé le dépouillement des bêtes tuées quand elle vint me rejoindre. Nous dûmes faire deux voyages pour transporter les peaux jusqu'au canot.

En quelques bordées, la voile, poussée par un petit vent, nous ramena à bon port.

— C'est comme si nous rentrions chez nous, observa Maud.

Le ton naturel de sa remarque fit courir un frisson le long de mon échine.

— Comme vous, lui dis-je, j'ai l'impression d'avoir toujours vécu comme aujourd'hui. Notre monde antérieur, celui de la civilisation, des livres et des études, appartient à un rêve irréel et lointain. C'est tout juste s'il flotte encore dans mon souvenir. J'ai l'impression d'avoir nagé, chassé, lutté depuis le jour de ma naissance. Et vous, Maud, vous faites partie de cette existence-là. Vous êtes...

Le reste de la phrase, je le retins au bord de mes lèvres.

— ... Vous tenez drôlement le coup.

Elle ne fut pas dupe. Son oreille fine avait perçu une brisure dans ma voix, comme si j'avais brusquement interrompu le cours de ma pensée.

— Vous vouliez dire autre chose. Je le sais, insista-t-elle en posant sur moi un regard inquisiteur. Que vouliez-vous dire ?

— Que Mme Meynell, la célèbre Américaine, avait su, elle aussi, s'adapter parfaitement à la vie sauvage en de semblables circonstances.

— Ah bon !

Maud n'insista pas davantage. Mais j'aurais juré que cette courte exclamation se chargeait d'une sorte de dépit.

« Ma femme, ma compagne. » Voilà ce que je voulais dire. Cent fois, ces mots magiques avaient chanté dans mon cœur, faisant de moi un homme, beaucoup plus que toutes les brimades viriles de Loup Larsen. Jamais comme aujourd'hui cette musique des mots ne m'avait fait autant vibrer, tandis que je contemplais Maud, accroupie devant le foyer, dégageant les braises de la mousse dont elle les avait recouvertes et s'activant à préparer le repas du soir.

Revenu du fond des âges, l'être des origines surgissait en moi. J'attendis le sommeil jusqu'au cœur de la nuit, me berçant d'un murmure incessant : « Ma femme, ma compagne... ma compagne, ma femme ! »

XXXI

– Ça ne va pas sentir bon. Mais il n'y a pas de meilleure protection contre la pluie, la neige et le froid.

Maud et moi nous examinions la toiture en peaux de phoques, à laquelle je venais de mettre la dernière main.

– Ce n'est pas une merveille dans le genre, continuai-je, quêtant des compliments. Mais l'essentiel est que nous soyons à l'abri.

Maud applaudit des deux mains et se déclara ravie. Et elle pénétra dans la hutte, avec, quand même, un tout petit frisson.

– Mais il fait tout noir, là-dedans.

– Si vous m'aviez dit de penser aux fenêtres...

– Très juste ! Mais j'ai besoin de voir pour croire. Il n'est peut-être pas trop tard d'ailleurs. On peut encore percer un trou.

– Mais vous avez raison ! Il suffisait d'y penser. Un détail : avez-vous pensé à commander des vitres ? Téléphonez donc au fournisseur. Précisez bien la forme, le genre de verre que vous désirez et la dimension exacte...

– Que voulez-vous dire ?

– Pas de vitre, pas de fenêtre !

Notre intérieur resterait donc plongé dans l'obscurité. Il fallait en convenir, son aspect n'avait rien d'engageant. Dans un pays civilisé, on l'aurait jugé à peine convenable pour des pourceaux. Mais à nous, qui avions souffert sur une barque sans abri, il offrait tout le confort d'un petit home. La crémaillère fut pendue en face d'un foyer façonné de pierres plates.

Une lampe de fortune nous donnait un peu de lumière. Nous l'avions fabriquée en trempant une mèche faite de coton effiloché dans de l'huile de phoque.

La construction d'une seconde hutte fut entreprise dès le lendemain.

Et nous repartîmes pour la chasse aux phoques. Nous devions en effet trouver des peaux pour faire une deuxième toiture et compléter nos provisions de viande pour l'hiver. C'était devenu un jeu pour nous que de quitter notre campement au petit matin pour y revenir, bien chargés, à midi.

Je faisais alors le maçon et Maud, après avoir découpé la viande en minces lanières, les suspendait au-dessus d'un feu doux.

Dans la fumée, ces filets de viande se desséchaient et devenaient bons pour la conserve. On ne procède pas autrement avec la chair de bœuf aux États-Unis. Maud avait préalablement pris la précaution d'extraire l'huile du lard.

Ce second logement, adossé à celui que j'avais déjà construit, ne comportait que trois murs. Il fut donc plus facile à bâtir.

Nous travaillions néanmoins du lever au coucher du soleil, ne nous arrêtant que pour manger. Dès qu'elle le pouvait, Maud venait à mon aide. Et le soir, c'est les reins fourbus et les membres raides de fatigue que nous nous glissions dans nos couvertures avant de sombrer dans le sommeil.

Maud m'assurait qu'elle n'avait jamais été aussi robuste et qu'elle se portait à merveille. C'était tout à fait vrai en ce qui me concerne. Mais Maud était gracile comme un lis. Je craignais à chaque instant de la voir se briser. Aux premières atteintes de la fatigue, elle s'allongeait sur le sable, le temps de récupérer ses forces, puis se remettait courageusement à la besogne. Je n'arrivais pas à deviner où elle puisait cette force. Et je lui faisais des reproches affectueux.

– Nous nous reposerons cet hiver, me répondait-elle. Nous n'aurons rien d'autre à faire et, croyez-moi, nous réclamerons alors du travail à cor et à cri.

La deuxième cabane fut inaugurée, la nuit même de son achèvement, avec le même cérémonial que la première.

La tempête faisait rage depuis trois jours. Elle avait tourné du sud-ouest au nord-ouest et nous atteignait maintenant de plein fouet. La mer se brisait sur la grève avec un bruit de tonnerre, des vagues hurlantes montaient à l'assaut de notre petit havre. Les rugissements du vent enveloppaient la cabane.

Malgré l'épaisseur des murs, je craignais pour sa solidité. J'avais pourtant tendu les peaux comme celles d'un tambour, mais chaque rafale les faisait gonfler ou fléchir. De nombreux joints de pierre insuffisamment garnis de mousse se rouvrirent et les vents coulis qui s'engouffraient dans l'interstice faisaient vaciller la flamme de notre lampe.

Mais qu'il faisait bon, dans notre demeure, alors qu'au-dehors les éléments se déchaînaient ! Nous passions une soirée délicieuse, Maud et moi. Jamais l'île de Bonne-Volonté n'avait mieux mérité son nom.

Un hiver rigoureux s'annonçait. Nous nous y étions résignés et, dans cette perspective, n'avions rien négligé pour être prêts à l'affronter.

Les phoques pouvaient partir pour leur migration annuelle vers le sud. Nos provisions de viande étaient plus qu'abondantes.

Bien au chaud, bien au sec, nous pouvions défier les pires tempêtes. Maud nous avait confectionné un matelas moelleux avec de la mousse, qu'elle avait ramassée elle-même. Chaque fois que je me laissais aller au sommeil sur ce lit préparé par des mains aimées, je me sentais submergé de douceur.

Il était temps de nous séparer. Au moment où j'allais quitter Maud, pour regagner ce que j'appelais sans complexe « ma chambre », la jeune femme me retint.

Le doigt tendu, poussée par une sorte d'intuition soudaine, elle me dit :

– Je ne sais quoi, mais quelque chose va se produire cette nuit. Je le sens. C'est dans l'air. Écoutez.

Son doigt désignait le rivage battu par la tempête.

– Je n'entends rien d'anormal, si ce n'est le bruit des vagues, lui répondis-je. Sincèrement, par une nuit pareille, je préfère nous voir là où nous sommes que sur la mer, essayant d'accoster... Avez-vous peur ?

– Non. Non. Tout va pour le mieux.

– Alors, bonne nuit, Maud !

– Bonne nuit, Humphrey !

Et nous nous séparâmes.

Nous en étions venus tout naturellement, comme sans y penser, à échanger nos prénoms.

Dans le monde où je vivais autrefois, j'aurais pris Maud et je l'aurais serrée dans mes bras. Dans la situation présente, je ne voulais pas me le permettre. Je regagnai seul ma petite hutte ; mais j'étais sûr du lien d'affection qui nous réunissait l'un à l'autre.

XXXII

À mon réveil, le lendemain, je fus assailli par une impression curieuse. Quelque chose me manquait. Quoi au juste ? Je n'aurais pas su le dire.

Ce mystère étouffant se dissipa d'un seul coup quand je compris que ce qui me faisait défaut c'était le bruit du vent auquel s'était accoutumée mon oreille.

Je m'étais endormi dans un état de nervosité extrême, provoqué par l'agression ininterrompue du vacarme. J'avais émergé du sommeil dans le même état de tension. Mes sens recherchaient la cause de cette électricité et ne la trouvaient pas.

Je passai quelques minutes à m'étirer. Puis je sortis de mes couvertures, enfilai mes habits et entrouvris la porte. Les vagues, soulevées par la formidable tempête nocturne, déferlaient toujours sur la plage. Mais le temps était redevenu clair et le soleil brillait. Je n'avais pas fait quatre pas dehors que je m'arrêtai pile. Sur la plage, à cinquante mètres à peine, la coque noire d'un navire s'était échouée par l'étrave. Les mâts, cassés à la base, se balançaient sur les flancs, pris dans l'enchevêtrement des voiles et des haubans. Je ne pouvais en croire mes yeux.

Je me frictionnai le visage pour être bien sûr de ne pas rêver. Car cette épave m'était familière. À mille détails de la construction, je reconnaissais le *Fantôme*. Par quel hasard capricieux s'était-il échoué précisément ici ? Pour quelle invraisemblable raison ? Le désespoir m'enveloppa d'un seul coup. Prendre la fuite, il n'en était même pas question.

La jeune femme dormait encore dans la hutte douillette que nous avions construite avec tant de peine ; j'y songeai tout à coup.

Notre bonsoir de la veille s'imposait à ma mémoire : « Bonne nuit, Maud. – Bonne nuit, Humphrey ! » avec en contrepoint la douce phrase que je répétais pour me bercer : « Ma femme, ma compagne... » Ces mots tintaient maintenant à la manière d'un glas funèbre.

Tout, pour moi, devint noir. Paralysé d'hébétude, je regardais la proue du *Fantôme* fichée dans le sable, au milieu du fouillis inextricable de ses agrès. Les vagues, encore fortes, le soulevaient de temps à autre en hurlant, et la lourde masse retombait dans un concert de grincements.

Je ne m'appartins plus pendant une fraction de seconde. Puis je repris mes esprits. Il ne fallait pas rester inactif. Nous devions faire vite. Maud et moi devions tout tenter pour en sortir. Il était impossible de gagner l'intérieur de l'île, dont l'accès était interdit par l'escarpement des falaises. L'aurions-nous fait que cela aurait été inutile. Comment se cacher sans être aussitôt débusqués ?

Mais nous avions un canot et l'immense océan restait notre ultime refuge.

Nous aurions pu traverser l'hiver qui annonçait ses rigueurs, grâce aux abondantes provisions de viande, d'huile, de mousse et de bois de feu que nous avions faites. Il fallait maintenant tout laisser derrière nous et affronter une fois de plus les glaces et la tempête. Il était trop clair que nous n'allions pas y survivre.

Toutes ces pensées se bousculaient dans ma tête, alors que j'hésitais encore à réveiller Maud pour lui annoncer la terrible nouvelle. J'en venais à penser qu'il serait encore préférable de tuer la jeune femme d'un coup de carabine, pendant son sommeil.

Aucun bruit ne montait du *Fantôme*. Un silence étrange régnait à bord de la goélette. Rien n'y bougeait. L'équipage avait sans doute lutté toute la nuit, et dormait vraisemblablement, exténué par la fatigue. L'occasion était trop belle : je me glisserais sans bruit à l'intérieur du bateau. Je connaissais le chemin de la cabine du capitaine ; je pourrais facilement l'atteindre. Et je tuerais Loup Larsen ! Lui mort, il serait toujours temps de réfléchir à ce qu'il y aurait à faire.

Mon poignard pendait à ma hanche. Je rentrai dans la hutte pour saisir mon fusil et m'assurer qu'il était bien chargé. Et je m'approchai du *Fantôme*.

Je dus m'enfoncer dans l'eau jusqu'à la taille. Enfin, me hissant à un cordage, je pris pied à bord. L'écoutille du poste d'avant était restée ouverte. Aucun bruit ne s'en échappait. Pas même le souffle de dormeurs que j'aurais cru y trouver. Bizarre ! Je tendis l'oreille. Toujours rien. Pas un bruit. Les sens en alerte, je descendis l'échelle. Mes narines reconnurent cette odeur si particulière, faite de vide et de moisi, à laquelle on reconnaît les maisons à l'abandon. Le sol était jonché de vieux vêtements déchirés, de bottes de marin éculées.

Des cirés complètement usés traînaient un peu partout, et tous ces objets d'équipement, abîmés, hors

service, qu'un équipage laisse derrière lui au terme d'une longue campagne.

Soulevé par je ne sais quel espoir imprévisible, je remontai sur le pont et passai une inspection plus précise. Je constatai alors la disparition des canots.

Le poste d'arrière offrait le même spectacle d'abandon. Les chasseurs avaient pris tout ce qui pouvait encore leur servir et laissé tout le reste derrière eux.

Le *Fantôme* était abandonné. J'en étais donc devenu propriétaire, avec Maud.

Je réfléchis que le magasin aux vivres et l'infirmerie n'avaient peut-être pas été vidés, et que j'y découvrirais sans doute de quoi offrir à Maud un succulent repas. Une joyeuse allégresse refoulait ma frayeur passée. J'étais finalement soulagé de ne plus avoir à tuer le capitaine. Je m'élançai dans l'escalier qui remontait du poste, tout à la joie de porter à Maud ces heureuses nouvelles. En débouchant sur le pont, je me trouvai face à face avec... Loup Larsen !

Son corps dépassait à moitié de l'escalier qui menait au carré.

Je n'apercevais que son visage et la partie supérieure de son buste. Il me fixait, sans faire un geste.

Les vieilles terreurs me nouèrent l'estomac, et je me remis à trembler. Mes lèvres sèches. Pour ne pas défaillir, je dus m'appuyer à un capot qui se trouvait à ma portée. Nous nous regardions en silence. Il y avait dans notre rigidité de statue quelque chose de maléfique. Le premier de nous deux qui se risquerait à prendre l'initiative aurait l'avantage.

Mais je n'osais pas me risquer. Je me trouvais dans la même situation que face au gros phoque. J'étais venu pour l'assommer. Je ne pouvais m'y résoudre et souhaitais le voir fuir.

Finalement, je rassemblai mon courage et pointai mon arme en direction de Loup Larsen. Il était au bout de ma ligne de mire. Je constatai qu'il avait l'air fatigué, comme hagard. Ses joues étaient creuses ; ses paupières avachies et plissées. Ses yeux avaient une expression étrange ; on aurait dit qu'ils n'étaient plus dans l'axe des orbites.

Dans mon cerveau affolé, les pensées se bousculaient. Mais je ne me décidais pas à presser la détente. J'abaissai le canon de mon fusil et fis quelques pas dans la direction de Loup Larsen.

Je l'avais au bout de mon bras. Si piètre tireur que je fusse, il m'était impossible de le manquer. Il ne fallait pas qu'il comptât m'échapper. Mais j'étais toujours indécis.

– Alors ? Qu'attendez-vous pour tirer ? me lança-t-il d'un ton hargneux.

Pour toute réponse, je me raclai la gorge.

– Vous n'oserez jamais me descendre, Hump, continua-t-il. Ce n'est pas que vous ayez peur. Mais vous ne le pouvez pas. Trop de conventions vous retiennent : la morale ! Vous êtes lié par un code souverain, qui a cours dans votre milieu d'origine. On vous l'a enfoncé dans le crâne depuis le jour où vous avez balbutié vos premiers mots.

« J'ai contre-attaqué avec d'autres leçons, d'autres conseils. Qu'à cela ne tienne ! Votre conscience vous interdira toujours de tuer un être désarmé et sans défense.

– Je le sais bien...

– Pourtant vous savez bien, aussi, que moi je n'hésiterais pas. Je peux tuer un homme désarmé aussi tranquillement que je fume un cigare.

« Vous me connaissez tel que je suis. Vos principes vous permettent de m'apprécier à ma juste valeur. Pour vous je suis un tigre, un serpent, un monstre et un requin. Vous me traitez de Caliban. Et vous pourriez descendre un tigre ou un requin. Mais pauvre chiffe molle que vous êtes, vous êtes incapable de me tuer. Pourquoi ? Parce que je suis fait comme vous ! J'ai comme vous des mains d'homme, des pieds d'homme, un visage humain. Hump, vous me décevez ! »

Il gravit les dernières marches de l'échelle et s'avança vers moi.

– Laissez donc ce fusil, dit-il. J'ai plusieurs questions à vous poser.

« Où sommes-nous ? Pourquoi le *Fantôme* s'est-il échoué ? Et vous-même, comment avez-vous accosté à cet endroit ? Vous comprenez bien que je n'ai guère eu le temps de visiter les lieux. Où est Maud ? Pardon, Miss Brewster... À moins qu'on ne puisse dire "Madame Van Weyden" ? »

J'avais fait un pas en arrière. Des larmes de rage et d'impuissance me montaient aux yeux. Il avait raison. Tuer de sang-froid mon ennemi était au-dessus de mes forces. Contre toute attente, je souhaitais encore qu'il se montre menaçant, qu'il tente de me frapper ou de me tordre le cou. Je pourrais alors tirer pour me défendre...

– Nous sommes sur l'île de Bonne-Volonté, lui dis-je.

– Jamais entendu parler de ça.

– Enfin, c'est comme ça que nous l'avons baptisée.

– Qui ça, « nous » ?

– Miss Brewster et moi-même. Quant au *Fantôme*, voyez par vous-même. Il s'est échoué par l'avant, sur la grève.

Au bout d'un moment de silence, Loup Larsen continua :

– C'est plein de phoques, sur l'île. Leurs aboiements m'ont réveillé, sinon je dormirais encore... Hier soir déjà, quand j'ai été chassé à la côte par la tempête, j'avais cru reconnaître leurs voix.

« Une pareille phoquerie, je la cherche depuis des années. Bref ma fortune est faite. Et dire que je suis tombé dessus grâce à mon frère !

– Où sont vos hommes ? lui demandai-je. Pourquoi êtes-vous tout seul ?

Je ne m'attendais guère à recevoir une réponse de sa part. Il n'esquiva pourtant pas cette question.

– Larsen-la-Mort l'a emporté et je n'ai pourtant rien

fait pour ça. Il nous a abordés durant la nuit, alors que je dormais dans ma cabine. Mes hommes se sont vu offrir une meilleure paye. Alors ils m'ont lâché, tous, les chasseurs comme les autres. Je suis arrivé à temps pour voir déguerpir le dernier. Je mentirais en disant que ça m'a surpris. J'ai été abandonné sur mon bateau.

« Victoire sur toute la ligne pour Larsen-la-Mort. Au moins, cela ne sort pas de la famille.

– Mais vous avez perdu tous vos mâts.

– Mon frère avait ordonné à l'équipage de couper tous les cordages avant de me laisser. Les mâts tenaient encore malgré tout. Mais le coq avait scié la base. Deux heures plus tard, ils se sont abattus. Du sacré beau travail, faut reconnaître !

– Bravo pour Mugridge !

– Oh, je ne l'ai pas vu faire. Mais à mon avis, c'est signé. Lui et moi, on est quittes.

– Et vous vous êtes laissé faire sans protester ? Cela me surprend d'un homme comme vous !

Il se passa la main sur le front.

– Je comprends... Mais dans ces circonstances...

« Avec votre permission, je vais m'asseoir un peu au soleil. »

Dans sa voix, je percevais une espèce de détresse physique et morale. Ce qui ne manquait pas de me surprendre.

– Et vos maux de tête ?

– Toujours la même chose. Je sens venir une nouvelle crise.

Sa main repassait nerveusement sur son visage. Où était l'homme rude que j'avais connu ? Il se laissa glisser de tout son long sur le pont. Puis il roula sur le côté et enfouit sa tête dans son bras replié. Il cherchait à protéger ses yeux des rayons du soleil.

– Et voilà, Hump ! Votre heure est venue.

Que voulait-il dire ? Je lui lançai un regard étonné. En fait je croyais avoir deviné sa pensée. Il continua à mon adresse :

– Vous devez être satisfait, j'imagine.

– Satisfait ? Je le serais bien davantage si vous étiez au diable !

Il eut un ricanement et ne releva pas mon insulte. Il ne bougea pas quand je le frôlai avant de m'engager dans l'escalier qui menait au carré.

Ayant soulevé la trappe, je me glissai dans la soute aux vivres. J'avais un peu d'appréhension et, par précaution, j'avais enlevé les charnières. Il n'aurait plus manqué que Loup Larsen, jouant la comédie de ses malaises, ait rabattu la trappe sur moi, me prenant au piège, comme un rat.

Précaution inutile ; quand je remontai sur le pont, Loup Larsen gisait toujours dans la même position.

J'avais eu le temps de faire une ample provision de biscuits de mer, de conserves, de confitures, de bien d'autres choses encore, tout ce que je pus emporter. Revenu à la cabine, je m'emparai aussi de trois revolvers qui constituaient désormais tout l'arsenal du *Fantôme* et je raflai les couteaux de cuisine qui restaient encore dans la cuisine.

Il me vint à l'esprit que Loup Larsen portait sur lui, en guise de poignard, un long couteau de yachtman. Penché sur lui, je lui parlai doucement d'abord, puis en élevant la voix. Il n'y eut aucune réaction de sa part. Rassuré, je le palpai sous toutes les coutures et lui subtilisai son arme.

Dans un duel, qu'il fallait toujours prévoir, Loup Larsen devrait m'affronter à poings nus. J'avais moi une formidable artillerie, et lui n'avait que ses bras de gorille. C'était encore suffisant pour me faire trembler.

Je complétai mon paquetage avec des ustensiles de cuisine et un peu de vaisselle de porcelaine. Puis, laissant le capitaine étendu au soleil, je revins à notre habitation.

Maud dormait toujours.

J'entrai dans ma hutte et ranimai les cendres du foyer, m'affairant à préparer le petit déjeuner. J'avais presque terminé lorsque j'entendis Maud remuer et marcher dans « sa chambre ».

Elle apparut sur mon seuil, alors que je versais le café dans les tasses. Elle sourit devant le couvert mis et protesta avec gentillesse.

– Je croyais être chargée de la cuisine ! Vous avez profité de mon sommeil pour usurper mes fonctions.

– Bah, une fois n'est pas coutume.

Son esprit était encore engourdi. Elle but son café sans remarquer le service de porcelaine dans lequel je l'avais servi.

Elle ne remarqua pas non plus la belle assiette sur laquelle je lui tendis de belles pommes de terre frites dorées à souhait. Elle étendit elle-même une succulente confiture sur son biscuit.

Puis soudain elle réalisa ! La surprise envahit ses traits.

Elle regarda longuement l'assiette de porcelaine, les tasses fines, la poêle où grésillait un reste de pommes de terre, le pot de confiture...

Ses yeux allèrent de moi au rivage, où elle aperçut enfin l'épave du *Fantôme.*

– Humphrey ! Oh, Humphrey...

La terreur indicible emplissait à nouveau son regard. Sa voix tremblait.

– Est-ce que...

D'un signe de tête, je lui dis que « oui ».

XXXIII

La journée tout entière se passa à attendre la venue de Larsen. Nos yeux restaient fixés anxieusement sur le *Fantôme.* À tout moment, Loup Larsen pouvait apparaître et descendre sur le rivage. En fait, nous ne l'aperçûmes même pas sur le pont. C'était angoissant et intolérable. J'étais maintenant persuadé que le capitaine était malade.

– Je ferais aussi bien d'y aller voir, dis-je à Maud. Il est peut-être toujours étendu à l'endroit où je l'ai laissé ce matin.

Elle me jeta un regard suppliant.

– Soyez sans crainte ! Je prendrai un des revolvers. Lui est désarmé.

– Mais ses mains, mais ses bras redoutables ! Oh ! Humphrey, il ne faut pas. Je vous en prie. Je vous en supplie !

Sa main se posait sur la mienne. Mon cœur battait la chamade. La pauvre chère créature tremblait pour moi. Elle était femme, rien que femme. J'allais l'enlacer, comme je l'avais fait au moment où nous avions trouvé le troupeau de phoques. Mais je réussis à me contenir.

– Je vais jeter un coup d'œil, lui dis-je. Et je vous promets d'être prudent.

Je ne retrouvai pas Loup Larsen à l'endroit où je l'avais laissé. Il avait sans doute regagné sa cabine. Je n'insistai pas et revins au campement. La nuit suivante, nous établîmes un tour de veille. On pouvait s'attendre à tout de la part de Loup Larsen, et mieux valait prévoir le pire. Encore un autre jour d'attente ; puis un troisième. Et toujours aucun signe de vie de sa part. Le quatrième jour, Maud s'inquiéta :

– Les maux de tête peuvent s'aggraver dangereusement. Qui sait s'il n'est pas plus malade, mourant, déjà mort peut-être.

– C'est encore ce qu'il y aurait de mieux.

– Mais, Humphrey, c'est un homme ! Comme nous. Nous n'avons pas le droit de l'abandonner comme cela !

– Vous avez peut-être raison.

– Humphrey, faites quelque chose. Je ne pourrais pas me le pardonner s'il lui arrivait quelque chose.

– C'est bien possible.

Au-dedans de moi-même, je m'amusais de ce merveilleux instinct féminin qui poussait Maud à s'apitoyer malgré elle sur Loup Larsen.

– Il faut y aller, Humphrey. Je veux savoir.

– Vous ne craignez donc plus pour ma vie ? Si Loup Larsen me supprimait...

– Oh, vous pouvez vous moquer. Je ne vous en veux pas. Mais il faut que vous montiez à bord.

Il ne restait plus qu'à obéir. Docilement, je me dirigeai vers l'épave. Du pont, je fis un geste amical en direction de Maud et m'avançai vers le carré. Je soupçonnais Loup Larsen d'être dans sa cabine. Je l'appelai du haut de l'escalier. Il me répondit et commença à gravir l'escalier. J'avais un revolver en main.

Mon arme resta braquée sur lui durant tout l'entretien. Il n'y prêtait même pas attention. Son aspect physique ne s'était pas amélioré depuis notre entrevue. Il restait triste et silencieux. C'est à peine si nous échangeâmes quelques mots. Je ne cherchai pas à savoir pourquoi il n'était pas descendu à terre. Il ne s'inquiéta pas de ce que je n'étais pas revenu à bord. Il me dit que ses migraines s'étaient calmées. Et nous nous séparâmes.

Le rapport que je fis à Maud la soulagea visiblement. Elle fut tout à fait rassurée lorsqu'une petite fumée monta de la cheminée du *Fantôme* dans l'air du soir. Le lendemain, et le surlendemain, la cheminée de la cuisine fuma encore. Loup Larsen fit un ou deux tours sur le pont. Mais il ne descendit point à terre.

Cette inaction nous intriguait. Et nous avions maintenu nos veilles, la nuit. Nous prévoyions en effet qu'un jour ou l'autre, sa vraie nature reprendrait le dessus et qu'il nous jouerait un tour à sa façon.

Au bout d'une semaine, on en était toujours au même point. Maud et moi végétions dans un accablement qui paralysait tous nos efforts.

Puis la cheminée de la cuisine cessa de cracher sa fumée. Loup Larsen ne se montra plus. C'était bon signe, somme toute, pour notre sécurité. Mais par un bizarre mouvement, non dénué de générosité d'ailleurs, Maud recommença à s'inquiéter. Le capitaine n'était-il pas malade ?

Cette fois-ci, elle ne me demanda pas d'aller aux nouvelles. Mais son désir s'exprimait sans qu'elle ait eu besoin de parler. Je dois dire que d'imaginer un de mes semblables souffrant et peut-être moribond, seul et abandonné de tous, me mettait mal à l'aise.

Loup Larsen n'avait pas tort. Chez moi, les bonnes manières prenaient le pas sur la haine.

De toute façon, l'occasion d'une reconnaissance se présenta d'elle-même. Nous avions épuisé la provision de confiture et de lait condensé. J'avertis Maud que j'irais en chercher sur la goélette. Une fois sur le pont, je pris soin de me déchausser. Glissant sur mes chaussettes, je gagnai l'arrière du bateau. Sans appeler Loup Larsen, comme la dernière fois, je m'engageai prudemment dans l'escalier. La cabine du capitaine était fermée de l'intérieur.

Au moment de cogner à la porte, je me rappelai que j'étais venu pour renouveler mes provisions. En évitant tous les bruits je soulevai la trappe et me glissai dans la soute. J'ajoutai aux victuailles quelques chandails, pris dans l'armoire. Ils nous seraient bien utiles quand serait venu l'hiver. Au moment de refaire surface, j'entendis bouger dans la cabine. Je m'accroupis et tendis l'oreille.

Le loquet bougea. Je saisis mon revolver. Enfin la porte s'ouvrit toute grande et Loup Larsen fit son apparition. Son visage défait était une image, comme je n'en avais encore jamais contemplé, du désespoir. C'était donc Loup Larsen, le fort, l'indomptable, cet homme qui se tordait les mains, lançait ses poings vers le ciel et gémissait d'une voix rauque. Un de ses poings s'ouvrit. Les doigts écartés, il fit encore une fois ce geste de balayer son visage et ses yeux, comme pour en chasser des toiles d'araignée.

– Dieu ! Oh ! mon Dieu.

Ses poings serrés, dressés vers le ciel, exprimaient le même désespoir infini qui arrachait les cris sourds de son gosier. C'était horrible ! Mes mains tremblaient, un frisson glacé parcourait mon échine, j'étais trempé de sueur. Je ne crois pas qu'il y ait au monde spectacle plus poignant que celui de ce titan, soudain terrassé.

Loup Larsen eut pourtant un sursaut. Sa volonté hors du commun lui permit une fois encore de prendre le dessus. Effort terrible : tout son corps en fut secoué. Je m'attendais à ce qu'il tombât, foudroyé par une attaque.

Ses traits convulsés, les nerfs tendus à se rompre, il essayait de reprendre possession de son corps et de se composer un visage. Il s'affaissa à nouveau. Ses poings menacèrent encore une fois le ciel. Et j'entendis qu'il sanglotait.

Puis, l'ancien, le vrai Loup Larsen réapparut pour quelques minutes. Il se dirigea vers l'escalier qui menait au pont. Je me renfonçai dans l'ombre. S'il me découvrait, dans cette position accroupie, il me prendrait pour un lâche. Alors je me redressai d'un bond et lui fis face, d'un air de défi. Mais il ne sembla pas me voir – j'étais juste devant lui – et continua à avancer.

Il marchait droit sur la trappe béante. À cela non plus il ne prenait pas garde. Son pied était engagé dans l'ouverture. L'autre se soulevait... C'est alors qu'il eut l'impression du vide en dessous de lui. Au moment précis où il allait basculer dans le trou, il se cabra en arrière, faisant jouer sa musculature de félin. Les bras étendus, il culbuta au milieu des pots de confiture et des vêtements que j'avais posés sur les planches.

Il se redressa aussitôt. Il venait de comprendre la raison de cette trappe ouverte. Et il savait qui l'avait ouverte. Poussant un cri de triomphe, il rabattit le panneau, persuadé qu'il m'avait coincé comme un rat... Il en était sûr, et pourtant j'étais debout devant lui.

Loup Larsen était aveugle. Aussi aveugle qu'une chauve-souris. Retenant mon souffle et mes gestes, je continuai à l'observer. Pour retourner à sa cabine, il dut chercher le loquet à tâtons. C'était le moment dont je devais profiter pour gagner l'escalier et l'escalader sans faire de bruit.

Loup Larsen réapparut vite. Il traînait une lourde cantine qu'il plaça sur la trappe. Il plaça sur la cantine un autre coffre très lourd. Je me dépêchai de gravir les dernières marches de l'escalier. Il grimpa sur le pont à ma suite et fit jouer le toit à glissière, tout à fait sûr qu'il m'avait enfermé dans cette prison.

Ses yeux morts fixaient, sans clignoter, l'avant du *Fantôme*. J'étais à moins de deux mètres de distance, dans son champ normal de vision, et il ne me voyait pas.

Impression déconcertante. Je me faisais l'effet d'être un fantôme. Juste devant Loup Larsen, je balançai le bras de gauche à droite. Il ne s'en rendit même pas compte.

Par contre, quand je fus placé entre le soleil et lui, projetant une ombre mouvante sur sa figure, je constatai que son visage se durcissait et se tendait pour comprendre cette nouvelle sensation qu'il ne parvenait pas à identifier.

Ma curiosité était extrême. Je me perdais en hypothèses. Ou bien la paralysie des nerfs optiques n'était pas complète et gardait des traces de sensibilité, ou bien la peau du visage enregistrait la subtile différence de température se produisant au cours du passage de la lumière solaire à l'ombre. À moins que Loup Larsen n'eût été doué d'un sixième sens qui lui signalait une présence à ses côtés...

Je renonçai à trouver une explication à ce mystère.

Loup Larsen se mit alors à arpenter le pont. Son assurance apparente m'étonna tout d'abord, mais je ne tardai pas à y discerner cette légère hésitation qui caractérise la démarche des aveugles.

Je fus moins heureux, amusé quand même, lorsqu'il heurta une paire de souliers que j'avais abandonnée sur le pont. Il la prit sous le bras et l'emporta à la cuisine.

Quand j'eus la certitude qu'il était occupé à préparer son repas devant ses fourneaux, je revins discrètement aux provisions et aux vêtements que j'avais laissés sur le pont.

Et je revins pieds nus à terre, pour rendre compte à Maud de ma mission.

XXXIV

Le lendemain Maud me dit :

– C'est bien dommage que le *Fantôme* n'ait plus ses mâts ; nous aurions pu nous en servir pour repartir !

Cette réflexion me mit dans tous mes états.

– Il le faut... Il le faut à tout prix, répétais-je en faisant les cent pas.

– Il faut quoi ?

– Remonter les mâts et prendre la mer. Nous y arriverons.

– Comment ?

– Je n'en sais rien.

– Et le capitaine Larsen ?

– Il ne voit plus. Il est désarmé.

– Oui, mais il a toujours ses terribles mains.

– J'ai quand même réussi à lui fausser compagnie...

– ... En oubliant vos chaussures.

– Si je les avais gardées, il y a de fortes chances que vous ne m'auriez pas revu. Pour réussir, il faudrait être bien sûr que la goélette s'est échouée profondément et que la tempête ne la remmène pas, une nuit, comme elle l'a amenée. Et nous avec...

En fait, cet accident était peu probable. Le *Fantôme* avait été jeté brutalement à la côte, par grande marée.

Depuis, il s'enfonçait progressivement dans le sable. Les grosses vagues qui déferlaient sur lui ne le faisaient même plus frémir.

L'après-midi, Maud m'accompagna à la goélette. Je la hissai, non sans peine, à bord, après lui avoir passé un nœud coulant sous les aisselles. Et nous nous mîmes au travail.

Nos coups de marteau alertèrent Loup Larsen.

– Hé là ? Que faites-vous ? On saborde mon bateau ?

– Vous n'y êtes pas. Je le répare, au contraire.

La voix rauque eut un grondement.

– Je vous interdis de mettre le pied sur ma goélette. Elle m'appartient. C'est mon bien propre.

– Avez-vous oublié, répliquai-je, que vous n'êtes plus un gros morceau de ferment ? Autrefois, vous vous sentiez capable de me manger tout cru. Mais aujourd'hui la levure est éventée. C'est moi qui vais vous dévorer.

Il eut un petit rire désagréable.

– Ah ! Ah ! On me renvoie ma propre philosophie. Ne vous trompez quand même pas sur mon compte. C'est dans votre intérêt.

– Seriez-vous devenu philanthrope ? Cet avertissement ne vous ressemble guère.

Ma raillerie ne rencontra aucun écho, tout juste un grognement.

– Et si je fermais la porte ? L'autre jour vous m'avez bien eu...

Je haussai le ton.

– Loup Larsen, écoutez-moi bien (c'était la première fois que je lui donnais ce nom familier), je suis incapable de tirer, à froid, sur un homme sans défense. Vous m'en avez administré la preuve par A + B, à votre grand plaisir, et au mien. Mais je vous donne un conseil à mon tour : au moindre geste hostile, je vous abats comme un chien !

– Et moi je vous répète que je ne veux pas qu'on touche à mon bateau.

Je reculai vers la porte. C'était un spectacle affreux que celui de ses yeux fixes et de son visage sans expression ni vie.

Il se moquait de lui-même, mais ses traits restaient impassibles.

– Allons. Voilà-t-il pas que personne ne me respecte ? Hump lui-même se permet de me défier ! Bonjour, Miss Brewster. Comment vous portez-vous ?

Je sursautai. Maud m'avait rejoint, se déplaçant sans bruit comme une ombre. Et Loup Larsen l'avait su. Une dernière lueur avait-elle éclairé ses prunelles mortes ? Maud se le demandait comme moi.

– Et vous-même, capitaine ? Mais comment avez-vous su que j'étais là ?

– Votre respiration, Miss Brewster, rien de plus simple. Que me dites-vous de Hump ? Il a fait des progrès remarquables, n'est-ce pas ?

– Je n'en sais rien, répliqua-t-elle avec un sourire. Avec moi, il a toujours été comme ça.

– Vous auriez dû le connaître quand je l'ai sorti de l'eau ! Qu'est-ce que vous manigancez, vous deux ?

– Nous voulons fuir d'ici, répondis-je. On vous emmène ?

– Non. Je veux mourir où je suis.

Le soir même, Maud et moi, nous avions réparé les mâts. Et nous avions repris possession de nos anciennes cabines respectives.

Quelle volupté ce fut que de se retrouver dans un appartement bien clos, de sentir sous nos pieds un plancher de bois blanc merveilleusement sec, au lieu de ce sol spongieux et froid, de nous asseoir sur de vrais sièges et d'avoir, en face de nous, une vraie couchette, avec un véritable matelas de laine, un lit douillet, quoi !

Maud eut le geste instinctif de se regarder dans la petite glace pendue au mur de la cabine.

– Bonté divine ! Oh ! c'est trop drôle. Que diraient mes amies si elles pouvaient me voir ? Franchement, Humphrey, nous n'avons guère fait attention à notre aspect extérieur ; mais dites-moi à quoi je ressemble ?

– À un épouvantail à moineaux, Maud. On ne compte plus les accrocs de votre jupe et de votre corsage, qui d'ailleurs disparaissent sous les plaques de boue et les taches de graisse.

« Sans être Sherlock Holmes, on peut deviner que vous avez cuisiné sur un feu de camp et que vous avez passé de longues heures à extraire l'huile de phoque. Et pour achever le tableau, ce béret ! Ah, elle est belle, la poétesse du *Baiser volé* ! »

Une révérence de style fut la réplique.

– Et vous, si vous pouviez vous voir !

Nous occupâmes ainsi cinq bonnes minutes à nous lancer des plaisanteries joyeuses, un peu émus et sérieux malgré tout. Car c'était un lien plus étroit qui nouait nos existences. Nous le sentions bien. Et la lueur tremblante de nos regards exprimait clairement ce que notre bouche se refusait à dire et que nous pensions tout bas. Mais d'autres pensées nous assaillirent. La proximité, obligatoire, de Loup Larsen faisait peser une contrainte angoissante sur notre nouvelle installation, pourtant si confortable. Nos cabines faisaient vis-à-vis à la sienne.

Maud nuançait sa peur d'une sorte de compassion que j'étais bien loin d'éprouver. Chez moi, c'était la méfiance qui dominait. Je savais que la cécité de Loup Larsen, loin de l'adoucir, le rendait plus méchant encore.

– Je ne connais qu'un seul moyen de le mettre hors d'état de nuire, avais-je confié à Maud. Un bon coup de casse-tête à assommer les phoques, sur le crâne. Nous pourrions le ligoter quand il serait évanoui.

– Oh ! non, Humphrey ! Pas ça !

Nous décidâmes de le garder prisonnier dans sa cabine. Sérieusement armé, je lui porterais sa nourriture, deux fois par jour. Il pourrait, s'il en manifestait le désir, faire une courte promenade sur le pont. Mais pas une seconde il n'échapperait à notre surveillance.

L'incident se produisit quelques jours plus tard. Au milieu de l'après-midi, Loup Larsen frappa doucement à la porte de sa cabine. J'allai aux nouvelles.

– J'ai mal, Humphrey ! Un peu de grand air me ferait sans doute du bien. Vous ne pouvez pas me refuser ça. Que pouvez-vous craindre d'un aveugle ?

Je n'étais qu'à moitié décidé. Les beaux yeux de Maud achevèrent de me convaincre. J'ouvris à Loup Larsen qui se glissa en longeant les murs jusqu'au pied de l'escalier. Il grimpa en titubant. Et nous ne le lâchions pas d'une semelle. Il commença par errer sur le pont, en tâtant le sol du pied, étendant les bras pour reconnaître les obstacles qui pouvaient se dresser sur sa route. Maud et moi, nous l'observions curieusement.

Soudain, il parut se précipiter sur nous, les mains grandes ouvertes comme pour nous saisir. Nous fîmes un saut de côté et, le laissant aller vers la poupe, nous filâmes sans bruit vers la proue. Il était déçu et irrité, et grommelait entre ses dents : « Je sais que vous êtes là, quelque part, à m'épier ! » Son oreille se tendait dans notre direction.

Il me rappelait le chat-huant qui jette un cri dans la nuit pour effrayer ses victimes dont il guette ensuite le tremblement épouvanté. Nous restions cois, attendant le moment où il se déplacerait de notre côté, pour aller ailleurs. Main dans la main, nous jouions à cache-cache avec le grand méchant ogre. C'était puéril et terrible à la fois.

Jusqu'au moment où le grand Loup Larsen tournoya sous nos yeux et perdit l'équilibre avant de s'abattre, bras écartés, sur le pont. Il resta un moment comme étourdi. Puis il se releva péniblement avant de s'effondrer à nouveau, ses jambes repliées sous lui.

– Une attaque, glissai-je à Maud.

D'un signe de tête, elle m'approuva. Ses yeux humides imploraient ma pitié. Loup Larsen était sans connaissance. Il respirait avec peine. Maud lui prodigua ses soins. Pour faire descendre le sang, elle lui souleva la tête et m'envoya à la cabine chercher un oreiller. J'en rapportai aussi deux couvertures. Le malade fut installé, aussi confortablement que c'était possible, à l'endroit même de sa chute. Son pouls était fort et régulier. Ce qui me surprit et fit naître un doute dans mon esprit.

– Et si c'était une feinte ? dis-je à Maud, tout en serrant le poignet de Loup Larsen entre mes doigts.

Un regard de Maud me reprocha de nourrir de tels soupçons.

Mais déjà la poigne de Larsen avait échappé à ma main et se resserrait sur mon bras comme un étau. J'étais pris au piège.

Je poussai un cri de terreur sauvage. Un rictus triomphant déformait le visage de Loup Larsen, tandis que son autre bras m'attirait invinciblement, dans une étreinte terrible. Il me serrait si étroitement que je ne pouvais plus faire aucun mouvement. Il lâcha alors mon poignet. Sa main libre remontait vers ma gorge. J'avais déjà dans la bouche l'avant-goût saumâtre de la mort. Fallait-il que j'aie été bête ! Quel besoin aussi de risquer pareille mésaventure ! Et maintenant les bras du gorille s'étaient refermés sur moi !

Sur ma gorge je sentais le contact d'autres mains. Maud s'efforçait d'écarter les doigts qui voulaient me briser les vertèbres. Mais elle était trop faible et j'entendis son cri de douleur impuissante quand elle dut lâcher prise. C'était ce même cri que j'avais entendu pousser aux femmes du *Martinez* à l'instant du naufrage.

Loup Larsen appuyait mon visage contre son torse et je ne pouvais rien voir. J'entendis seulement les pas de Maud qui s'éloignait.

La scène avait été jouée en un éclair. Je n'avais pas encore perdu conscience, quand je sentis que Loup Larsen s'effondrait sous moi. Sa poitrine parut s'enfoncer sous mon propre poids.

Il haletait ; un gémissement caverneux raclait sa gorge. La main qui m'étranglait relâcha son étreinte.

Je humai une grande goulée d'air. Puis la main trembla et se contracta à nouveau. Mais elle était moins rigide. Loup Larsen avait une défaillance. Sa volonté cédait devant son impuissance physique.

Je réussis à me dégager et roulai plusieurs fois sur moi-même en roulant des yeux exorbités. Mon regard rencontra celui de Maud. Elle était revenue sur les lieux de la bagarre, et se tenait près de moi, froide, détendue et déterminée. Sa main droite serrait le manche d'un casse-tête. Elle n'avait pas honte de s'en servir pour me sauver la vie. Une vague de bonheur me submergea : elle était bien ma femme, ma compagne de lutte : la vie, fruste et puissante, bouillait en elle.

– Merci, ma brave amie, lui criai-je en me remettant sur pied.

L'instant d'après, elle avait lâché son arme et se blottissait dans mes bras, secouée par les sanglots. J'enfouis mon visage dans la forêt de ses cheveux et j'y posai un baiser, deux baisers, si discrets qu'elle ne s'en aperçut pas.

Loup Larsen gisait sur le pont, inerte. Sans perdre de temps, Maud lui arrangeait la tête sur l'oreiller.

– Cette fois-ci, ce n'est pas de la frime. Il a joué les malades et il a provoqué sa maladie. Il est inoffensif pour le moment. Allons le recoucher.

Je pris Loup Larsen par les épaules et le traînai jusqu'à l'escalier. Puis je lui glissai une aussière sous les bras et, sans précaution superflue, je l'avoue, le laissai glisser jusqu'au bas des marches. Après quoi, Maud et moi, nous le déposâmes sur sa couchette. Je me rappelai qu'il gardait des fers et des menottes dans un coffre. Il s'en était lui-même servi pour entraver ses matelots, en cas d'indiscipline.

Je les lui passai et ne le quittai que pieds et mains liés.

J'avais le cœur plus léger, ce soir-là, en m'endormant. Quelque chose me dit que pour Maud il en était de même.

XXXV

Nouvelles complications ! Loup Larsen est maintenant sur sa couchette, avec les fers aux pieds. La seconde attaque a provoqué chez lui de sérieux troubles. Maud s'en est aperçue en lui portant son repas. Il était couché sur le côté gauche ; paraissant souffrir. Elle lui a parlé, mais sans obtenir de réponse.

À la demande de Maud, je suis descendu. Il pressait son oreille contre sa joue gauche. Je lui adressai quelques mots, mais il ne parut pas m'entendre. Mais, se retournant, il dégagea son oreille gauche et m'adressa quelques mots.

– Votre oreille droite est donc complètement sourde ?

– Oui ! Mais ça ce n'est rien... Tout mon côté droit est paralysé. Je ne sens plus mon bras ni ma jambe.

– Encore une ruse, oui !

Il fit non de la tête en grimaçant un atroce sourire. Ses muscles du côté droit de son visage ne jouaient plus. Une seule moitié de sa bouche se distendait et se contractait. C'était horrible.

– Le rideau va tomber sur Loup Larsen ! dit-il. La paralysie gagne... tout ce côté-là en tout cas, ajouta-t-il comme s'il avait deviné le coup d'œil méfiant que j'avais jeté sur sa jambe gauche, repliée sous les draps. C'est bien dommage, Hump. J'aurais aimé vous tuer. Mais je n'en ai plus la force.

L'horreur et la curiosité me soulevaient le cœur.

– Mais enfin, pourquoi ?

Nouveau rictus.

– Pour être le plus fort jusqu'au bout... le plus gros

ferment, qui avale les autres. Mais crever de cette façon...

Il essayait de soulever les épaules. Seule la gauche lui obéissait encore.

– Pourquoi êtes-vous si sûr que vous allez mourir ?

– C'est à cause de ces maudits maux de tête. Il y a là-dedans une tumeur, un cancer qui grignote mes cellules. J'ai encore toutes mes idées. Je ne vois plus rien. J'entends à peine. Bientôt, je ne vais plus rien sentir. Et je cesserai de parler. Tout cela est prévu. On ne peut pas y échapper. Pourtant, je vous le répète, je reste bien lucide, bien vivant.

– Oui. Votre âme est immortelle.

– Mon âme ? Quelle âme ? gloussa-t-il en ricanant. Je sais seulement que chez moi, certaines facultés sont encore intactes. Je peux encore réfléchir, raisonner, me souvenir. Quand tout cela sera fini, il ne restera plus rien de moi.

Il se retourna sur le côté, l'oreille gauche dans son coussin. C'était une façon de me faire comprendre que notre conversation n'avait plus lieu d'être. Je repris mes travaux, aidé par Maud. Nous avions des pensées graves et solennelles et n'échangions, à voix basse, que les paroles indispensables.

– Enlevez-moi donc ces menottes, nous dit-il un soir que nous étions allés, Maud et moi, lui rendre visite. Vous ne courez plus aucun risque à le faire. Je suis paralysé.

Son horrible sourire fit détourner la tête à Maud.

– Savez-vous que votre rictus lui fait peur ? lui dis-je alors.

– Dans ce cas, je ne sourirai plus. Cela ne m'étonne guère. Mon côté droit s'ankylose. Le bras, le pied, la main, la jambe : tout y passe.

« Bon, veuillez considérer que maintenant je souris aux anges, avec mon âme évidemment. »

Toujours les mêmes sarcasmes. Toujours le même homme, fier et indomptable. Autrefois fier et puissant, aujourd'hui cloué sur un grabat. Son âme, emmurée dans la nuit, continuait de vivre ! Débarrassé de ses menottes, il nous impressionnait toujours. N'allait-il pas avoir un sursaut et nous menacer une fois encore ? Les jours passaient et la mauvaise saison était là, sans retour ! C'était sans arrêt de la neige et des averses. Les phoques nous avaient définitivement abandonnés. Ils étaient partis vers le sud. L'île de Bonne-Volonté était devenue un désert.

Je travaillais sans relâche à la réfection du bateau. Dans la bourrasque, sous la pluie, je passais toutes mes journées sur le pont, bûchant comme un titan et avançant mon ouvrage sans ressentir la fatigue. Un soir que Maud et moi bavardions dans le carré, je sentis une forte et âcre odeur de fumée. Pourtant la lampe suspendue au plafond brûlait normalement. Sa flamme était vive et claire. L'incendie couvait ailleurs.

– Ça sent le roussi, me dit-elle.

– Faites-moi le plaisir de monter sur le pont.

– Mais...

– Obéissez. Ne discutez pas.

Par la porte ouverte, une épaisse fumée se précipitait et envahissait le couloir des cabines. En tâtonnant, je me dirigeai vers la cabine de Loup Larsen. Je m'attendais à recevoir d'un moment à l'autre la charge de ses paquets de muscles. Et je ressentais une furieuse envie de rebrousser chemin. Mais la pensée de Maud me redonna du courage. J'entrai résolument chez le capitaine.

C'était bien là que le feu avait pris. Il n'y avait pourtant pas de flammes. Juste une fumée épaisse, noire, qui venait on ne sait d'où. Toussant, crachant, je réussis à rejoindre la couchette de Larsen. Il était encore là, gisant sur le dos, sans bouger. En me penchant vers lui, j'aperçus un tison se détacher de la couchette supérieure. Il tomba sur ma main. C'était simple à comprendre. Le bonhomme avait trouvé encore la force de mettre le feu au matelas, à travers une fente de la literie. Heureusement la laine était humide et se consumait mal. Elle brûlait, en dégageant ce nuage asphyxiant. En dix minutes, tout était redevenu normal. L'air était respirable. J'autorisai Maud à descendre. Elle m'aida à dégager Loup Larsen de ses couvertures. Il avait perdu connaissance.

Et je me remis à scier, pointer, assembler.

La paralysie de Loup Larsen est maintenant générale. Nous l'avons trouvé, un matin, absolument incapable de parler. Il m'a demandé un crayon et du papier. De sa main gauche, secouée par un perpétuel tremblement, il a réussi à griffonner :

« Je ne suis pas mort. Le morceau de ferment bouillonne encore. »

– Sans doute, mais il s'amenuise. Il s'amenuise, lui ai-je répondu.

Il a repris son crayon.

« Vous devriez y songer. Il va s'amenuiser jusqu'à la mort. Mais je n'ai jamais eu de pensée plus claire. Et je suis toujours là. »

Le corps de cet homme n'est plus qu'un sépulcre où se débat encore une âme. Il m'adresse ses messages d'outre-tombe.

« L'engourdissement me gagne. Parlez plus fort ! Ma main bouge à peine. Les derniers liens se brisent. »

Je lui demandai s'il souffrait beaucoup. Il ne me répondit pas tout d'abord et je dus répéter ma question. Il écrivit :

« Oui, mais pas constamment ! »

Sa main se déplaçait lentement, hésitant sur la feuille de papier. Son griffonnage devenait illisible.

J'avais vu des graffiti semblables... dans les foires où les charlatans délivrent les « messages de l'au-delà » aux gogos, moyennant un dollar.

« Mais je suis encore là ! » écrivait-il encore.

Le crayon glissa encore entre ses doigts et tomba sur le plancher.

Nous le replaçâmes dans sa main.

« Je... médite sur la vie... et... la mort. Sereinement... comme un sage hindou, quand je... ne... souffre pas... trop. »

Maud lui cria à l'oreille.
– Vous croyez donc à l'immortalité ?
Loup Larsen essaya de répondre. Trois fois, sans succès. Le crayon glissait sur le papier, sans y laisser de trace. J'essayai encore de caler le crayon entre ses doigts. Mais ceux-ci refusaient de se serrer.
Alors Maud prit le crayon et le maintint dans la main inerte. Et Loup Larsen dessina, lentement, quelques lettres, bien détachées. Le travail lui demanda plusieurs minutes.

« FOUTAISE. »

Ce furent, si l'on peut dire, ses dernières paroles.
Il était resté sceptique et blasphémateur jusqu'au bout.
Loup Larsen n'a plus rien écrit. Il ne bouge plus. Son tronc se redresse en arrière. Il est complètement inerte.
Mais il continue à vivre.
Chaque jour, Maud le soigne avec un dévouement admirable. Elle use d'astuces pour se faire comprendre et deviner ce qu'il lui ferait plaisir de manger.
– Voulez-vous du bœuf ?
...
Pas de réponse. Mais un doigt léger, posé sur les pauvres lèvres, enregistre si c'est oui ou si c'est non.
– Voulez-vous du bouillon ?
...
– Oui. J'ai entendu. Humphrey, il désire du bouillon.
Mais ce soir, ses yeux débordaient de larmes. Elle s'est laissée aller dans mes bras.
– Je n'en peux plus, Humphrey. C'est trop dur. Quand tout cela va-t-il finir ?
Sa tête s'appuie sur mon épaule. Son corps frêle est secoué par les sanglots. Je la sens dans mes bras, légère comme un oiseau. Je songe qu'elle va craquer. Je la console comme je peux.
Maud s'est ressaisie.

– Je devrais avoir honte, me dit-elle. Mais il faut m'excuser ; je ne suis qu'un petit bout de femme.

Ces quelques mots, soulignés par un sourire étrange et adorable, ont eu sur moi l'effet d'une décharge électrique. « Petit bout de femme », c'est ainsi que je la nomme en secret.

– D'où tenez-vous cette expression ?

– Mais laquelle ?

– « Petit bout de femme ».

– Pourquoi ? Elle vous appartient ? Cela m'étonne ; mon père disait déjà ça à ma mère.

– Il se trouve que c'est aussi mon expression.

– Pour désigner votre mère ?

– Non !

Je coupai court. Mais je vis bien qu'une petite lueur moqueuse brillait dans son regard.

Loup Larsen est mort cette nuit.

La tempête, qui n'a pas cessé de faire rage, a emporté son âme.

J'ai roulé son corps dans une voile et je l'y ai ficelé étroitement, sous les regards surpris et, je le pense, un peu choqués de Maud. Puis, nous avons procédé à la cérémonie funèbre.

Le vent rugissait, poussait vers nous des paquets de mer énormes. Le pont était balayé par les vagues et nous avions de l'eau jusqu'aux genoux. Je me rappelais la manière expéditive avec laquelle Loup Larsen avait immergé le cadavre du second. J'allais donc faire de même avec son cadavre. Je confiai à Maud que j'ignorais tout du service en mer à l'intention des défunts et que les seules paroles que j'avais entendu prononcer à cette occasion étaient les suivantes : « Et le corps sera jeté à la mer. »

J'ouvris donc un panneau dans la lisse. Le corps puissant de Loup Larsen, serré dans son linceul de toile lesté d'une barre de fer aux pieds, glissa dans l'océan.

Le fracas de la tempête m'empêchait d'entendre ce que disait Maud. Mais j'ai vu qu'elle remuait les

lèvres et je pus lire sur elles les paroles d'adieu prononcées par ma compagne.

– « Adiou, homme fier et indomptable », disait Maud en regardant le corps disparaître dans les remous.

Et ce fut tout.

ÉPILOGUE

Une forte lame secouait le *Fantôme*.

C'est alors que j'aperçus, à deux ou trois milles au large, la silhouette d'un petit vapeur. Il taillait sa route, face au vent, roulant, tanguant ; il semblait se diriger vers nous. De mon doigt tendu, je le désignai à Maud.

Le petit navigateur était maintenant bien visible. Il était peint en noir. D'après ce que m'en avaient dit les chasseurs de phoques, ce devait être un des bateaux qu'utilise la douane américaine.

J'allais me précipiter au magasin pour y prendre des pavillons, de façon à faire les signaux de détresse, puis je me rappelai que nous ne disposions plus des drisses pour les hisser. C'était vraiment stupide !

– Pas besoin de pavillons de détresse, me dit Maud. Ils nous ont vus.

– Sauvés ! Nous sommes sauvés, dis-je d'une voix grave et calme. Et je me demande si je dois ou non m'en réjouir.

Nos regards se croisèrent. Nous nous sommes penchés l'un vers l'autre. Et mes bras se serrèrent sur son corps.

– Faut-il vous le dire ? lui demandai-je.

– Non, ce n'est pas nécessaire. Mais c'est doux, si doux de l'entendre.

Mes lèvres pressaient les siennes. Elle répondit passionnément à mon baiser. Mon imagination revoyait la scène de la cabine, au cours de laquelle son doigt léger s'était posé sur mes lèvres pour leur demander de se taire.

Je caressais son épaule. Je faisais d'instinct ces gestes tendres que font tous les amoureux, sans avoir jamais appris. Elle jeta un regard vers moi, puis baissa aussitôt les yeux, blottie au creux de mon épaule et poussant un gros soupir de bonheur. Le bateau était maintenant tout proche.

Un dernier baiser !

Achevé d'imprimer
le 26 octobre 1987
sur les presses de
l'Imprimerie Hérissey
à Évreux (Eure)

N° d'imprimeur : 43873
Dépôt légal : Octobre 1987
1er dépôt légal dans la même collection : Octobre 1984
ISBN 2-07-033273-X

Imprimé en France

42137